*Nina Blazon,*
geboren 1969 in Koper, Slowenien, studierte in Würzburg Slawistik und Germanistik. Schon als Jugendliche las sie mit Begeisterung, vor allem Fantasy-Literatur. Selbst zu schreiben begann sie während der Studiums – Theaterstücke und Kurzgeschichten –, bevor sie den Fantasy-Jugendroman »Im Bann des Fluchträgers« schrieb, der 2003 mit dem Wolfgang-Hohlbein-Preis ausgezeichnet wurde. Heute lebt sie in Stuttgart, wo sie als Journalistin und Werbetexterin arbeitet.
Mehr unter: www.ninablazon.de

*Von Nina Blazon bereits erschienen:*
Die Rückkehr der Zehnten
Der Kuss der Russalka
*Die Woran-Saga*
  Im Bann des Fluchträgers
  Im Labyrinth der alten Könige
  Im Reich des Glasvolks

Nina Blazon

# Die Sturmrufer

## Die Meerland-Chroniken

UEBERREUTER

ISBN 978-3-8000-5254-7

Umschlagillustration von Nele Schütz Design, München

Druck: Druckerei Theiss GmbH, St. Stefan i. L.
1 3 5 7 6 4 2

Ueberreuter im Internet: www.ueberreuter.at

# *Inhalt*

# I

# Der Sturm

# *Dantar*

Der Sturm überraschte Amber mitten auf dem Seilermarkt. Es war der vierte, seitdem sie nach der Sommerernte nach Dantar aufgebrochen war, aber der erste, den sie mitten in der Stadt erlebte. Von den Anhöhen aus betrachtet hatte jedes Unwetter wie ein faszinierendes Schauspiel gewirkt: schäumendes Wasser in erstaunlichen Farben und die weißen Häuser der Stadt am Ufer. Die Stadt hatte die Form einer Hand – fünf Landzungen ragten in das Majumameer hinein, und wenn die Schiffe, die in den Häfen spielzeugklein wirkten, im Sturmwind tanzten, sah es so aus, als würde die weiße Hand mit ihnen spielen.

Doch jetzt, mitten in Dantar, auf selber Höhe mit dem Meer, war die Sache nicht mehr ganz so malerisch. Amber wurde klar, dass sie tatsächlich zum ersten Mal in ihrem Leben einen solchen Sturm nicht auf den Anhöhen der Berge erlebte. Hier schützten sie keine Steinmauern und keine Höhlenkammern vor den Wellen. Noch beunruhigender war, dass das Unwetter diesmal ohne Vorwarnung hereinbrach. Von einem Augenblick zum nächsten war der Himmel so schwarz geworden, dass die Vögel auf den Häuserdächern verstummten. Die Seiler blickten erschrocken in den Himmel und begannen in Windeseile ihr Werkzeug zusammenzupacken. Alle Leute auf dem Markt kamen in Bewegung, Fensterläden wurden zugeschlagen, Eltern holten ihre Kinder von den Straßen. Und die Kapitäne, das wusste Amber, begannen in diesem Augenblick zu beten.

Sie drückte den Beutel mit den eben gekauften Seilen an sich, drehte sich um und rannte auf gut Glück auf die nächstbeste Seitengasse zu. Schwer schlug der Beutel mit den Münzen gegen ihre Hüfte.

»Halt!«, ertönte hinter ihr plötzlich eine Stimme. »Was willst du denn in der toten Gasse? Bist du verrückt?«

Als sie sich umsah, erkannte sie einen der jungen Seiler, der eben noch an einem Ankertau gearbeitet hatte. Wie alle Seiler trug auch dieser kompliziert geflochtene Zöpfe. Im Sturm tanzten sie nun wie Schlangen um seinen Kopf und auf den Schultern. Ein Windstoß riss die Worte von seinen Lippen. » ... zu spät ... komm ... Keller ...«, war alles, was Amber noch verstand. Es war nicht mehr so einfach, sich gegen den Wind zu stemmen. Er trieb sie vor sich hin wie ein Spielzeug, während sie auf die ausgestreckte Hand zutaumelte. Vom Hafen her hörte man das Ächzen von sich biegendem Holz. Amber duckte sich, erreichte endlich den Seiler und ergriff seine Rechte. Hand in Hand kämpften sie sich über den kreisrunden Platz.

»Da runter!« Sie erahnte die Worte eher, als dass sie sie hörte, aber sie verstand, als er auf eine hölzerne Klappe im Boden deutete. Wenige Augenblicke später saßen sie aneinandergekauert in einem engen Lagerkeller, in dem es nach ranzigem Stockfisch roch, während die verriegelte Lukentür über ihnen klapperte, als würde jemand mit aller Gewalt daran rütteln. Draußen regneten Dachschindeln auf den Markt.

Bitte lass kein Haus einstürzen, betete Amber im Stillen. Und schon gar nicht die Herberge!

Obwohl es stockdunkel war, schloss sie die Augen und stellte sich vor, was in Ujas Herberge nun mit ihren Sachen geschah. Wenn das Gebäude einstürzte – wo würde sie dann ihre Decke wiederfinden? Sie war nicht wertvoll, aber eines der wenigen Dinge, die sie aus ihrem alten Leben mitgenommen hatte. Außerdem lagen in der verschlossenen Kammer, über deren Schlüssel die alte Wirtin besser wachte als ein verrückter Hofhund, Ambers Kleider, in denen sie in die Stadt gekommen war. Was sie nun am Leib trug, war ein orangefarbenes Tuch über langen Leinenhosen. Dantarianische Kleidung, die sie sich erst heute auf dem Kleidermarkt gekauft hatte. Sie wollte so aussehen wie eine richtige Dantarianerin, aber dennoch – der Gedanke daran, ihre abgeschabte Ziegenlederweste und das grobe Hemd zu verlieren, rief ein banges Gefühl des Verlusts hervor. Hektisch tastete sie nach ihrem Gürtel – Krutin sei Dank, wenigstens die Börse war noch da! Ein Poltern und ein donnernder Hall rissen sie aus ihren Gedanken. Erschrocken krampfte sie die Linke um den ledernen Beutel mit den Münzen und bemerkte im selben Augenblick, dass sie mit der anderen Hand immer noch die Finger des Seilers umklammert hielt. Verlegen wollte sie ihm ihre Hand entziehen, aber der Seiler dachte gar nicht daran loszulassen.

»Du bist ganz schön kräftig. Gehörst du zu den Snaifischern? Oder den Bootsbauern?«

Amber entzog ihm die Hand und rückte von ihm ab. »Nein. Ich … komme nicht aus der Stadt.«

Murmelnde Stimmen in dem kleinen Lagerraum zeigten ihr, dass sich noch andere Menschen hierher geflüchtet hatten. Wieder landete etwas Hartes auf der Tür über ihren Köpfen und Amber hob instinktiv die Schultern und zog den Kopf ein. Der Wind heulte wie ein Hallgespenst, Knacken und Bersten waren zu hören.

»Keine Angst«, flüsterte der Seiler neben ihr. »Der Marktplatz liegt erhöht – das Wasser ist noch nie bis hierher gekommen. Und die Tür ist aus schwarzer Eiche. Das härteste Holz, das man bekommen kann.«

Amber zog einen Mundwinkel hoch. »Hart genug für ein einstürzendes Haus?«

Er schwieg, als ein neuer Lärm über sie hereinbrach. Amber schützte ihren Kopf mit den Armen. Erst nach einer ganzen Weile wurde es wieder ruhiger.

»So, wie ich den Sturm einschätze, wird es eine lange Nacht in diesem Keller«, meinte der Seiler und räusperte sich. Seine Stimme klang rau. Amber fragte sich, ob er sich um jemanden außerhalb dieses Kellers Sorgen machte. Nun, zumindest diesen Vorteil hatte sie hier: Niemand aus ihrer Familie war in der Nähe. Obwohl sie liebend gerne dabei zugeschaut hätte, wie eine Dachschindel Omins Schädel spaltete.

»Ich heiße Inu Taramo«, fuhr der Seiler fort. »Und du?«

Sie zögerte. Zwei Namen. Natürlich. Alle in der Stadt trugen einen Erst- und einen Zweitnamen. Manche hatten sogar drei. Trotz der vielen Münzen in ihrem Geldbeutel kam sie sich schäbig und ärmlich vor, als sie endlich antwortete. »Amber.« Mehr hatte sie nicht.

»Nur Amber?«, fragte er prompt.

»Was soll das heißen: ›nur‹? Bist du etwas Besseres, nur weil du einen zweiten Namen hast?«

Jemand im Keller schnaubte verächtlich. Amber biss sich auf die Unterlippe. Sie begann wieder Fehler zu machen! Der Seiler hatte sie in den Keller mitgenommen und sie war unhöflich zu ihm.

»Das ist kein Name von der Küste«, sagte Inu nach einer Weile. »Du kommst also vom Hochland? Von einem der Bauernhöfe? Oder bist du Händlerin?«

»Ich wohne jetzt hier«, erwiderte sie schnell. »In Dantar.«

»Du wohnst hier?«, fragte eine Frauenstimme. »Wer ist dein Bürge?«

Amber zuckte zusammen. Bürge?

»Ich habe keinen«, sagte sie. Und setzte schnell hinzu: »Noch nicht.«

»Das heißt, du sprichst beim Fischerkönig vor und willst eine Genehmigung bekommen, hier zu bleiben? Die bekommst du aber nur, wenn du hier auch Arbeit hast. Und den Bürgen.«

Für einen Augenblick vergaß Amber den Sturm.

»Ich werde ... hier arbeiten!«, erklärte sie eine Spur zu laut.

»Wirklich?« Das war wieder Inus Stimme. »Wo denn?«

»Das weiß ich noch nicht. Auf ... einem der Schiffe.«

Sein Schweigen war deutlicher als eine zweifelnde Antwort.

»Auf einem der Schiffe«, spottete eine dritte Stimme irgendwo in der Dunkelheit. »Nichts einfacher als das. Bist du auch einer der Bauern, die vom Meer träumen?«

Spöttisches Zischen übertönte einen Augenblick lang das Heulen. Amber ballte in der Dunkelheit die Fäuste. Die Leute in der Stadt waren stets freundlich und nahmen Gäste aus der Fremde mit offenen Armen auf. Aber sobald einer dieser Gäste sich anmaßte, zu dieser Stadt gehören zu wollen und nach Arbeit zu fragen, verwiesen sie ihn deutlich auf seinen Platz. Trotz der Dunkelheit kam Amber sich bloß und durchschaut vor.

Die anderen tuschelten noch eine Weile über sie, doch als sie nicht antwortete und das Heulen des Sturms wieder lauter wurde, verstummten sie. Regen klatschte gegen das Holz der Luke.

Als hätte die feindselige Stimmung die Luft mit einem Eishauch vermengt, war es im Raum kälter geworden.

Amber spürte eine Berührung an ihrer Schulter und zuckte zurück. Die Prellung an der Stelle, wo der Knüppel sie vor einigen Tagen getroffen hatte, schmerzte immer noch. Das Haar des Seilers strich an ihrem Arm entlang. Er musste sich vorgebeugt haben. »Ist dir kalt?«

»Nein«, log sie.

»Die Stürme werden immer schlimmer«, meldete sich eine Frauenstimme zu Wort. »Zehn Handelsschiffe allein in diesem Sommer! Diese Stadt wird verarmen und verrotten. Wie viele Menschen sind schon aus der

Stadt ins Inland geflüchtet? Bald lohnt es sich überhaupt nicht mehr, die Häuser am Hafen wieder aufzubauen.«

»Es ist, als wären die Sturmrufer zurückgekehrt, um die Stadt zu vernichten«, meldete sich ein Mann mit brüchiger Stimme zu Wort.

»Hört auf, Unsinn zu erzählen«, unterbrach ihn der Seiler an Ambers Seite mit großer Bestimmtheit. »Die Sturmrufer sind seit vielen Sommern tot.«

»Unsinn?«, schnappte der Mann. »Und wer baumelt vor dem alten Schiffsfriedhof an den Galgen?«

Amber horchte auf. Galgen in der friedlichen Meeresstadt?

Nun fühlte auch die Frau sich angesprochen. »Willst du damit sagen, der Rat des Fischerkönigs lässt Unschuldige hängen?«, blaffte sie in die Richtung des Seilers. »Dass die Sturmrufer damals gehängt wurden, weiß ich so gut wie du. Aber die Magier, die nun hingerichtet werden, verfolgen dieselben Ziele! Und solange wir nicht den Letzten von ihnen ausgerottet haben, wird Dantar unter den Stürmen schwächer und schwächer werden!«

»Das weiß ich«, erwiderte der Seiler ruhig. »Ich wollte nur sagen, dass es keine Gespenster aus der Vergangenheit sind, die die Stadt bedrohen.«

»Wenn ich an Morus' Stelle wäre, würde ich den Schiffsfriedhof ausräuchern«, knurrte der Mann.

Morus. Endlich ein Name, den auch Amber kannte. So hieß der Kapitän, der für die Dauer eines Jahres zum Fischerkönig gewählt worden war.

»Wo könnten sich Magier besser verstecken als beim Gesindel?«

»Hört auf«, sagte der Seiler leise. »Es ist Aufgabe des Rates, die Ursache für diese Stürme zu finden. Aber unsere Aufgabe ist es, zu handeln, um die Stadt vor den Fluten zu schützen. Wir sollten auf den Vorschlag des zweiten Rates hören und endlich einen Felswall im Meer errichten, um zumindest die Wucht des Wassers etwas abzuhalten.«

»Weißt du, wie viel Arbeit und Geld das kostet und wie gefährlich es ist, Arbeiter aufs Meer zu schicken?«, wetterte der Mann. »Ganz abgesehen von der Tatsache, dass die Naj da auch noch ein Wörtchen mitzureden haben. Wenn wir ihnen Land im Meer wegnehmen, müssen wir damit rechnen, dass mindestens die Hälfte der Arbeiter ertrinkt.«

Amber horchte auf. Die Naj! Die Wesen aus dem Wasser, die sie in ihren Träumen begleiteten, seit ... ja, seit sie träumen konnte!

»Nun übertreib nicht«, lenkte die Frau ein.

»Ich übertreibe? Hör dir doch den Wind an! Und dann stell dir vor, was jetzt im Hafen und auf dem Meer los ist. Die Besatzungen auf den Schiffen, die Menschen ... Meine Schwester ist am kleinen Hafen ... im Lagerhaus ...«

Er verstummte, als seine Stimme zu zittern anfing. Jemand murmelte etwas Tröstliches. Die anderen schwiegen. Das Pfeifen des Windes war verstummt. Für einen Augenblick war Ruhe – eine unheimliche Ruhe. Amber zog die Knie näher an den Körper. Nicht einmal in dem

Haus, das sie nie als ihr »Zuhause« bezeichnet hätte, war sie sich jemals so fehl am Platz vorgekommen. Sie bangte um niemanden und niemand bangte um sie. Mit klopfendem Herzen stellte sie sich vor, wie die Wellen gegen die Häuser am großen Hafen schlugen, wie Schiffe auf Wellenbergen hochgerissen und gegen die Hafenbefestigung geschleudert wurden. Und dann hörte sie ein Rauschen. Es wurde lauter und lauter und verwandelte sich in ein Gurgeln. Dann wieder Stille, wasserdichte, taube Stille, gefolgt von Glucksen und Strömen.

»Das kann nicht sein!«, flüsterte jemand. »Das Meer ist noch nie bis hierhin gek…«

Ehe Amber wusste, wie ihr geschah, krachte die Luke direkt vor ihre Füße, geborsten unter dem Gewicht von Wasser. Der kalte Luftzug fuhr ihr unter den Rand ihrer langen Hose, und mit einem Mal bestand die Welt nur noch aus Wellen. Sie klatschten ihr mitten ins Gesicht, pressten Salzwasser in ihre Nase, ihre Kehle, ihre Augen und schleuderten sie schließlich gegen die niedrige Wand. Stein schrammte über ihre Wange, ihr Haar verhakte sich am Mauerwerk. Brennen in der Kehle, als das salzige Wasser ihren Mund füllte. Es war unglaublich kalt, als wäre es von tief unten aus dem Meer gekommen. Panisch strampelte sie und schlug mit den Armen. Fässer und Säcke stießen schmerzhaft gegen ihre Knie. Der Lagerraum lief voll! Fässer fielen von oben auf ihre Schultern und drückten sie unter die Wasseroberfläche. Brennender Schmerz flutete durch ihre verletzte Schulter. Sie würde ertrinken wie eine Ratte in einer mit Wasser gefüllten Kiste! Jede Bewegung zog sie tiefer nach unten. Panisch kletterte sie unter Wasser auf eines der Fässer, krallte sich an der Wand fest, bis ihre Fingernägel brachen – und dann traf sie etwas Weiches wie ein unglaublich dickes, glattes Seil. Es glitschte über ihre Wange und ihren Mund. Die Luft fehlte ihr, die Panik wurde immer schlimmer. Lautlosigkeit hüllte sie ein. Ein Schlag auf ihre Nase erwischte sie – etwas Hartes, Knochiges, das sich hektisch bewegte! Vor Schreck schnappte sie instinktiv nach Luft – und spürte, wie das Salzwasser sich einen brennenden Weg in ihre Lunge bahnte. Das Knochige fand ihr Haar, tastete über ihr Gesicht, ihren Hals – und packte sie an ihrem Ärmel. Sie wurde nach oben gezogen.

Kälte strich über ihr Gesicht. Licht über ihren blinzelnden Augen. Stein schrappte über ihre Knie und Rippen. Dann wurde ihr Körper schwer, jemand drückte mit aller Kraft gegen ihren Brustkorb. Sie hustete und würgte. Salziges Wasser lief aus ihrer Nase. Nur allmählich begriff sie, dass sie wieder Luft atmete. Endlich Luft! Zwischen ihren Zähnen knirschte Sand. Benommen richtete sie sich auf und blickte sich um.

Nun konnte sie die Leute sehen, die mit ihr im Keller gesessen hatten: ein weiterer Seiler, zwei Frauen in blauen Tüchern und ein alter Mann mit gebräunter Haut und vielen Narben – vielleicht ein Fischer.

Der ganze Marktplatz stand unter Wasser, ein gurgelndes, kochendes Becken, in dem die Seile schwammen wie Bündel von Seeschlangen. Wellen schwappten über Ambers ausgestreckte Beine, eisiger Wind kühlte Kopfhaut und Gesicht.

»Steh auf«, brüllte Inu gegen den Wind an. Sie schämte sich plötzlich, so schwach gewesen zu sein.

Neben ihr wand sich eine mannsgroße Mähnenschlange auf dem Steinboden. Klatschend schlug ihr Körper auf dem Pflaster hin und her, schlängelte sich und bog sich hoch, doch das Wasser auf dem Marktplatz war zu niedrig, um ihr genug Raum zur Flucht zu geben. Das Tier musste in die Stadt geschwemmt worden sein. War es vielleicht dieses glitschige Ding gewesen, das über Ambers Gesicht geglitten war?

Eine kleine, drahtige Frau, der das nasse blaue Tuch am Körper klebte, zog, ohne zu zögern, ihr Fischermesser aus dem Gürtel und erlegte das Seetier mit einem fachmännischen Schnitt. Blut färbte das Wasser um Ambers Beine. Fleisch genug für zwanzig Mahlzeiten, dachte sie und dann wurde ihr übel. Erst die Nachricht von Galgen und Hinrichtungen – und jetzt das. So hatte sie sich die Stadt des Glanzes nicht vorgestellt.

»Kannst du gehen?«, rief Inu ihr direkt ins Ohr.

Amber wollte etwas antworten, aber der Hustenreiz machte ihr einen Strich durch die Rechnung. Inu verzog den Mund zu einem schiefen Grinsen. Eine kleine Narbe an seinem rechten Mundwinkel gab seinem Lächeln etwas Unregelmäßiges, Verschmitztes. Zum ersten Mal fiel ihr auf, dass er gut aussah. Wie die Menschen von den Inseln hatte er eine leicht gebogene Nase und hellblaue Augen, die im Kontrast zu dem dunklen Haar leuchteten.

»Komm!«, drängte er. »Wir müssen hier weg! Falls noch eine Welle kommt, spült sie uns bis in die Bucht.«

Sie bahnten sich einen Weg durch schwimmende Trümmer. Das Wasser stieg wieder. Amber spürte, wie die Panik ihr wie nasser Schlick am Rückgrat hochkroch. Zerrissene Fischernetze schlangen sich um ihre Beine und brachten sie beinahe zu Fall. Zappelnde Fische umwimmelten ihre Füße. Amber stolperte über Muscheln und Holzsplitter.

Als sie den Platz halb überquert hatten, änderte das Wasser die Richtung und zog sich plötzlich zurück, zerrte mit immer stärker werdendem Sog an ihren Hosenbeinen. Amber stolperte zum Seilerbaum in der Mitte des Platzes und klammerte sich daran fest. Am liebsten hätte sie ihn nie wieder losgelassen. Es war beruhigend, dass der Baum unverrückbar war. Unter den Steinplatten des Platzes ragten seine Wurzeln tief in die Erde. Der Marjulastamm war vom jahrelangen Reiben der Seile, die an ihm gedreht und geknüpft wurden, glatt geworden. Amber hatte Angst, ihn wieder loszulassen. Was, wenn das Meer sie mitzog – über die Straßen, hinein in die blaue Tiefe, wo die Wale schwammen und die brennenden Fische darauf warteten, ihre Haut zu versengen? Nun, wenigstens wurde der Wind schwächer und gab wieder anderen Geräuschen Raum. Zum Beispiel den Rufen, mit denen sich die Leute verständigten.

Inu sah sich nach Amber um und bedeutete ihr mit einer energischen Geste, ihm zu folgen.

»Wohin?«, brachte sie mühsam heraus.

»Ich muss zum Hafen«, rief er. »Aber vorher bringe ich dich zum Haus des Fischerkönigs. Es ist das höchste Gebäude der Stadt.«

Heftig schüttelte sie den Kopf, ohne den Seilerbaum loszulassen.

»Geh allein! Ich muss in die Schlemmfischgasse!«

Er runzelte die Stirn. »Zur Herberge? Gut, dann begleite ich dich bis zur Gasse!«

»Verdammt, ich kann alleine gehen! Ich habe hierhergefunden, da finde ich auch zurück.«

Der Seiler funkelte sie ärgerlich an. »Die Stolzen ertrinken als Erste. Komm schon, ich habe keine Zeit für Diskussionen, ich mache mir auch um andere Leute Sorgen!«

Sein Blick ließ keinen Zweifel daran, dass er hier stehen bleiben würde, bis sie sich von ihm begleiten ließ.

Amber stieß sich vom Seilerbaum ab und kämpfte darum, auf den Beinen zu bleiben. Für einen Augenblick bereute sie es, die Berge, die ihr Sicherheit gaben, verlassen zu haben.

Von den Anhöhen aus gesehen musste die Stadt jetzt einen atemberaubenden Anblick bieten: Wasserstraßen und glitzernde Fischleiber, zerbrochene Schiffe und Häuser, die in strudelnden Wellentälern staken. Der Himmel hatte sich von einem Sturmschwarz zu einem hellen Grau verfärbt.

In den schmalen Seitengassen trieben zerbrochene Karren. Menschen kletterten einfach aus den Fenstern, wenn die Türen sich nicht aufdrücken ließen, und strebten zur großen Hauptstraße.

Inu schien das viele Wasser nichts auszumachen, seine Schritte waren sicher und schnell. Mehrmals war er schon um eine Ecke gebogen und aus Ambers Sichtfeld verschwunden, und sie hatte Mühe ihn einzuholen. Auch jetzt hastete sie um eine Häuserecke und hoffte ihn nicht verloren zu haben. Hektisch sah sie sich auf dem kleinen Platz um und hätte beinahe das Gleichgewicht verloren.

»Worauf wartest du?«, rief Inu ungeduldig. Doch Amber stand nur da und staunte. Ihr Herz schlug bis zum Hals. Der Sturm, ihre Angst und ihre vom Salzwasser wunde Kehle waren vergessen. Sie tastete nach einer Hauswand und stützte sich ab. Tausend Geschichten ihrer Kindheit fielen ihr ein. Allein dafür hatte sich alles gelohnt: die Prügel, der Diebstahl, die Flucht. Doch nichts hatte sie auch nur annähernd auf diesen Anblick vorbereitet: Auf einem steinernen Sockel neben einem Hauseingang saß ein leibhaftiger Naj!

Im gleißenden Gegenlicht sah er aus wie eine halb transparente Skulptur aus Eis. Glänzende, silbrige Augen wandten sich Amber zu. Kiemen pulsierten. Durchsichtige Häute schimmerten zwischen den langgliedrigen Fingern des Wassergeschöpfs. Eine aus Silber und Glas gewirkte, schlanke Gestalt war es, anmutig trotz der fleckigen Schuppenhaut und der Kinnhäutchen. Beinahe war sie menschenähnlich – aber nur beinahe. Und jetzt sah sie Amber direkt an!

»Wo bleibst du denn?«

Inus Stimme schreckte das Wesen auf. Es hob den Kopf, Amber sah eine Bewegung des fischähnlichen Mauls. Der Naj gab zischend ein Wort frei, das sie nicht verstand, dann schlängelte er sich von dem Pfosten ins Wasser. Zu schnell, als dass sie ihm mit dem Blick hätte folgen können. Einen lähmenden Augenblick war sie überzeugt, das Wesen aus dem Meer würde sie unter Wasser ergreifen und mit sich ziehen. Als ein großes Stück Tang sich um ihre Wade schlang, schrie sie auf. Doch der Naj war fort.

Inu stand plötzlich direkt vor ihr und starrte in ihr blasses Gesicht.

»Keine Angst«, beruhigte er sie. »Wir lassen sie in Ruhe und sie uns. Meistens jedenfalls.«

Amber schluckte und folgte ihm. Salz brannte immer noch auf ihrer Zunge und sie hatte unglaublichen Durst. Das kurze Haar klebte ihr an den Ohren und der Stirn. Obwohl es Sommer war, klapperten ihre Zähne vor Kälte. Aber sie hatte einen Naj gesehen! Und viel zu schnell wieder aus den Augen verloren. Hoffnungsvoll suchte sie die Straßen ab, doch sie entdeckte nur Leute, die zum Hafen wateten, und andere Leute, die Neuigkeiten von den Schiffen brachten. Inu wechselte einige Worte mit einem Mann und kehrte dann sichtlich erleichtert zu Amber zurück.

Je näher sie dem Zentrum der Stadt kamen, desto mehr Menschen in zerrissener Kleidung begegneten ihnen. Doch die Einwohner von Dantar hielten sich offenbar nicht lange damit auf, über die Zerstörungen zu klagen. Amber sah Fischer, die ihre Netze über die Straße warfen, bevor das Meer den wertvollen Fang wieder mitziehen konnte. Die Frau, die die Mähnenschlange getötet hatte, überholte sie und eilte, das riesenhafte Tier mit einer Schärpe aus blutgefärbtem Wasser hinter sich herziehend, auf ein Lagerhaus zu.

»Hier ist die Schlemmfischgasse«, sagte Inu und blieb stehen. »Dahinten ist die Herberge.«

Im schrägen Licht der ersten Sonnenstrahlen, die wieder durch die Wolkendecke fielen, leuchteten seine Augen besonders hell. Das Meerwasser trocknete bereits in seinen Haaren. Salzkrusten zeichneten feine Muster auf seinen Wangen. Er streckte ihr zum Abschied seine Hand hin.

»Hier trennen sich unsere Wege. Viel Glück.«

Natürlich, er hatte anderes zu tun, als sich um jemanden wie sie zu kümmern. Sicher machte er sich Sorgen um seine Familie. Amber spürte einen Stich. Die Leute in Dantar hatten Familien. Richtige Familien. Nur zögernd ergriff sie seine Rechte und staunte über den Kontrast zwischen seiner tiefbraunen Haut und ihren hellen Fingern.

»Ich brauche kein Glück«, erwiderte sie heiser. »Ich brauche nur Arbeit. Aber ich wünsche dir, dass denen, die du liebst, nichts passiert ist.«

Inus Miene hellte sich auf. »Der westliche Teil der Stadt ist nicht zerstört worden – diesmal nicht. Der Mann vorhin hat es mir gesagt. Aber ich danke dir für deinen Wunsch.«

Amber ließ widerwillig seine Hand los. Sie wollte sich nicht verabschieden, nicht so. Inu war der erste Mensch, der sie nicht nur als Gast behandelt hatte. Krampfhaft suchte sie nach Worten, um sich nicht trennen zu müssen – nicht jetzt, mitten im Chaos.

»Gehst du zum Hafen? Zu ... den Kapitänen vielleicht?«

Inu runzelte die Stirn und sah sie fragend an. »Zum Hafen, ja, aber ob die Kapitäne dort sein werden oder im Haus des Fischerkönigs, weiß ich ni…«

»Ich komme mit! Ich sehe nur nach, ob meine Sachen noch da sind, es dauert nicht lange. Als der Sturm kam, war ich gerade auf dem Weg zu einer Kapitänin, die am Seilermarkt lebt.«

»Dort kenne ich nur eine: Sumal Baji Santalnik. Bei ihr wolltest du nach Arbeit fragen?«

Der ungläubige Ton in seiner Stimme machte Amber wütend. Es war ein Anflug dieser Wut, die sie nie wieder hatte spüren wollen – die Wut, die ihre Hände zu Fäusten ballte und in ihrer Brust stach. »Gibt es etwas daran auszusetzen?«, fragte sie schärfer als beabsichtigt.

»Kein Grund, gleich aus der Haut zu fahren. Nur … für … jemanden wie dich wird es schwierig sein, Arbeit zu bekommen. Die Stellen auf den Schiffen werden nur an sehr erfahrene Leute vergeben. An Leute, die ihr ganzes Leben lang auf dem Meer waren, die gut tauchen können und …«

»Zum Verladen von Schiffen muss man doch nicht tauchen können!« Ihre Fingernägel drückten kleine brennende Sicheln in ihre Handflächen. Niemand würde sie mit einem spöttischen Lächeln abweisen. »Ich bin stark«, setzte sie trotzig hinzu. »Und das andere werde ich auch noch lernen. Oder traut ihr jemandem, der nicht aus Dantar stammt, nichts zu?«

Jetzt, da sie sich gerade aufgerichtet hatte, war sie größer als Inu.

»Dass du stark bist, ist kaum zu übersehen«, antwortete er. »Aber das wird dir nichts nützen – ohne Genehmigung und ohne einen Bürgen … Aber frag Sumal selbst, wenn du mir nicht glaubst. Ihre Schiffe liegen am kleinen Hafen – wenn sie noch dort liegen.«

»Du kennst Sumal Baji?«

»Kennen ist zu viel gesagt. Sie kauft ihre Seile bei mir. Sie braucht viel Seil, denn sie ist die Einzige in der Stadt, die auch die großen Drachenfische jagt.«

»Warum sagst du das nicht gleich? Dann nimm mich mit zu ihr!«

Er verschränkte die Arme und schnaubte durch die Nase. Amber wusste, dass sie zu weit gegangen war – wie immer. Warum fiel es ihr so verdammt schwer, mit den Menschen hier zu reden?

»Du kennst das Wort ›bitte‹ nicht, oder?«, sagte Inu. »Einen Rat, wenn du mit Sumal sprichst: Sei nicht unhöflich, fall ihr nicht ständig ins Wort und …«

»Unhöflich? Was zum Henker meinst du damit?« Beinahe hätte Amber geschrien. Aber sie beherrschte sich, auch wenn es ihr schwerfiel. Sie hatte sich geschworen, ihre Faust nicht mehr aus Wut zu erheben. Und dieses Versprechen an Dantar wollte sie halten!

»Damit meine ich zum Beispiel, dass du dich nicht einmal bedankt hast, nachdem ich dich aus dem Wasser gezogen habe«, sagte Inu ruhig. Er musterte ihre geprellte Schulter. »Du kommst nicht gerade aus einer freundlichen Gegend, oder?«

»Nimmst du mich jetzt mit zum Hafen oder nicht? Ich habe Geld – ich kann dich bezahlen. Wie viel willst du dafür, dass du mein Bürge wirst?«

Inus Miene verfinsterte sich. »Tu mir einen Gefallen und lass dein Geld, wo es ist. Nicht alle hier in Dantar benehmen sich wie Uja.«

»Dann nimmst du mich also mit!«

Jetzt waren seine Augen so dunkel wie das Sturmwasser. Sein Blick glitt über ihre muskulösen Arme, die Narben an ihren Händen, die von Sicheln und Axtschneiden stammten. Man sah ihr an, dass sie ihr ganzes Leben gearbeitet hatte, und Amber war stolz darauf, dass selbst die Betrunkenen in den Straßen sich zweimal überlegten, ob sie sich ein respektloses Wort leisten sollten. Plötzlich lächelte Inu.

»Du hast zum ersten Mal einen Naj gesehen, nicht wahr?«

Amber zögerte. Gab sie sich eine Blöße, wenn sie zugab, dass er recht hatte? Schließlich nickte sie.

Er wägte noch einige Augenblicke einen Gedanken ab, dann aber seufzte er und schüttelte den Kopf.

»Du wirst dein Glück alleine versuchen müssen. Warte ein paar Tage in Ujas Herberge ab, sieh dir die Stadt an – und dann melde dich im Haus des Fischerkönigs und sieh zu, dass du eine Genehmigung bekommst. Manchmal haben auch Leute vom Land Glück und dürfen auf dem Gemüsemarkt arbeiten.«

Das reichte! »Leute vom Land? Gemüsemarkt, ja? Du arrogante Fischhaut! Die Berge gehören ebenso zum Meerland wie Dantar!«

Inu widersprach nicht, nur das spöttische Zucken um seinen rechten Mundwinkel verriet seine Gedanken. »Wie du meinst. Lass dich jedenfalls nicht von der Herbergswirtin übers Ohr hauen. Das Ungeziefer, das in Ujas Algenmatten haust, könnte einen ganzen Schwarm von Fliegenschnappern ernähren. Leb wohl!«

Du wirst ihn *nicht* niederschlagen, befahl Amber sich selbst. Du bist in Dantar, in Dantar prügelt man sich nicht.

Kochend vor Wut und Enttäuschung sah sie dem Seiler nach, bis er hinter der nächsten Straßenbiegung verschwand. Er schaute sich nicht um, natürlich nicht. Es war tatsächlich so, als stammten sie aus zwei völlig verschiedenen Ländern. Die ganze Mutlosigkeit kehrte zurück. Ihre Kleidung klebte nass und kalt an ihrem Körper, doch die Luft war schwül und warm und schien sie erdrücken zu wollen. Ihr Tuch schlotterte um ihren Körper, als sie zu Ujas Herberge ging.

Glitschiger Tang säumte die Straße, einige Fensterläden waren abgerissen, und auf den vorher tadellos geweißelten Häuserfronten hatte sandiges Wasser eine deutliche dunkle Grenzlinie hinterlassen. Amber biss sich auf die Unterlippe. Das Wasser hatte hoch gestanden – so hoch, dass es die Kammer mit den Taschen und Beuteln sicher erreicht hatte. Ohne anzuklopfen, stürzte sie in den kleinen Innenhof, wo das Handelsgut der Gäste gelagert wurde. Hier zappelten immer noch kleine Köderfische in den verbliebenen Pfützen zwischen den Pflastersteinen herum. In der Ecke des Hofes standen Holzeimer mit den größeren Fischen. Krabbenscheren bewegten sich dort neben tastenden Seesternen. Ein Drachenfisch klappte das Maul auf und zu wie ein stummer Sänger.

Helfer waren bereits zur Stelle und schoben mit Besen und Stangen das angeschwemmte Gerümpel an die Seiten. Mitten im Hof stand wie eine kugelförmige, keifende Königin die alte Uja, fuchtelte mit ihren spindeldürren Armen, beschwerte sich über die langsame Arbeit ihrer Helfer und drohte damit, ihnen kein Geld zu geben. Als sie Amber erblickte, winkte sie mit einer ungnädigen Geste ab.

»Kein Nachlass«, raunzte sie. »Bezahlt ist bezahlt! Wenn ihr denkt, ich würde euch euer Geld ...«

»Was ist mit den Kammern?«, fiel ihr Amber ungeduldig ins Wort.

»Alles nass!«, jammerte Uja. »Die Türen aus den Angeln gebrochen, die Matten ruiniert! Ich werde Tage brauchen, um ...« Amber ließ die alte Wirtin einfach stehen und rannte in den Schlafraum. Die Algenmatten hatten sich mit Wasser vollgesogen und stanken erbärmlich nach Fäulnis und lauwarmem Tang. Die Tür zur Kammer war vom Wasser tatsächlich aus den Angeln gedrückt worden. Und Ambers Tasche war fort.

*

Eine heiße Sommernacht hatte sich über Dantar gesenkt. Es war so ruhig, als hätte nie ein Sturm getobt. Gespenstisch still lag die spiegelglatte Fläche des Meeres vor dem Horizont. So wie Amber hatten sich auch einige andere Gäste der Herberge auf das flache Dach des Gebäudes zurückgezogen und sich aus ihren verbliebenen Habseligkeiten ein behelfsmäßiges Nachtlager zurechtgemacht. Immerhin war das Dach noch warm von der Abendsonne.

Unten fluchte und schimpfte Uja. Das nasse Klatschen der Algenmatten war zu hören, die von den Helfern im Innenhof aufgeschichtet wurden. Amber betrachtete den kleinen Ausschnitt des Hafens, den sie zwischen den Häusern erkennen konnte. Ein abgebrochener Mast ragte zwischen zwei Häusersilhouetten in den klaren Nachthimmel. Die Takelage hing zerfetzt herunter, Segelreste bewegten sich im lauen Nachtwind. Und im glatten Meer dümpelten kantige, dunkle Gegenstände. Manche erinnerten an die Körper dahintreibender Menschen. Amber fröstelte trotz der Wärme und zog ihr Tuch enger um ihre Schultern. Es war immer noch nicht trocken. Die Leinenhose hatte sie ausgezogen und zum Trocknen auf dem Dach ausgebreitet. Niedergeschlagen tastete sie nach ihrem Lederbeutel. Immerhin war das Geld noch da. Mehr Geld, als sie jemals in der Hand gehabt hatte. Immer noch konnte sie sich nicht daran gewöhnen, dass es ihr gehörte. Nun, zumindest so lange, bis Sebe und Omin sie fanden. Außer dem Lederbeutel besaß sie nur noch ihr kurzes Messer mit dem Griff aus Martiszahn. Es gehörte zu ihr so wie der Wunsch, der brennende Wunsch, das Messer Omin zwischen die Rippen zu stoßen. Doch alles andere war weg: die Decke, die ihre Mutter bestickt hatte, der Strohhut, den sie immer zur Feldarbeit getragen hatte, die Jacke, das Hemd und die Winterschuhe – irgendwo da draußen sanken diese Gegenstände jetzt wohl dem Meeresgrund entgegen, unendlich tief hinunter, bis zu den Wohnstätten der Naj. Der Naj! Die einzige tröstliche Erinnerung heute. Wenn sie die Augen schloss, sah sie ihn vor sich. Er funkelte und glänzte wie ein Juwel, selbst an seine Stimme erinnerte sie sich – tonlos und rauschend wie das Wasser.

Amber legte den Kopf auf ihre Knie. Es war immer noch ungewohnt, kein langes Haar zu fühlen, das ihr über die Schultern und Arme fiel. Mit dem Messer hatte sie es sich abgeschnitten, bevor sie durch die steilen Schluchten des Flussbettes gewandert war. Immer am Fluss entlang. Der Fluss mündete ins Meer und etwas weiter rechts von der Mündung lag Dantar – die märchenhafte Stadt, über die die Bauern auf den Hochebenen sich tausend Dinge erzählten. So wie der Fluss mündete auch Ambers ganzes Leben in diese Stadt. Das Problem war nur, dass diese Stadt sie offenbar gar nicht haben wollte. Inu hatte mehr als deutlich gemacht, dass er keinen Wert darauf legte, sie wiederzusehen. Leute vor dem Ertrinken zu retten gehörte in Dantar vermutlich zum Tagesgeschäft. Vielleicht sollte sie doch aufgeben und in die Berge zurückgehen? War es nicht besser, von oben aus auf das Meer zu schauen und nachts nur von Dantar zu träumen – wie ein Naj aussah, wusste sie ja nun.

»Na, auch auf der Durchreise?«, meldete sich ein junger Händler neben ihr zu Wort. Er lagerte am Rand des Daches, einige gerettete Gepäckstücke stapelten sich hinter ihm. Immer noch rann Wasser daraus hervor. Die rote Tracht wies den Mann als einen Reisenden aus dem Winterland Lom aus. Er hatte einen weiten Weg hinter sich. Hoffnungsvoll ließ er seinen Blick über Ambers Hals, ihre langen Arme und die bloßen Beine wandern. Sie schienen ihm zu gefallen, obwohl sie mit Kratzern und blauen Flecken übersät waren. Amber zog rasch die Beine unter das feuchte Tuch. »Ich reise nicht, ich arbeite im Hafen.« Auch wenn das eine Lüge war, taten die Worte gut. Und mit einem Mal, als sie über die Dächer blickte, die in der Dämmerung fahl leuchteten, und dahinter das Glitzern des nächtlichen Meeres sah, war wieder dieses Gefühl der Sehnsucht da und schwemmte die Enttäuschung und die Mutlosigkeit fort. Es war verrückt, es war der falsche Zeitpunkt und keiner wollte sie hier – aber sie liebte diese Stadt! Sie liebte das Meer so sehr, dass es wehtat sich vorzustellen, wieder wegzugehen. Und nichts und niemand würde sie davon abhalten, sich diese fremde Welt zu eigen zu machen!

# *Das Boot*

Eine Berührung am Arm weckte sie. Mitten aus einem Traum heraus schoss sie hoch, die Faust geballt, mit blinzelndem Blick nach der besten Stelle suchend, um den Gegner außer Gefecht zu setzen. In ihrem Kopf irrlichterten noch die letzten Bilder des Traums: Sebe und Omin mit Waffen in den Händen und das Geräusch von reißendem Stoff.

Doch es war weder Sebe noch Omin, es war Inu! Der Seiler machte einen Satz nach hinten und hob erschrocken die Arme. Amber nahm sofort die Faust herunter.

»Deine Freunde müssen harte Schädel haben, wenn du sie immer so freundlich begrüßt«, meinte er mit einem ironischen Lächeln. Er flüsterte, um die Schlafenden nicht zu wecken. Die Sonne war noch nicht aufgegangen, aber am Horizont spiegelte das Meer bereits einen hellen Lichtstreif.

»Wusste nicht, dass du zu meinen Freunden gehörst«, konterte Amber. »Unsere Wege haben sich doch getrennt. Was willst du?«

»Wenn du die Erlaubnis bekommen willst, in dieser Stadt zu leben, solltest du dir abgewöhnen, die Leute ständig so unfreundlich anzuherrschen. Und wenn du klug bist, fängst du bei mir damit an, dantarianische Höflichkeit zu üben.«

Amber verbiss sich eine scharfe Antwort. Aufmerksam sah sie sich die Seile an, mit denen Inu beladen war. Sie hingen an seinem Gürtel – dicke und dünne, lange und ganz kurze, die in Knoten endeten. Über die Schulter hatte er sich weitere Seile gelegt. Kein Zweifel – er war bis an die Zähne ausgerüstet. Aber wofür?

»Der Sturm hat schlimm getobt«, begann er ernst. »Am Seilermarkt haben wir nur die Ausläufer mitbekommen, aber am Hafen hat ein Fallwind einige Schiffe zerstört und von der Strömung wurden ganze Ladungen in das Hafenbecken gezogen.«

»Ist deiner Familie etwas passiert – oder deinen Freunden?«

Es kostete Amber viel, eine so direkte Frage zu stellen, aber Inu schien darüber nicht verärgert zu sein. Im Gegenteil – er schenkte ihr sogar ein Lächeln.

»Nein, es geht ihnen gut. Nur die Seilerei ist überschwemmt worden. Die Seile und viel Grundmaterial sind aufgequollen. Das ist ein Verlust. Nun ... im Hafen kann man heute deshalb jede Hand gebrauchen. Und da dachte ich ... du suchst doch Arbeit. Ich nehme dich mit, wenn du willst.«

Amber verschränkte die Finger ineinander. Im ersten Augenblick wäre sie am liebsten aufgesprungen und hätte zugestimmt, aber dann meldete sich wieder das Misstrauen – jener Freund, der sie bisher nie im Stich gelassen hatte. Nun, genau genommen war es ihr einziger Freund.

»Was soll ich machen? Einen Gemüsekarren ziehen?«

Zufrieden sah sie, dass Inu zusammenzuckte. Doch dann überraschte er sie wieder. Ohne zu antworten, setzte er sich neben sie auf den Boden und schnürte einen Beutel auf, den er zusammen mit den Seilen über der Schulter getragen hatte. »Wie ich Uja kenne, wird sie lieber ihre Algenmatten braten, als ihren Gästen genießbares Essen anzubieten.«

Er holte einen Packen aus der Tasche hervor und schnürte ihn auf. Nach Salz und grünen Gewürzen duftendes Fischfleisch kam zum Vorschein. Beim Anblick der dunkelbraunen Kruste lief Amber das Wasser im Mund zusammen. Der Duft störte den Schlaf der anderen Gäste, manche regten sich und blinzelten, um dann doch wieder einzuschlafen. Amber sah zusammengezogene Augenbrauen und Traumschatten, die über Gesichter huschten.

»Snaifisch«, erklärte Inu. »Die Snais kennst du doch wenigstens, oder?«

Amber war froh, nicken zu können. »Sie sind furchtbar hässlich«, sagte sie fachmännisch. Vor dem Sturm hatte sie Fischer dabei beobachtet, wie sie in den kleinen Fangbooten die Ungetüme zum Hafen brachten: knorpelige Gebirge mit einer Stachelkette auf dem Rücken und einem Froschmaul.

»Vor allem sind sie köstlich«, ergänzte Inu. »Der hier hat eine Salz- und Honigkruste. Halt! Augenblick noch … ohne Giel solltest du ihn nicht probieren. Er ist sonst zu süß.«

Giel. Amber verzog das Gesicht. Der saure Algentee,

den es in Dutzenden verschiedenen Sorten gab. Das Getränk Dantars. Man bekam ihn überall – an den Ständen und Marktplätzen und in jedem Haus. Er schmeckte grässlich, aber wenn man nicht verdursten wollte, kam man in Dantar nicht umhin, Giel zu trinken.

Inu hatte bereits einen Trinkbeutel hervorgeholt. Amber versuchte sich ihre Faszination nicht anmerken zu lassen: Der Beutel bestand aus einer getrockneten, mit Hornplatten überzogenen Silberhaut. Mit etwas Fantasie konnte man sich vorstellen, dass es ein sehr runder, flacher Fisch gewesen war, der nun als Gefäß diente.

»Mondfisch«, erklärte Inu. »Er trägt eine Art Rüstung, siehst du? Er wird ausgenommen, getrocknet und gegerbt wie Leder. Die Haut ist wasserdicht. Also: Hinag Dantar! Das ist unser Trinkspruch und er bedeutet: ›So viel Tropfen wie in Dantars Bucht!‹«

»Hinag Dantar!«, sagte Amber mit großem Ernst. Sie kämpfte ihren Widerwillen nieder und setzte die Flasche an die Lippen. Nun, sie hatte zwar mit dem Schlimmsten gerechnet, aber selbst der widerliche Gieltee, den Uja kochte, war gegen dieses Gebräu hier das reinste Zuckerwasser. Es zog jede Muskelfaser im Kiefer schmerzhaft straff und hinterließ im Mund ein Gefühl, als hätte jemand gewaltsam eine grüne Zitrone hineingedrückt.

»Und jetzt einen Bissen Snai. Schnell!«, sagte Inu. Amber schob sich das Fleisch mit der süßen Honigkruste in den Mund. Die Wirkung war verblüffend: Der saure Geschmack löste sich vollkommen auf, das Aroma von würzigem Fischfleisch füllte ihre Nase, süße und säuerliche Würze kitzelten ihre Zunge. Gierig schlang sie den Rest des Fisches hinunter und bemerkte zu spät, dass sie ohne nachzudenken auch Inus Anteil verspeist hatte.

»Entschuldige«, sagte sie zerknirscht. »Ich hatte ganz vergessen, wie hungrig ich war.«

Inu strahlte sie an. »Ah! Sie kann zwar nicht Danke sagen, aber wenigstens eine Entschuldigung bringt sie heraus!«

Amber ärgerte sich, weil sie rot wurde. »Was für eine Arbeit ist das denn nun?«

»Eine, die Kraft erfordert. Kannst du rudern?«

»Natürlich!« Sie hoffte, das klang überzeugend genug. Gerudert hatte sie tatsächlich einmal – wenn auch nur auf einem der spiegelglatten Bergseen am Gebirgspass. Und es war ein stabiler Lastkahn und kein schaukelndes Ruderboot gewesen.

»Gut! Dann los – gleich geht die Sonne auf.«

Amber zögerte nur kurz, doch dann wagte sie zum ersten Mal, seit sie geflohen war, sich einfach auf etwas einzulassen. Und vielleicht hatte das Misstrauen ja dieses eine – oder erste – Mal unrecht? Sie ergriff Inus Hand und ließ sich hochziehen.

*

Mit klopfendem Herzen folgte Amber dem jungen Seiler durch das Gassengewirr, bis sie zur Straße kamen, die zum größten Platz von Dantar führte. Es war gespenstisch: Als sie vor zwei Tagen in die Stadt gekommen war, hatte es hier noch vor Leuten gewimmelt. Händler boten Angelhaken aller Art an, Netzflicker diskutierten mit den Händlern am Straßenrand, auf Eseln und Pferden wurden Handelsgüter zum Hafen transportiert. Heute aber war die Straße leer wie in einer Geisterstadt. Von einigen Dächern blickten ihnen schattenhafte Gestalten hinterher, deren rote Augen glühten wie Laternen. Amber fröstelte bei ihrem Anblick. Hallgespenster. Die gab es auch in den Bergen, und Amber hasste diese irregeleiteten Geister, die die Ziegen verschreckten, aus vollem Herzen. Wo Tod, Streit und Unglück waren, tauchten sie auf, gierig nach dem Leid, immer auf der Suche nach Klagen und Gesprächen, die sie sich zu eigen machen konnten.

»Nach jedem Sturm sind es mehr.« Inu deutete auf ein Haus, an dessen Dach ganze Trauben der Schatten hingen. »Sie werden langsam zu einer richtigen Plage.«

»Sie werden langsam zu einer richtigen Plage«, wiederholte ein Hallgespenst mit Inus Stimme. Amber sah sich um und entdeckte ein Hallgespenst, das ihnen am Rand der Straße nachschlich. Die Züge sahen aus wie verbrannt und verwittert, die Augen glühten rot, dennoch konnte man noch erkennen, dass das Hallgespenst zu Lebzeiten eine hagere Frau gewesen war. Was mochte sie davon abgehalten haben, nach ihrem Tod über die lichte Grenze zu gehen? Eine Rache vielleicht? Oder eine Schuld. Amber wandte rasch den Blick ab.

»Beachte sie einfach nicht«, sagte Inu und das Geschöpf wiederholte die Worte wie ein Echo.

Dort, wo weiße Trauertücher aus den Fenstern hingen, scharten sich ganze Schwärme der Gespenster an den Fenstern. Beim Gedanken daran, dass gestern, während sie den Naj bewundert hatte, Menschen gestorben waren, wurde Amber traurig.

Ein ertrunkener Esel lag mitten auf der Straße. Über ihm kreisten einige der grauen Küstenvögel. Verendete Welse säumten den Weg, den Inu nun einschlug – zum großen Platz mitten in der Stadt, wo das Haus des Fischerkönigs stand.

Waren die Straßen eben gespenstisch leer gewesen, betraten Inu und Amber nun einen großen Paradeplatz, auf dem es vor Leuten wimmelte wie in einem Netz voller Köderfische. An der Stirnseite des Platzes erhob sich ein mehrstöckiges weißes Gebäude mit einem von Säulen geschmückten Balkon. Alle Fenster und Türen standen weit offen. Ohne Unterschied von Rang und Reichtum strömten die Leute hinein.

Amber sah sich um. Sie erkannte die Fischer und die Händler. Es waren Navigatoren da, erkennbar an den köcherförmigen Lederhülsen auf ihren Rücken, in denen sie ihre Instrumente verstaut hatten. Inu winkte einer Gruppe von Seilern zu. Wie Inu trugen auch sie kunstvoll geflochtenes Haar und breite Gürtel, an denen Haken und Seile hingen. Am faszinierendsten fand Amber jedoch die Gruppe von Tauchern, die neben der Tür diskutierten. Ihre sonnenverbrannte Haut war eingeölt und glänzte. Alle trugen sie eng anliegende Kleidung aus elastischer Fischhaut, die einen Blick auf ihre muskulösen Beine erlaubte. Ihr Haar war von Salz und Sonne gebleicht. Wie die Seiler hatten sie ebenfalls Gürtel, aber daran hingen keine Haken, sondern Bänder mit geschliffenen Augenschalen. Amber hatte gehört, dass sie damit unter Wasser sehen konnten, als würden sie durch ein Fenster blicken. Netzbeutel und Harpunen vervollständigten das Bild. Ganz besonders interessant war jedoch der Schmuck: Die Korallentaucher trugen Halsketten aus den schönsten Stücken. Die Perlentaucher hatten vollkommene Perlen in das Haar geflochten oder trugen mehrfach geschlungene Halsketten. Noch nie hatte Amber so viele kostbare Perlen gesehen. Für jede einzelne davon hätte Sebe gemordet.

»He, pass doch auf!«, fuhr eine rüde Stimme sie plötzlich an. Ein schlecht gelaunter Navigator schob sich an ihr vorbei und verschwand im Gewühl. Obwohl er sie angepöbelt hatte, konnte Amber nicht anders als lächeln. In diesen Augenblicken, in denen sie zum Teil der Menge wurde und die Blicke der anderen gleichgültig über ihre dantarianische Kleidung hinwegglitten, fühlte sie sich zum ersten Mal als Teil der Stadt. Die jähzornige, harte Amber mit den zahllosen blauen Flecken am Körper fiel von ihr ab wie ein knisternder alter Kokon und Amber, die stolze Dantarianerin mit dem kühlen Kopf, trat hervor. Sie sog den Geruch von salzgetränktem Stein und Tang ein und war zum ersten Mal glücklich. Erst als Inu sich zu ihr umdrehte, fiel ihr wieder ein, dass sie nicht zum Staunen hier war. »Ich muss noch jemanden in der Halle suchen«, sagte Inu. »Bleib einfach in der Nähe der Tür. Ich hole dich wieder ab!«

Schon war er in der Menge verschwunden. Amber

blieb zurück. Nicht weit von ihr stand eine Gruppe von Fischern. Sie diskutierten nicht wie die anderen, sondern lauschten mit großer Konzentration der Stimme einer Rednerin, um die sie sich geschart hatten. Amber reckte den Hals und entdeckte eine Frau mit schrägen Augen und einem stolzen Kinn. Ihr hüftlanges dunkles Haar war straff aus der Stirn gekämmt und zu einem Zopf gebunden. Sie war ebenso hochgewachsen wie Amber und etwa zehn Sommer älter als sie. Selbst Leute, die bereits graues Haar hatten, lauschten ihren Worten voller Respekt. Sie musste bestimmt eine Würdenträgerin sein. Vielleicht gehörte sie zum Gefolge des Fischerkönigs? Verstohlen schob sich Amber näher an die Gruppe heran.

»Du, Fen, und du, ihr geht zum kleinen Hafen. Die Hamadur ist an den Katzenfelsen zerschellt und über Heck gesunken. Die Erkundungstaucher haben gesagt, ein Teil der Ladung sei von der Unterströmung bis zur Ostseite des kleinen Hafens gezogen worden. Dürfte nicht schwer sein, sie zu bergen.« Einige Leute nickten und lösten sich aus der Runde. Die Menge rückte auf und schloss die Lücken. »Gut, und nun zur Kallanera.«

Ein Murmeln erhob sich und verstummte sofort wieder. Amber sah skeptische Gesichter. »Wie ihr alle wisst, wurde sie mitsamt ihrer Ladung vom Sog aus dem Hafen gezogen. Die Mannschaft konnte sich rechtzeitig von Bord retten, es geht also nur um die Ladung. Ich zahle dreißig Dantare für die Bergung des Schmucks, jeweils zehn weitere für die Korallenladung, die getrockneten Echsenhäute und die Steine von den Feuerinseln.«

Niemand meldete sich. Die Frau kniff die Augen zusammen und blickte in die Runde. »Was ist los? Keine guten Taucher hier?«

Eine ältere Navigatorin räusperte sich. »Stimmt es, dass die Kallanera ostwärts hinter den Sandbänken liegt?«

Die Frau verschränkte die Arme. »Sie ist zu den Sandbänken hinausgetrieben worden, ja«, bestätigte sie ruhig. »Zumindest wurde sie heute Morgen noch schwimmend dort gesichtet, aber sie hat Schlagseite, vermutlich ist sie bereits gesunken. Vor der Sandbank. Oder dahinter. Das müsst ihr herausfinden. Ich habe nie behauptet, dass der Auftrag ein Spiel mit Köderfischchen ist.« Sie machte eine kunstvolle Pause, bevor sie wiederholte: »Also: dreißig Dantare für die Hauptladung. Plus zehn für jede weitere Kiste.«

Amber zog die Augenbrauen hoch. Dreißig Dantare! Für zwei bekam man in den Bergen eine Kuh. Eine fette Kuh. Oder fünfzehn Ziegen. Sie konnte regelrecht sehen, wie es hinter mancher Stirn zu arbeiten begann. Doch immer noch konnte sich niemand entschließen.

»Was ist?« Die Frau wurde ungeduldig. »Wer meldet sich?«

»Ich hole dir die Ladung aus der Kallanera, Sumal!«

Amber zuckte zusammen. Hatte sie sich verhört? Diese herrische Frau da vorne war Sumal? Vor Aufregung begannen ihre Hände zu zittern. Sie hatte erwartet eine grauhaarige, erfahrene Kapitänin zu treffen, aber diese Frau mit dem Goldschmuck passte überhaupt nicht in ihr Bild.

Sumals Ohrringe klimperten, als sie den Kopf wandte und den Blick über die Menge schweifen ließ. Sie hatte honigfarbene Augen, die ebenso golden wirkten wie ihre Haut. Amber hätte alles dafür getan, jetzt ebenfalls die Hand heben zu können. Sie musste Inu finden und ihm sagen, dass die Kapitänin einen Auftrag zu vergeben hatte!

Die junge Frau, die eben den Auftrag angenommen hatte, schob sich nach vorn. Die Taucher, die Amber vorher gesehen hatte, waren ihr bereits schön wie seltene Meereswesen erschienen, aber dieses Mädchen hier übertraf sie alle bei Weitem. Verglichen mit ihr kam sich Amber vor wie ein grober Kaminscheit neben einer polierten Skulptur aus Marjulaholz. Weißblonde, wilde Locken streiften Ambers Schulter. Sie dufteten nach Meer und Seeluft, im Haar hatte sich ein getrocknetes Stück Tang verfangen.

»Geh doch zur Seite«, fuhr die Taucherin Amber an. Hellblaue Augen blitzten auf und Amber blickte in ein schmales, vollkommenes Gesicht. Es gab ihr einen Stich – das Mädchen war alles, was Amber je sein wollte.

Vor Sumal Baji blieb das Mädchen stehen. Ihre braun gebrannten Schultern glänzten im Licht, das durch die hohen Fensterbogen fiel. »Wir fischen die Truhen aus dem Graben«, sagte sie zu der Kapitänin. »Wenn du uns ein Boot gibst. Meines ist gestern gesunken.«

»In Ordnung. Low wird euch ein Boot geben. Groß ist es nicht, nehmt in jedem Fall ein Floß mit. Und holt mir alles aus dem Graben, was ihr von der Ladung finden könnt!«

Die Taucherin nickte. Amber fragte sich, was für ein Boot sie verloren haben mochte.

»Und wenn ihr meine Jontar findet, erhaltet ihr als Belohnung noch einmal zwanzig Dantare!«, fügte Sumal hinzu.

Eine alte Fischerin hob protestierend die Hände. »Augenblick, Sumal. Die Jontar ist nicht so wichtig wie die Handelsschiffe. Und die sind weniger wichtig als die Toten.«

Die Kapitänin fuhr herum. »Das weiß ich! Glaubst du, ich würde sonst meine restlichen Schiffe für die Bergung der Toten und Schiffbrüchigen zur Verfügung stellen, statt damit selbst nach meinen Handelsgütern zu suchen?« Sie wandte sich wieder an die Taucherin. »Nur wenn ihr die Jontar seht, Sabin. Verschwendet keine Zeit damit, sie zu suchen. Wie viele seid ihr?«

»Sechs«

»Ruderer?«

»Drei.«

»Nur drei? Vier wären besser.«

Andere Leute drängten bereits wieder zu den Kapitänen und den Händlern, die Aufträge für die Bergungsarbeiten vergaben. Amber wurde zur Tür geschoben, nur von ferne sah sie noch einmal Sabins helle Locken aufleuchten. Wildes Haar – Amber konnte sich vorstellen, wie es unter Wasser das nixenschöne Gesicht umschwebte. »Sabin«, formte sie den Namen der Taucherin mit den Lippen. Ein Name wie Welle und Schaum. Sabin gehörte nicht nur zu Dantar – sie *war* Dantar!

Auf dem Platz draußen war das Gedränge noch dichter geworden. Wie ein schneeweißer Fels ragte das Haus des Fischerkönigs aus einer Brandung von bunt gekleideten Menschen. Harpunenspitzen blitzten im Morgenlicht auf. Erst als eine Gruppe von durchnässten Leuten auf den Platz kam, teilte sich die Menge und gab einen Platz in der Mitte des Hofes frei. Die Träger schleppten je zu zweit ein Holzbrett heran. Und auf den Brettern lagen, in Segeltuch gehüllt, Körper. Die nassen Tücher zeichneten Schultern, Brüste, Hüften und Knie nach, sogar Gesichter konnte man unter den Masken aus Stoff erahnen. Einige Leute lösten sich aus der Menge und stürzten zu den Bahren. Amber wurde ganz flau im Magen. Die Hallgespenster krochen gierig zischend von den Häusern und ahmten das Weinen und Klagen der Leute nach, die die Segeltücher anhoben und die Toten in die Arme schlossen. Zwei Navigatoren versuchten vergeblich die Hallgespenster zu verscheuchen.

»Gelnir! Er hat dich ertrinken lassen«, schluchzte eine Frauenstimme direkt in Ambers Ohr. Sie schlug nach der schattigen Gestalt eines Hallgespensts und schauderte, als ihre Hand durch kühlen Rauch fuhr. Die roten Laternenaugen funkelten sie höhnisch an.

»Er ist verletzt«, klagte dasselbe Hallgespenst nun mit heiserer Männerstimme. »Seht nur, er ist erschlagen worden! Mein Sohn!«

»Erhängen!«, zischte eine Stimme. »Ertränken ist zu gut für das Pack!«

Amber dachte, dass ein Hallgespenst diese Worte gesprochen hatte, aber es war ein Fischer, der mit einigen anderen unter dem Balkon des Gebäudes stand.

Die Leute rückten nach, Amber sah geballte Fäuste und aufgerissene Münder. Erst als sie mit dem Blick einer ausgestreckten Hand folgte, begriff sie, warum die Menge plötzlich so aufgebracht war: Auf dem Balkon des Hauses, in dem der Fischerkönig residierte, standen drei Gefangene. Wunden und Prellungen in ihren Gesichtern zeigten, dass sie übel zugerichtet worden waren. Sie waren gefesselt. Amber schluckte schwer. Der Anblick fuhr ihr wie eine Faust in den Magen. Das passte nicht zur strahlenden Stadt Dantar, von der sie geträumt hatte.

»Magierbrut!«, brüllte ein Fischer. »Morus wird euch alle jagen und finden!«

Amber wich zurück. Magier? Sie betrachtete die Gefangenen. Noch nie hatte sie einen Magier gesehen – und die Vorstellung, dass diese drei Männer vielleicht tatsächlich Stürme herbeirufen konnten, rief Unbehagen und Scheu in ihr hervor. Dennoch – so, wie sie auf dem Balkon standen, grau und erloschen, sahen sie einfach nur aus wie bedauernswerte Menschen.

»Amber! Hier bist du ja!« Amber machte einen erschrockenen Satz zur Seite. Inu war neben ihr aufgetaucht. Beim Blick auf das Getümmel runzelte er besorgt die Stirn und gab ihr ein Zeichen. Amber duckte sich und schob sich durch die wütende Menschenmasse.

»Hängt sie! Hängt sie!« Das Gebrüll machte sie beinahe taub. Erst als sie einige Häuserecken weiter wieder neben Inu stand, atmete sie auf.

»Was geht hier vor?«, fragte sie atemlos. »Wer sind die Gefangenen? Kennst du sie?«

»Es sind Schuldige«, sagte er knapp. »Besser, wir verschwinden hier.«

»Sie werden wirklich hingerichtet? Einfach so?«

Inu runzelte die Stirn, aber Amber spürte, dass sie mit ihrer Frage einen wunden Punkt getroffen hatte. »Sie werden behandelt, wie das Gesetz von Dantar es vorschreibt.«

»Glaubst du denn, dass sie schuldig sind?«

»Wenn der Rat es beschließt, sind sie es.«

»Aber ... diese Leute kommen aus Dantar! Welcher Dantarianer würde seiner eigenen Stadt Schaden zufügen wollen?«

Inu warf ihr einen unergründlichen Blick zu, der sie verstummen ließ. In seinen Augen flackerte etwas, was sie verwirrte. Für einen Augenblick war sie sich nicht sicher, ob sie ihn richtig einschätzte. Billigte er die Hinrichtungen wirklich?

»Hör zu, Amber. Es ist schwer, ein solches Gesetz zu begreifen und zu akzeptieren. Aber Dantar hat seine eigene Geschichte – und die Geschichte jeder Familie in dieser Stadt ist damit verwoben. Magier sehen aus wie gewöhnliche Menschen, ja. Aber sie denken nicht wie gewöhnliche Menschen. Es ist schon einmal passiert, dass meine Stadt in Gefahr war. Die Magier von damals stammten aus Dantar – und sie wollten die Stadt für sich haben. Für dieses Ziel nahmen sie es sogar in Kauf, ihre Heimat zu vernichten. Das ist nicht zu verstehen, aber es ist genau so geschehen.«

Amber senkte den Blick und betrachtete den gepflasterten, makellosen Boden. Wenn sie den Mund aufmachte, würde sie zugeben, dass es sehr wohl zu verstehen war. Gleichzeitig machte dieser Gedanke ihr wieder Angst.

»Urteile nicht unbedacht über uns und unsere Gesetze«, sagte Inu. »Nicht alles ist so, wie es auf den ersten Blick scheint.«

»Ich urteile nicht mehr über dich als du über uns Meerländer aus den Bergen«, murmelte sie.

Inu zog die Braue hoch und lächelte. »Du hast mich ertappt, Amber. Und um es zuzugeben: Nein, ich mag diese Hinrichtungen nicht. Und ich ertrage den Anblick der Verurteilten ebenso wenig wie du. Aber es ist meine Stadt und unser Gesetz. Willst du jetzt noch Arbeit oder nicht? Unser Boot wartet!«

*

Der Teil der Stadt, den sie bald darauf betraten, hatte weitaus mehr Schaden genommen als die Marktplätze und Gassen. Umgestürzte Boote lagen überall, das Wasser hatte mehrere Werkstätten der Bootsmacher säuberlich ausgewaschen. Amber erschien es seltsam, dass die breite Straße direkt ins Meer führte. Ein paar Längen sah man noch ein Stück Straße unter der Wasseroberfläche schimmern, doch schon bald verlor sie sich in dunkelblauer Tiefe. Amber bekam bei diesem Anblick weiche Knie. Die Tiefe!

»Hat sich das Wasser hier nicht zurückgezogen?«, fragte sie Inu. »Es sieht so aus, als würde unter Wasser noch ein Teil der Stadt liegen.«

Der Seiler brauchte offenbar einige Augenblicke, um zu begreifen, worauf sich ihre Frage bezog.

»Ach so«, meinte er dann. »Nein, die Verwüstung stammt nicht von diesem Sturm. Der Stadtteil hier wurde vor zwölf Sommern von dem ersten dieser Stürme und einer großen Flut heimgesucht. Dieser Teil der Landzunge wurde vollständig zerstört. Seitdem nutzen nur noch die Bootsbauer die verbliebenen Gebäude als Lagerhallen und Werkstätten. Auf der ehemaligen Hafenstraße kann man die Boote gut zu Wasser lassen, siehst du?«

Er deutete auf einen Bootsmacher, der ein winziges Ruderboot ins Wasser zog und prüfte, ob es dicht war.

Als Werkstatt hätte Amber den Verschlag nicht bezeichnet. Aber immerhin hatte der Bootsmacher die meisten Trümmer wieder zusammengetragen: die Holzklötze zum Aufbocken der Rümpfe, einige Eimer, an deren Rändern eingetrocknetes Pech klebte, und viele Planken und Holzstücke. Stimmen erklangen hinter einer Seitenwand, eine von ihnen gehörte einem älteren Mann.

»Warte hier«, sagte Inu. »Ich muss noch ... Bescheid sagen, dass wir dich als neuen Ruderer mitnehmen.«

Er verschwand um die Ecke und wurde von einer leisen Stimme begrüßt. Die Worte gingen in dem Geräusch der Wellen unter, doch Amber hörte zumindest heraus, dass eine heftige Diskussion einsetzte. Inu redete mit einer Frau und eine weitere Stimme mischte sich ein. Amber betrachtete ausgiebig das Ruderboot, den Himmel und die Straße, dann aber siegte ihre Neugier. Leise trat sie näher und spähte um die Ecke des Verschlags.

Hellblondes Haar leuchtete vor dem dunklen, nassen Holz einer Bretterwand. Ambers Knie wurden weich. Das war also Inus Auftrag! Sie würden mit der Taucherin hinausrudern! Und zwar zur Sandbank, wo auch immer sie sein mochte. Doch Inu sah wenig glücklich aus. Finster starrte er den Mann an, der neben Sabin stand. Sehr groß war er, größer als Inu und sogar größer als Amber. Ein junger ... Navigator? Zumindest trug er einen Lederköcher. Mit seinem blonden Haar hätte er Sabins Bruder sein können, aber bei genauem Hinsehen erkannte sie, dass er hellbraunes Haar hatte, das von der Sonne ausgebleicht war. Inu war auf eine ernste Art gut aussehend, aber nach diesem Navigator drehten sich sicher viel mehr Frauen um. Nun zuckte er mit den Schultern.

»Ich kann auch wieder gehen«, sagte er zu Inu. »Aber dann verliert Sabin den Auftrag.«

»Habe ich gesagt, dass du gehen sollst?«, fuhr Inu ihn grob an. Die Taucherin hob beschwichtigend die Hände, doch ihre Augen blitzten. »Es ist ein Auftrag«, sagte sie scharf. »Nichts weiter. Ihr müsst nicht miteinander reden, aber in einem Boot zu sitzen wird doch möglich sein, oder? Es ist nun mal so, dass Ganin nicht zum Treffpunkt gekommen ist. Und ihr könnt mir glauben, dass ich ihm dafür am liebsten die Harpune durch die Hand jagen würde.«

Deshalb hatte Sabin also nur drei Ruderer! Der vierte war ausgefallen.

»Wir fahren«, bestimmte der Navigator. »Inu und ich können sehr gut in einem Boot sitzen. Geschäft ist Geschäft. Sobald das Boot …« Er entdeckte Amber und stutzte. Seine Hand, die auf das Wasser deutete, verharrte in der Luft. Zu Ambers Überraschung nickte er ihr zu und lächelte so freundlich, dass sie ganz irritiert war. »Willkommen!«

Sabin dagegen starrte Amber an, als wüchsen ihr Fischflossen aus den Nasenlöchern.

»Wo ist Tellig?«, wandte sie sich an Inu.

Inu räusperte sich und zog Sabin zur Seite. Amber verstand trotzdem, was er ihr zuflüsterte. »Tellig kann auch nicht kommen.«

»Was?« Die Taucherin schrie fast. »Das ist nicht dein Ernst! Wie sollen wir das schaffen?«

»Er kann nichts dafür. Seine Werft hat ihn für die Bergung am großen Hafen verpflichtet.«

»Wann?«

»Schon gestern Nacht.«

»Verdammt noch mal, ich kann den Auftrag nicht absagen!«

Nun hörte Amber die Verzweiflung in der Stimme. Sabin schien Geld zu brauchen. Sehr dringend.

Inu seufzte und schüttelte den Kopf. »Wir werden fahren«, sagte er. »Du, Tanijen, ich – und sie. Sie springt für Tellig ein.«

Sabin klappte der Mund auf.

»Die da?«

Amber wurde ganz heiß. Das Blut schoss ihr in die Wangen. Sabins fassungsloser Blick war schlimmer als eine von Sebes Ohrfeigen. Und als ihr klar wurde, warum Inu sie gesucht hatte, fühlte sie sich endgültig verraten. Ihr Misstrauen hatte also auch diesmal nicht gelogen.

»Ich bin also der Ersatz, ja?«, fragte sie laut. »Du hast mich nur deshalb bei Uja abgeholt, weil ein Ruderer ausgefallen ist?«

»Bei Uja?«, wandte sich Sabin wieder an Inu. »Dort hast du sie gefunden? In der Herberge, in der nur die Leute von außerhalb übernachten? Wo kommt sie her? Hat sie schon einmal ein Schiff geführt?«

»Sie muss kein Schiff führen, nur rudern«, erwiderte Inu gereizt.

»Ein Strohhut soll ein Boot zu der Sandbank bringen!«, fuhr Sabin fort. »Wir machen keine Spazierfahrt – es geht um die Kallanera! Es geht um eine Ladung im Wert von fast tausend Dantaren, die verzurrt und auf dem Floß geschleppt werden muss. Da können wir keine Landratten gebrauchen.«

»Dein Freund hier kann auch kein Schiff führen und springt als Ruderer ein«, gab Inu eine Spur zu scharf zurück. »Wenn du sie nicht willst, müsstest du auch bei ihm Bedenken haben.«

»Bei Tanijen weiß ich wenigstens, dass er mir nicht bei der ersten Welle aus dem Boot springt.« Der blonde Mann lächelte flüchtig.

»Ach wirklich?«, schnappte Inu. »Dann weißt du ja mehr von diesem *Navigator* als ich.«

»Sie ist kräftig genug, zum Rudern wird es gehen«, sagte Tanijen ruhig.

Sabin funkelte ihn an. »Du kannst einen Glashai von einem Snai unterscheiden und weißt, was zu tun ist, wenn ein brennender Fisch ins Boot springt, aber sie nicht! Ich wette, der Strohhut da beherrscht nicht einmal den einfachsten Seemannsknoten ...«

»Hört auf!«, schrie Amber. Gegen ihren Willen stiegen ihr Tränen der Wut in die Augen. Ihre Hände hatten sich ganz von selbst zu Fäusten geballt. »Ich komme nicht mit«, stieß sie hervor. »Und als Ersatz schon gar nicht! Lieber fresse ich Messerklingen, als mit euch aufs Meer zu gehen!«

Sie drehte sich auf dem Absatz um und schritt davon. Nasser Kies knirschte unter ihren Schuhen. Am liebsten wäre sie davongerannt, aber sie zwang sich dazu, das Kampffeld würdevoll zu verlassen. Krampfhaft presste sie die Lippen zusammen. Am meisten schmerzten Sabins Worte. Strohhut hatte sie sie genannt! Das war die abfällige Bezeichnung der Küstenbewohner für die Bauern, die auf den Anhöhen Ziegen züchteten. Und das Schlimmste war, dass sie sich trotz ihres Stolzes schämte. Sah man ihr wirklich so deutlich an, dass sie von einem Gehöft stammte?

Rasche Schritte ertönten hinter ihr, doch sie drehte sich nicht um, sondern zog die Schultern hoch und ging schneller.

»He! Augenblick mal! Warte doch!« Eine Hand legte sich auf ihre Schulter. Schmerz zuckte durch die Prellung und Amber fuhr herum und schlug die Hand weg. Der Navigator ließ sofort von ihr ab.

»Es tut mir leid«, sagte er verlegen und überrumpelte

sie damit so sehr, dass sie stehen blieb. »Das war nicht … fair. Und höflich schon gar nicht.«

Der Navigator hatte braune Augen mit goldenen Sprenkeln. In der Sonne leuchteten sie und irritierten Amber noch mehr.

»Warum entschuldigst *du* dich?«, sagte sie schließlich. »*Du* hast mich nicht beleidigt!«

»Hier in Dantar gehören die Mannschaften zusammen. Jeder steht für die anderen ein.«

»Ach wirklich? Davon habe ich nichts gemerkt.«

»Eben. Dafür entschuldige ich mich. Inu hat dich als Teil der Mannschaft mitgebracht und wir haben dich behandelt wie einen Eindringling. Das war nicht höflich.« Er schenkte ihr ein zaghaftes Lächeln und streckte ihr die Hand hin. »Dass ich Tanijen heiße, hast du ja schon gehört. Tanijen Calminar Denas.« Drei Namen! Es gab selten Augenblicke, in denen Amber sich kleiner fühlte, als sie war, doch das hier war einer davon. »Und ich bin sicher, du bist eine sehr gute Ruderin«, fügte Tanijen vorsichtig hinzu.

»Dann finde ich bestimmt auch Arbeit auf einem anderen Boot.«

Seine Hand verharrte noch einige Sekunden in der Luft, doch als ihm bewusst wurde, dass Amber sie nicht ergreifen würde, zog er sie zurück. Er seufzte. »Sabin und einige Taucher haben gestern die Ausbeute von fast zehn Tagen verloren. Sie braucht diesen Auftrag.« Er verzog den Mund zu einem schiefen Grinsen. »Du hast es ja gehört: Ich springe auch für einen Ruderer ein, der nicht gekommen ist. Also nimm es ihr nicht übel, dass sie so grob war. Sie hat manchmal eine scharfe Zunge, aber du musst mir glauben, dass sie dich nicht beleidigen wollte.«

»Und du kannst mir glauben, dass ich jedem anderen für den ›Strohhut‹ ein paar Fausthiebe versetzt hätte. Ihr Küstenbewohner seid so nett und höflich, wenn ihr Gästen begegnet, aber ihr werdet sofort fischkalt, wenn diese Gäste etwas von euch brauchen. Ich habe auch alles verloren, was ich hatte, aber ich komme deshalb noch lange nicht auf die Idee, euch als Snaifressen oder Fischhäute zu beschimpfen!«

Sie atmete durch und fühlte sich mit einem Mal etwas besser.

Zu ihrer Überraschung lächelte er wieder, aber sie fühlte sich nicht verspottet. »Wie heißt du?«, wollte er wissen.

»Das dürfte für dich wohl kaum mehr eine Rolle spielen.«

Die goldenen Sprenkel leuchteten in der Sonne. Tanijen lächelte wohl oft, denn dort, wo feine Fältchen seine Augen umgaben, war die Haut nicht gebräunt.

»Es spielt eine Rolle!«, sagte er eindringlich. »Bitte lass mich mit den anderen Snaifressen und Fischhäuten nicht allein auf dem Boot.«

Sie zögerte. Wieder überrumpelte sie die Aufrichtigkeit in seiner Stimme. Diese Nähe war ungewohnt und irritierte sie. Und einen Augenblick kämpfte sie gegen den Impuls an, zurückzulächeln, obwohl sie vor Wut immer noch kochte.

Doch wenn sie ehrlich war, hatte sie tatsächlich keine Lust, sich so schnell geschlagen zu geben. Hier war der erste Auftrag. Noch dazu einer für Sumal Baji! So betrachtet hatte Inu ganz logisch gehandelt: Leute wurden gebraucht, Leute wurden beschafft, mit Geld oder mit guten Worten. Mit dieser Logik sollte sie umgehen können, ohne beleidigt zu sein, oder nicht?

»Amber«, sagte sie schließlich. »So heiße ich. Und da ich aus den Bergen komme, habe ich keinen zweiten Namen. Und einen dritten schon gar nicht.«

»Der Name passt zu dir. Du leuchtest wirklich wie Bernstein.«

Verlegen strich sie sich eine Strähne hinter das Ohr und sah sich nach der Werkstatt um. Der Bootsmacher hatte sich zu Sabin und Inu gesellt. Inu sah zerknirscht drein, Sabin aber hatte die Arme verschränkt und kniff die Lippen zusammen.

»Was ist jetzt?«, fragte der Bootsmacher ungeduldig. »Ihr seid nicht die Einzigen, die ein Boot benötigen!«

»Wir fahren!« Amber staunte darüber, wie selbstsicher ihre Stimme klang. Trotzdem kostete es sie Überwindung, zur Gruppe zurückzugehen.

Sabin presste die Lippen noch fester zusammen. Erst als Inu ihr einen kleinen Schubs gab, machte sie einen Schritt auf Amber zu und streckte ihr die Hand hin. »Ich bin Sabin Satinamal. Ich ... wollte eben nicht unhöflich sein. Willkommen.« Ihre blauen Augen sagten etwas ganz anderes. Amber ignorierte ihre Hand. »Ich werde rudern, Sabin. Aber wenn du mich noch einmal Strohhut nennst, wirst du mein Ruderholz küssen, bevor du den Mund wieder zumachen kannst.«

Einen Augenblick maßen Amber und Sabin sich mit Blicken, dann drehte die Taucherin sich auf dem Absatz um. »Zum Wasser!«, rief sie ärgerlich.

Es war das Boot, das der Gehilfe des Bootsmachers vorher auf Lecks untersucht hatte. Ausgerechnet! Schon vorher war es Amber viel zu klein erschienen, jetzt aber kam es ihr kaum größer vor als ein tanzender Korken in einem See.

»Wie sollen wir die ganzen Kisten und das Treibgut in dieses kleine Boot bekommen?«, fragte sie in die Runde.

Sabin schnaubte verächtlich, als hätte sie eben etwas sehr Dummes gehört.

Tanijen deutete auf ein flaches Floß am Ufer. »Das schleppen wir mit. Für den Fall, dass noch ein Sturm aufkommt, können wir das Seil kappen und laufen nicht Gefahr, mit einem überladenen Boot unterzugehen.« Er lächelte entschuldigend. »Tja, ein größeres Boot ist heute im ganzen Hafen nicht mehr zu finden. Wir können froh sein, von Low wenigstens diese kleine Kabaka-Schale bekommen zu haben.«

Wunderbar! Auf die Idee, dass ein zweiter Sturm drohen könnte, war Amber noch gar nicht gekommen. Doch Tanijen ließ ihr keine Zeit, darüber nachzudenken. »Los, fass mit an!«

Es ließ sich nicht vermeiden, dass die Wellen ihre Hosen bis zu den Knien durchnässten. Mit der Berührung des Wassers kehrte die Aufregung zurück. Vor ihr war das Meer – eine dunkelblaue Fläche, bedrohlich und tief. Es verbarg seine Geheimnisse vor ihr und sie fühlte sich, als müsste sie über den schmalen Grat einer Schlucht balancieren.

»So zögerlich?«, spottete Sabin und sprang mit Schwung ins Boot. Das Gefährt kam ins Schaukeln, dass einem schon beim bloßen Anblick schlecht werden konnte. Der hölzerne Rand löste sich von Ambers Händen. Amber erschrak. Wenn das Boot auf das Meer trieb, würde sie es nicht mehr erreichen! Instinktiv nahm sie Anlauf, bekam den Bootsrand zu fassen und kletterte in die schaukelnde Nussschale. In diesem Augenblick war ihr sogar Sabins spöttischer Blick gleichgültig. Tanijen und Inu schoben das Floß ins Wasser und vertäuten es mit wenigen geübten Griffen am Boot. Dann wateten sie bis zu den Hüften ins Wasser und stiegen von beiden Seiten auf, um das Boot nicht zum Kentern zu bringen. Es knarrte bedenklich.

»Du nimmst das Ralruder«, sagte Tanijen. Amber hatte keine Ahnung, was ein Ralruder von einem normalen Ruder unterschied, also wartete sie, auf welche Seite sich Tanijen setzte, und beobachtete dann jeden seiner Handgriffe, um sie auf der anderen Bootsseite spiegelbildlich nachzumachen. Mit zugeschnürter Kehle beobachtete sie, wie das überschwemmte Ufer sich immer weiter entfernte.

Wenigstens das Rudern war einfacher, als sie gedacht hatte. Es tat gut, die Muskeln anzuspannen und sich mit aller Kraft in die Riemen zu legen. Mit gleichmäßigen Zügen brachten Amber und Tanijen das Boot in die Bucht. Die Anstrengung lenkte sie davon ab, dass das Geräusch des Wassers, das gegen die dünnen hölzernen Wände schlug, ihr Angst machte. Und dennoch: Sie ruderte dem Horizont entgegen! Auch wenn sie sich darunter etwas anderes vorgestellt hatte als Zweifel und eine seltsame schwebende Furcht, die ihr folgte wie ein Hallgespenst.

Splitter und lose Planken stießen an die Außenwand des Bootes, einmal verhedderte sich Tanijens Ruder in einem zerrissenen Netz. Unzählige andere Boote ruderten vor und neben ihnen. Amber sah Taucher und Seiler, aber auch ganz gewöhnliche Leute, die sich weit über die Boote hinausbeugten auf der verzweifelten Suche nach etwas Verlorenem. Bis auf vereinzelte Rufe hörte man nur die Schläge der Ruder, die in das Wasser eintauchten. Amber kam es vor, als würde sie über einen gewaltigen Friedhof fahren. Zum ersten Mal sah sie die Stadt aus dem Blickwinkel der Kapitäne.

Der Anblick war unendlich schön und unendlich traurig zugleich: eine weiße, verwundete Stadt, strahlend in der Sonne. Die fünf Landzungen ragten wie eine gewaltige Hand, die nach dem Wasser griff, ins Meer. Zwischen Ring- und Mittelfinger befand sich der große Handelshafen, wo Güter aus dem ganzen Meerland nach Tjärg, auf die Inseln und in ferne Länder verschifft wurden.

Erst jetzt begriff Amber, wie viel Glück sie gehabt hatte, sich zu Beginn des Sturms in den hinteren Gassen der Stadt aufgehalten zu haben. Geschützt durch Häuser und Gebäude hatte sie lediglich die Ausläufer des Sturms erlebt, die Leute hier hatten ihn dagegen mit voller Wucht zu spüren bekommen.

Wind und Wellen hatten alle fünf großen Handelsschiffe, für die Amber bei ihrer Ankunft noch voller Bewunderung gewesen war, zerstört. Dort, wo gestern noch unzählige Holzstege und Stände mit Fischen, Gerät und Korallenschmuck gestanden hatten, erstreckte sich nur noch endloses Wasser, in dem die Trümmer schaukelten. Eine Abbruchkante zeigte, wo ein Teil der Uferstraße einfach dem Druck des Wassers nachgegeben hatte und versunken war. Unwiderruflich.

Tanijen verharrte. Amber ruderte noch einen Schlag, doch dann hob sie ebenfalls das Ruder aus dem Wasser. Die kleine Mannschaft im Boot war still geworden. Sabin betrachtete die zerstörte Hafenstraße, als hätte sie einen geliebten Menschen verloren. Amber fielen die tiefen Schatten unter ihren Augen auf. Zum ersten Mal kam ihr in den Sinn, dass die Taucherin womöglich nicht nur ihrem Boot nachtrauerte. Und sie fühlte sich wie ein Eindringling, der sich auf eine Beerdigung geschlichen hatte, ohne die Menschen gekannt zu haben, von denen nun Abschied genommen wurde.

»Wir müssen weiter«, sagte Inu heiser. Verstohlen wischte er sich mit dem Ärmel über das Gesicht. Als er den Arm senkte, sah Amber, dass seine Augen gerötet waren.

Höflich blickte sie weg und betrachtete stattdessen die schmalste Landzunge. Und wünschte gleich darauf, sie hätte es nicht getan. Aber nun war es zu spät – sie hatte die Galgen gesehen. Am äußersten Rand der Stadt standen sieben davon. Eine Menschenmenge wogte um den Richtplatz. Und noch weiter hinten, schon außerhalb der Stadt, entdeckte Amber einen gewaltigen Schiffsfriedhof. Gestrandete Schiffe lagen dort auf dem Land, einige schon halb zerfallen. Die Sturmflut hatte manche von ihnen ein Stück die Anhöhe hinaufgeschoben, andere lagen wie verendete Tiere halb im Wasser. Seltsam wirkte die Tatsache, dass die beschädigten Masten immer noch Segel trugen – allerdings waren sie lumpig und geflickt und hingen wie Zeltplanen über die Reling.

»Da sind Menschen«, sagte Amber. »Und es sieht aus, als würden sie ... auf den Schiffen leben.«

»Allerdings«, antwortete Tanijen. »Es ist der alte Schiffsfriedhof. Die Gestrandeten, die Glücksucher, der Abschaum der Stadt und die, die keine Genehmigung haben, sich in der Stadt aufzuhalten – sie leben auf dem Friedhof.«

Diese Nachricht erschütterte Amber fast ebenso sehr wie der Anblick der Galgen. *Abschaum der Stadt?*

»Manche können nichts dafür«, erwiderte Sabin. »Manche haben durch die Stürme alles verloren. Und nach jedem Sturm werden es mehr.«

Amber fiel auf, dass die Taucherin den Anblick des Friedhofs nicht ertragen konnte. Was mochte sie verloren haben? Nun, sie brauchte diesen Auftrag sehr dringend, so viel hatte Amber herausgehört.

Abwesend griff Sabin zu ihrer Halskette und drehte eine längliche Perle zwischen den Fingern, als würde sie in dieser vertrauten Geste Halt suchen. Im Gegensatz zu den anderen Tauchern, die sich nur mit vollkommenen Perlen und Korallen schmückten, schien Sabin gerade am Gegenteil Gefallen zu finden: verdrehte, längliche

Perlen, minderwertige Reststücke in bizarren Formen schmückten ihre Kette. Manche wie Katzenzähne gebogen, manche unförmige Perlmuttklumpen, keine einzige war rund. War es möglich, dass eine so vollkommene Schönheit wie Sabin das Unvollkommene liebte? Mit einem Mal wünschte sich Amber nichts so sehr, als dass Sabin sie mochte.

*

Die Sonne brannte auf das Meer und verwandelte das Wasser in einen Teppich aus blitzenden Juwelen. Sabin blinzelte kein einziges Mal, während sie Ausschau hielt. Die Sandbank lag weit draußen, doch schon im Herannahen erkannten sie die Silhouetten gestrandeter Schiffe. Wie ein dunkler Schmuck lagen sie vor der Sandbank, die durch das seichte Wasser leuchtete. Kisten dümpelten um die Wracks, aber auch Fensterläden, die Reste eines wertvollen, mit Gold verzierten Holzschranks und sogar zerbrochene Gielfässer. Amber atmete auf, als sie den sandigen Meeresgrund wieder erkennen konnte. Das beklemmende Gefühl, dass jeden Augenblick ein riesiges Maul aus der Tiefe hochschießen und das Boot packen könnte, wich von ihr. Zahlreiche Boote umrundeten die Wracks, die Berger waren bereits dabei, die Ruinen zu plündern.

Nur wenige blickten zu dem Boot herüber, das zielstrebig an der Sandbank vorbeizog. Lediglich ein Seemann winkte. »He!«, schrie er. »Passt auf, wenn ihr über den Graben rudert! Dschellars und Strömung!«

Amber drehte sich nach Tanijen um, aber er lächelte ihr nur beruhigend zu.

»Wenn du Angst vor ein paar Dschellars hast, Petta, verkriech dich besser in eine Netzflickerei«, rief Sabin. Der Seemann lachte rau.

Jenseits der Sandbank, die wie ein Damm wirkte, war das Wasser viel bewegter. Kleine Wellen schlugen gegen den Bootsrumpf und das Wasser wurde trübe und dunkel – zu dunkel für Ambers Geschmack. Langsam begannen ihre Muskeln zu schmerzen und auch Tanijen keuchte bereits vor Anstrengung. Nach einer Weile machten sie eine Pause und ließen das Boot treiben. Tanijen holte ein schmales Fernglas aus dem Köcher. Fasziniert beobachtete Amber, wie der Navigator das Meer absuchte. Nach einer Weile verharrte er.

»Da hinten!«, rief er. »Sieht aus wie eine Mastspitze.«

Inu kletterte auf die Ruderbank und nahm wortlos Tanijens Platz ein. Es war erstaunlich, wie die beiden Männer es schafften, auf demselben Boot zu sein und sich dennoch aus dem Weg zu gehen.

Sie ruderten langsam gegen eine leichte Seitenströmung.

»Ich sehe sie!« Sabin sprang auf und brachte das Boot damit gefährlich zum Schaukeln. Amber klammerte sich an das Ruder und hoffte, niemand würde ihren Schreck bemerken. Doch die drei starrten konzentriert zu einer Mastspitze, die weit – viel zu weit entfernt von der Sandbank! – aus dem Wasser ragte. Ruderschlag auf Ruderschlag glitten sie näher an den Mast heran. Amber warf einen besorgten Blick über die Schulter.

Die zerfetzte Fahne an der Mastspitze lappte im Wind wie der Flügel eines verendenden Vogels. Mit einem Ruck stieß das Boot an den Mast. Inu schlang ein dünnes Seil um das Holz. Amber holte das Ruder ein und ließ erleichtert den Griff los. Blasen pochten an den Fingern. Tanijen seufzte erleichtert auf. »Jetzt können wir uns ausruhen. Aber leider wird der Rückweg noch weitaus anstrengender: Gegenwind und Ladung.« Er deutete mit einem Rucken des Kinns auf das Floß. Amber nickte beklommen und ließ den Blick über das Wasser schweifen. In ihrer Fantasie wanden sich unter ihr Mähnenschlangen durch leere Kajüten, die Naj betrachteten die Silhouette des kleinen Bootes über sich und die zweiköpfigen Aaldrachen, die Amber auf dem Fischmarkt gesehen hatte, wetzten ihre Fangzähne. Alle Schauergeschichten über die Seeungeheuer fielen ihr wieder ein. Und wie zum Hohn durchschnitt für einen erschreckenden Moment eine graue Flosse die Wasseroberfläche und verschwand sofort wieder.

»Was ist?«, fragte Sabin. »Du siehst aus, als hättest du einen blutsaugenden Meerengel gesehen.«

»Da ... war etwas«, flüsterte Amber. »Vielleicht ... ein Hai?«

Sabin lachte trocken. »Die Haie sind das Harmloseste hier.« Sie zog ein Band mit zwei geschliffenen Kristallschalen aus dem Gürtel und band es sich um den Kopf. Amber staunte, als sie sah, dass die beiden runden Schalen genau über ihren Augen zu liegen kamen. Sabin nahm das Seil, das Inu ihr reichte, griff nach ihrer Harpune – und überschritt mit einer geschmeidigen

Bewegung den Bootsrand. Ihr blondes Haar flackerte vor dem dunkelblauen Meer auf, dann verschluckte das Wasser sie. Nur ein paar Tropfen glitzerten in der Luft, schon war Sabin mit dem Meer verschmolzen wie der Naj auf dem überschwemmten Marktplatz. In der Nähe platschte eine Flosse und etwas Schwarzes, beunruhigend Schnelles tauchte ab.

Unter der schillernden Haut, die Luft und Wasser trennte, erahnte Amber die Bewegungen von Sabins Körper. Stück für Stück ruckte das Seil in die Tiefe. Inu gab immer weiter nach. Amber hielt unwillkürlich den Atem an, als würde sie selbst tauchen. Die Herzschläge pochten durch ihre Schläfen. Nach einer Weile wurde das Hämmern unerträglich. Schließlich hielt sie es nicht länger aus und schnappte nach Luft.

»Sie ertrinkt!«, japste sie.

Tanijen lächelte. »Sie ist Perltaucherin. Warte ab.«

Viel zu viele bange Augenblicke vergingen. Das Seil bewegte sich schon seit einer ganzen Weile nicht mehr. Dann tauchte Sabin auf einmal links vom Boot auf. Amber wäre vor Überraschung beinahe aufgesprungen. Die Taucherin war kaum außer Atem, aber ihre Wangen leuchteten rot. Anmutig schwamm sie zum Boot und warf eine Handvoll Halsketten mit hübschen, aus Silbermuscheln gearbeiteten Anhängern ins Boot. Ihr Haar trieb um ihre Schultern wie ein Bündel Schlingpflanzen.

»Leck. Spanten an Ralbord gebrochen!«, sagte sie. »Und der Bug ist zertrümmert, als wäre die Kallanera im Sturm auf ein anderes Schiff gelaufen. Nur das Heck und die Kajüten sind zum Teil unversehrt. Die Ladung aber liegt verstreut im Sand. Wir werden den ganzen Tag brauchen, um noch etwas aufzusammeln.«

»Lagerraum?«, fragte Inu. Sabin nickte und warf Tanijen ein Lederband mit zwei geschliffenen Kristallschalen zu. »Ein Spalt, aber nichts zu sehen. Doch im Sand sind Spuren von …« Mit einem Blick auf Amber verstummte sie. Auch Tanijen und Inu warfen ihr verstohlen einen Blick zu.

»Was?«, fragte Amber beunruhigt.

»Spuren eben«, sagte Sabin knapp. »Wie auch immer, ich brauche einen zweiten Mann unten. Eine Tür muss aufgehebelt werden, allein schaffe ich es nicht.«

Dann war sie wieder fort. Tanijen band sich die Schalen vor die Augen und zurrte das Lederband am Hinterkopf fest.

»Zurück zu den alten Zeiten?«, bemerkte Inu frostig.

Tanijen schenkte ihm ein spöttisches Lächeln, zwinkerte Amber zu und sprang. Inu blickte ihm mit düsterer Miene nach.

»Was meintest du mit den ›alten Zeiten‹?«, fragte Amber.

Inu lächelte bitter. »Früher arbeitete er als Korallentaucher, aber heute ist er als Navigator für die Großhändler am Nordhafen unterwegs.«

»Das ist doch gut, oder?«

Inus Stirn verdüsterte sich noch mehr. »Vermutlich schon.«

»Und warum streitet ihr euch dann?«

»Wir streiten nicht«, sagte Inu eine Spur zu grob. »Wir

waren lange Zeit Freunde – aber manchmal verändern sich auch Freunde, bis sie Fremden gleichen.«

»Wie Fremde wirkt ihr nicht. Habt ihr euch wegen Sabin gestritten?«

Jetzt war Inu wirklich überrascht. »Sabin?«

»Nun, ihr beide tut alles, um ihr diesen Auftrag zu ermöglichen. Allerdings sieht sie Tanijen ganz anders an als dich. Und: Sie war es doch, um die du dir gestern Sorgen gemacht hast, oder?

Inu lachte. »Ja und nein«, antwortete er. »Sich um Sabin Sorgen zu machen, ist verschwendete Zeit. Sie ist wie ein Naj – sperr sie unter Wasser in einen Käfig und sie kommt wieder heraus, mit einem Dornrachen in der einen Hand und einem Glashai in der anderen.«

»Nun, mit der dantarianischen Höflichkeit, auf die du so großen Wert legst, ist es bei ihr jedenfalls nicht weit her.«

Inu sah sie ernst an. »Tut mir leid, Amber«, sagte er schließlich. »Du bist wütend auf mich – und du hast ganz recht damit. Ich hätte dich nicht mitnehmen sollen. Schon gar nicht als Ersatz.«

Der Satz verdarb Amber augenblicklich die Laune.

Ersatz.

Etwas zu ahnen war eine Sache, es zu hören eine ganz andere.

»Schon gut«, meinte sie brüsk. »Es ist ein Geschäft, nichts weiter.«

Ein Platschen ließ sie herumfahren. Da war es wieder – ein schwarzes Ungetüm. Sein Flossenschlag brachte das Boot zum Schaukeln. Schon tauchte es wieder ab.

»Was war das?«, fragte sie leise. Inu zog erstaunt die Brauen hoch, als hätte er tatsächlich vergessen, dass sie bis gestern noch nie in ihrem Leben einen lebendigen Meeresfisch gesehen hatte. »Du hast es doch vorhin selbst gesagt. Ein Hai. Ein ziemlich großer Sandhai. Sie jagen im flachen Wasser in der Nähe der Sandbänke nach den Bartrochen, die sich gerne hierher zurückziehen. Aber keine Sorge – Sabin weiß, wie man mit ihnen umgeht.«

Sabin wusste es vielleicht, schön für sie! Aber Amber wusste es ganz sicher nicht. Sie kauerte sich so weit wie möglich vom Bootsrand entfernt auf die Bank. Ihr Herz raste und ihre Beine kribbelten – vielleicht strich die Bestie jetzt gerade unter dem Boot entlang?

»Und was ist eine Dschellar?«

»Jemand, dem du nie Antwort geben solltest. Sie kann die ganze Schwere des Meeresbodens an sich ziehen, dann umschlingt sie Schiffe und sinkt mit ihnen auf den Grund. Und bei Menschen kann sie manchmal auch nicht widerstehen.«

Das Kribbeln in Ambers Nacken und in ihren Beinen wurde unerträglich. Hätte sie doch nicht gefragt! Inu musterte ihr blasses Gesicht. »Hast du dir das Leben in Dantar so vorgestellt?«, fragte er plötzlich.

Amber wollte etwas antworten, als das Platschen wieder ertönte, diesmal hinter ihr. Erschrocken griff sie nach dem Ruder, bereit, auf jede Bestie einzuschlagen, die sich zeigen würde, aber dann sah sie mit grenzenloser Erleichterung, dass es nur Tanijen war. Er schnappte nach Luft wie ein Ertrinkender. »Sabin ...«, keuchte er. Amber sprang auf und verlor beinahe das Gleichgewicht. Inu packte sie am Arm. »... bringt ... einen Mann der Besatzung hoch!«, beendete Tanijen seinen Satz und deutete auf eine Stelle nicht weit vom Boot.

Amber brauchte mehrere Augenblicke, um zu begreifen, was das bedeutete. Und dann konnte sie es mit eigenen Augen sehen: Ein seltsames Wesen schwebte unter der Wasseroberfläche heran. Auf den ersten Blick wirkte es, als hätte es so viele Gliedmaßen wie ein Krake, es kam näher, wurde deutlicher und deutlicher, zeigte Sabins wallendes Haar und ein weißes Gesicht – und durchbrach schließlich die Wasseroberfläche. Sabin hielt einen bärtigen Mann mit langem schwarzem Haar in den Armen. Seine Augen waren geschlossen und seine Arme trieben willenlos an der Wasseroberfläche. Im Gegensatz zu Sabins erhitztem Gesicht wirkte seine Haut fischbleich und grünlich. Amber wurde auf der Stelle schlecht. Mit zitternden Knien ließ sie sich auf die hölzerne Bank sinken. So hatte sie sich den Auftrag nicht vorgestellt. Von der Bergung von Toten hatten sie ihr nichts gesagt!

»Sind noch mehr da unten?«, rief Inu. Sabin schüttelte so heftig den Kopf, dass ihre nassen Locken flogen. »Dem Balivan sei Dank, nein. Er hatte sich in den Vorratsraum geflüchtet, Skigga allein mag wissen, was er sich dabei gedacht hat, sich da unten zu verkriechen, statt das Schiff mit den anderen sofort zu verlassen. Hier, zieht ihn hoch!« Mit wenigen Schwimmzügen brachte sie den Ertrunkenen zum Boot, wo ihn Inu und Tanijen, der inzwischen wieder ins Boot geklettert war, in Empfang nahmen. Bäche von Wasser strömten aus der nassen Kleidung des Mannes, als sie ihn behutsam über den Bootsrand hoben. Amber hatte in ihrem Leben schon manchen Toten gesehen, aber der Anblick dieses Mannes machte ihr Angst. »Warum legt ihr ihn nicht auf das Floß?«

Sabin funkelte sie wütend an. »Wie kannst du so etwas nur fragen? Weil er ein Mensch ist und kein Gepäckstück, das wir einfach so mit dem Floß zurücklassen, wenn der Wind zu stark wird.« Sie schluckte und Amber bildete sich ein, dass die Taucherin gerötete Augen hatte und ein paarmal zu oft zwinkerte, aber es war sicher nur das Meerwasser, das unter die Kristallschalen geraten war und nun in Sabins Augen brannte. »Wir fahren zu einem der großen Schiffe und übergeben ihn dort«, bestimmte Sabin und kletterte flink auf das Boot. »Das Floß lassen wir so lange hier.«

Amber war froh, sich zum Rudern umdrehen zu müssen, sodass der Tote hinter ihr lag. Ihre Zähne klapperten, obwohl ihr nicht kalt war.

Die Wasseroberfläche kräuselte sich jetzt stärker, der Wind raute die See auf und blies Amber mitten ins Gesicht. Einmal blickte sie über die Schulter zur Sandbank. Warum starrten die Leute auf den anderen Booten zu ihnen herüber? Amber sah Münder aufklappen und fassungslose Gesichter. Dann begann ein Seemann eine Fackel zu schwenken. »Rudert!«, brüllte er. Hinter ihr stieß Sabin einen Fluch aus.

Eine Bö kam aus dem Nichts, erfasste das Boot und drehte es um seine eigene Achse. Aus Ambers Blickfeld verschwand die Sandbank, als hätte ein Magier ein helles Tuch zur Seite gezogen. Sie wurde herumgeschleudert und schlug hart gegen die Halterung des Ruders. Der Anblick des Himmels jagte ihr einen Entsetzensschauer über den Rücken: Dunkle Schlieren zerfetzter Wolken trieben viel zu nah über dem Meer und wurden sofort vom Wind verwirbelt. Einige Seevögel trieben im Wirbel und schossen wie helle Pfeile über den Himmel.

Dann kam der Sturm. Ohne Vorwarnung war er von einem Augenblick auf den anderen da – eine gewaltige Windhand, die sie herumwarf. Rufe hallten von der anderen Seite der Sandbank zu ihnen herüber, doch auch sie verschluckte gleich darauf das Heulen des Sturms.

Ambers Finger schmerzten, so fest klammerte sie sich an das Ruder. Unter ihr bockte das Boot, schwebte für die Dauer eines Atemzugs und fiel dann krachend auf das Wasser zurück.

Gelähmt vor Schreck sah Amber eine gewaltige schwarze Woge auf das Boot zurollen. Nein, es war keine Woge – es war eine Wand. Blitzartig huschten Bilder an Amber vorbei: die Faust ihres Bruders, die Ziegen, ein strohgedecktes Dach und sie selbst, wie sie nach der hölzernen Kassette griff. Es war alles umsonst gewesen. Ihr Leben, ihr richtiges Leben war zu Ende, bevor es überhaupt angefangen hatte.

Völlig betäubt verfolgte sie, wie sich unter der Oberfläche der Woge ein Hai wand, Auge in Auge mit ihr, als würde sie durch ein Fenster schauen. Das Raubtier bog sich und zappelte wie ein Köderfisch, bis ihn das Meer ausspuckte und ins Boot warf. Amber sah nur ein

Maul, das nach ihr schnappte. Ein gebogener schwarzer Zahn verhakte sich im Stoff ihrer Hose. Instinktiv riss sie das Ruder hoch und ließ es auf den Hai niedersausen. Doch der Raubfisch war schneller. Wie eine Schlange wand er sich und schnappte zu, die Säbelzähne verfehlten Ambers Unterschenkel nur knapp und gruben sich in das Holz.

Eine weitere Woge warf das Boot herum. Der Hai rutschte über den Bootsrand und nahm das Ruder mit. Sabin wollte dem Ruder nachspringen, aber Tanijen brachte sie zu Fall. »Bist du wahnsinnig?«, schrie er.

Einen Wimpernschlag lang glaubte Amber, Gesichter im aufgepeitschten Wasser zu sehen – klare Najgesichter, gläsern und schön, inmitten der sich bauschenden Schleier der Kiemenhäute. Dann traf sie ein Schlag und schmetterte sie zu Boden. Ein Körper lag auf ihr. Amber schrie laut auf aus Angst, es könnte der Ertrunkene sein. Doch es war Inu. »Festhalten!«, brüllte er ihr ins Ohr.

Dieser Befehl war überflüssig. Zumindest im Moment, denn ein plötzlicher Fallwind drückte Inu und sie so stark auf den Boden des Bootes, dass sie kaum atmen konnte. Ambers Wange lag auf das nasse Bodenholz gepresst, als würde sie dem Meer lauschen. Und sie hörte Rauschen, trommelnde Wellenschläge und noch etwas, weit entfernt, ein Gurgeln und ein Ziehen, als würde ein gewaltiger Mund an einer Flasche Gieltee saugen. Kein Zweifel: Das Meer wollte sie verschlingen. Übelkeit ließ Amber würgen. Das Boot tanzte und schaukelte, aber wenigstens hielt Inus Gewicht sie am Boden. Obwohl sie hin und her gebeutelt wurden, ließ er sie nicht los. Die Angst ließ sie vergessen, dass ihr Rücken mit Blutergüssen und Prellungen übersät war.

»Hier, binde dir das Seil um den Leib«, befahl Inu zwischen zwei Wellenschlägen. Amber gehorchte und ließ es sogar zu, dass Inu ihr Seil mit einem schnellen Knoten sicherte. »Die Welle«, rief Inu ihr ins Ohr. »Falls sie dich aus dem Boot schwemmt, zieh dich am Seil entlang zurück, hast du verstanden?« Amber nickte und biss die Zähne zusammen.

»Lass mich nicht los!«, presste sie hervor. Tränen brannten ihr in den Augen. Sie sah den Schatten der Welle bereits – eine gewaltige Gestalt, das Meer selbst, das sie vernichten würde.

Sie presste die Lider zusammen, jeden Augenblick gefasst auf die letzte schäumende, kristallkalte Woge, die das Boot unter Wasser drücken würde. Sie wartete auf das kalte Brennen in ihrer Nase und in ihrem Mund und stellte sich vor, wie es sein würde – der salzige Tod bei den Haien.

Durch den Sturmwind hörte sie, wie Tanijen etwas schrie. Inu umklammerte sie mit beiden Armen, dann kippte das Boot und Amber verlor endgültig die Orientierung.

Nie hatte sie gedacht, dass Wasser wehtun konnte. Es fühlte sich an, als hätte ihr jemand eine Tür gegen den Kopf geknallt. Nasse Klauen schienen sie in Stücke reißen zu wollen. Inu war fort und Amber zappelte und strampelte in einer zähen Masse. Diesmal hielt sie den Mund geschlossen, obwohl das Salz in ihrer Nase brannte. Ihre Hände krampften sich um das Seil. Sie brauchte einige Augenblicke, um wirklich zu begreifen, dass sie im Wasser trieb. Dann begann sie mit aller Kraft am Seil zu ziehen.

# *Das Meer*

Das Schlimmste war die Machtlosigkeit. In der Nacht war nicht einmal zu erkennen, wo der Himmel endete und wo das Meer begann. Nur ein Glitzern hier und da verriet das Wasser – und das Spottlied des Meeres, das Glucksen und Rauschen, das Amber längst wie Kichern und höhnisches Getuschel erschien. Seit es Nacht geworden war, hatte sie jedes Zeitgefühl verloren. Sie fror im Wasser und konnte nichts dagegen tun, dass ihre Zähne klapperten. Das Seil schnitt bei jedem Wellenschlag tief in die Mulde unter ihren Rippen ein. Immerhin wurde der Wind ruhiger, das umgekippte Boot tanzte nun in großen Bogen über die Wellen und sprang nicht mehr wie ein bockendes Pferd. Um das Gewicht gleichmäßig zu verteilen, hielten sie sich je zu zweit an einer Seite des Bootes fest. Ambers Finger waren taub, so lange klammerte sie sich bereits an den schartigen Kiel. Am Himmel war kein einziger Stern zu sehen. Und unter ihr war die schwarze Unendlichkeit, in der Zähne lauerten, Flossen und Fangarme. Sie konnte beinahe fühlen, wie Ungeheuer sie beobachteten, und zog die Beine so nah an den Körper, wie sie konnte. In den ersten Stunden hatte die Angst sie taub und starr gemacht, nun aber heulte sie vor Verzweiflung. Zum hundertsten Mal tastete Amber nach ihrem Messer am Gürtel. Inu hatte ihr eingeschärft, dass sie das Seil um ihre Hüfte sofort kappen müsste, sollte das gekenterte Boot sinken.

»Keine Angst«, hatte er ihr zugemurmelt. »Es ist unwahrscheinlich – das Boot ist aus Marjulaholz gemacht, sehr leicht und mit vielen Lufteinschlüssen, außerdem ist es mit Wachsöl versiegelt. Aber manchmal saugt das Holz durch Risse Wasser auf.«

Die Vorstellung, von dieser Holzschale unaufhaltsam in die Tiefe gezerrt zu werden, war schlimmer als alles andere. Auch die anderen waren mit Inus Seilen gesichert. Fassungslos hatte Amber beobachtet, wie Sabin sogar den Toten geborgen hatte, nachdem das Boot von der großen Welle umgeworfen worden war. Als das Wüten des Sturms etwas nachließ, hatte Inu den Ertrunkenen in ein Tuch eingeschnürt, das er um den Oberkörper gebunden trug, und Sabin hatte den leblosen Körper unter Wasser an der Sitzbank des kieloben treibenden Bootes festgebunden, damit sein Gewicht sie nicht noch mehr nach unten zog.

Amber sah die anderen nur schemenhaft, dunkle Silhouetten vor dem nächtlichen Meer. Sabin und Tanijen flüsterten miteinander wie Hallgespenster, Phantome, die sich nur noch vage an ihr menschliches Leben erinnerten.

Nach und nach ließ der Wind nach, das Boot hörte auf zu schwingen wie eine betrunkene Schaukel und ging in einen sanfteren Rhythmus über, der die Erschöpfung der vier Menschen, die sich daran festklammerten, allerdings noch schlimmer machte. Amber merkte, wie ihr trotz der Übelkeit und der Angst die Augen zufielen. Sie glitt beinahe vom Kiel ab und schreckte wieder hoch.

»Der Sturm zieht weiter«, erklang Sabins leise Stimme von der anderen Seite des Bootes. «Habt ihr gesehen, dass jenseits der Sandbank alles ruhig war?«

»Wären wir nur einige Bootslängen näher an der Sandbank gewesen, hätte der Wind uns verschont«, murmelte Tanijen und hustete.

Amber schluckte, ihr Hals war ausgedörrt, das Salzwasser, das sie in den vergangenen Stunden geschluckt hatte, entfachte nun einen mörderischen Durst in ihrer Kehle. Doch auch der Mondfischbehälter mit Gieltee, den Inu mitgenommen hatte, war bei der letzten Woge über Bord gegangen.

»Wo sind wir?«, brachte sie nach einer Weile heraus. »Kommen wir wieder zurück?«

Das Schweigen war Antwort genug.

»Wenn wir nicht vor Erschöpfung untergehen wollen, müssen wir abwechselnd schlafen«, meldete sich Sabin nach einer Weile zu Wort. Inu glitt zu Amber und legte ihr den Arm um die Taille.

»Mach die Augen zu und ruh dich als Erste aus«, sagte er sanft. »Keine Sorge. Ich halte dich fest.«

*

Nie hatte Amber sich einsamer gefühlt. Inu schlief, sein Kopf lehnte schwer an ihrer unverletzten Schulter, sein

Haar trieb wie ein Bündel Seile im Wasser. Sosehr Amber Nähe hasste, diesmal war sie froh, einen anderen Menschen bei sich zu spüren. Sabin hatte die Arme auf den Bootsrumpf gelegt und den Kopf daraufgebettet. Selbst im Schlaf umschloss ihre linke Hand den Schaft der Harpune, als könnte nichts und niemand ihr diese Waffe entreißen. Tanijen blickte immer wieder zu dem Halbmond, der das Wasser in ein glänzendes Seidentuch verwandelte.

Ambers Aufgabe war denkbar einfach: Sie sollte nach brennenden Fischen Ausschau halten. Alles, was sie über die Tiere wusste, war, dass sie auch in der Nacht leuchteten wie Gold und dass die Berührung mit ihrer Haut schmerzhafte Verbrennungen verursachte. Doch statt der brennenden Fische schob sich ein dunkler Körper unter der Wasseroberfläche an das Boot heran. Amber reagierte blitzartig und griff nach ihrem Messer, doch Inu lehnte zu schwer an ihrer Schulter und ihrem Arm.

»Inu!«, rief sie dem Seiler ins Ohr. »Ein Hai!«

Sabin und Inu schreckten hoch, aber im Gegensatz zu Inu, der schlaftrunken und irritiert wirkte, war Sabin sofort hellwach. »Nicht bewegen«, sagte sie. »Das ist kein Hai, nur ein Waran. Harmlos, wenn er jedoch erschrickt, schlägt er mit dem Dornschwanz um sich. Der Tote hat ihn angelockt. Ich vertreibe das Tier.« Lautlos tauchte sie unter. Wasserwirbel brachten das manövrierunfähige Gefährt in schaukelnde Bewegung. Stacheln kratzten am Holz, als das Ungeheuer unter dem Boot hindurchtauchte und direkt hinter Inu an die Oberfläche kam. Im Mondlicht sah Amber nur schemenhaft ein mit Knochenhöckern übersätes Echsengesicht. Eben war ihr noch kalt gewesen, jetzt aber fühlte sie sich, als würde ein Fieber sie verbrennen. Sabin tauchte wieder auf.

»Wenn wir mit seinem Blut nicht die ... anderen anlocken würden, würde ich ihn erlegen«, murmelte sie zwischen zusammengebissenen Zähnen.

Das Ungeheuer schwamm weiter, spitze Rückenstacheln schnitten das Wasser, dann bog sich ein schlangenförmiger, mit Dornen bestückter Schwanz aus dem Wasser, während das Tier abtauchte.

»Ein Dornwaran«, sagte Inu. »Sie leben auf Inseln, aber sie können große Entfernungen zurücklegen.«

»Heißt das, wir sind in der Nähe einer Insel?«, brachte Amber heraus.

»Siehst du etwa eine?«, fuhr Sabin sie grob an. Amber zuckte zusammen.

»Sabin!«, mahnte Tanijen. »Mach ihr nicht noch mehr Angst. Du siehst doch ...«

Amber schrie auf, sie konnte nichts dagegen tun, ihre Beine strampelten von ganz allein im Wasser und stießen das weg, was ihren Oberschenkel gestreift hatte – ein Fuß des Toten unter dem Boot. Ihr Schreck schlug in pure Wut um. »Verflucht!«, brüllte sie. »Warum schleppen wir ihn mit? Seid ihr noch bei Trost?«

»Weil irgendwo in Dantar seine Familie auf ihn wartet«, gab Sabin kühl zurück. Amber stöhnte auf. Sie war unter Verrückten gelandet!

»Du bist doch Navigator!«, fuhr sie Tanijen an. »Du

musst doch wissen, wo es Inseln gibt und wie wir zurückkommen.«

Tanijen machte einen Versuch, ihr beruhigend zuzulächeln. »Geduld, Amber. Wir treiben in die richtige Himmelsrichtung – mit Kurs auf Dantar, aber wo genau wir sind, könnte ich dir nur sagen, wenn ich meine Instrumente hätte. Allzu weit weg können wir nicht sein, glaub mir, früher oder später stoßen wir auf die ersten Inseln. Dort leben Fischer. Wir leihen uns ein Boot und sind morgen wieder in Dantar.«

Inu rückte näher an sie heran, legte den Arm um sie und zog sie zu sich heran. Amber schloss die Augen und vergaß für einige Momente die Tiefe unter sich. »Eins kannst du mir glauben, Amber«, flüsterte Inu ihr ins Ohr. »Ich habe genauso viel Angst wie du!«

Amber musste für einen Augenblick weggenickt sein, doch nun schreckte sie hoch. Es war zu still, selbst Inu neben ihr schien die Luft angehalten zu haben.

»Nicht erschrecken«, flüsterte Sabins Stimme ihr zu. »Tu so, als würdest du sie nicht sehen.«

Ein leises Zischen und Klicken links von ihr ließ Ambers Herz schneller schlagen. Links von ihr durfte nichts sein! Sie blinzelte.

Nebel hüllte das Boot ein, täuschte ihre Augen und gaukelte ihr vor, eine Gestalt neben sich zu sehen. Schultern ragten aus dem Wasser, Hände hielten sich am Boot fest und ein dunkles Gesicht wandte sich Amber zu. Und als die Wolken auseinanderdrifteten, erkannte Amber, dass die Gestalt tatsächlich schwarz war. Nun zeigte sie ein Grinsen, bestehend aus den Gehäusen von Meeresschnecken. Schlick löste sich von den wulstigen Lippen und floss über die Schnecken. Matte Haiaugen starrten Amber an.

»Schau weg!«, flüsterte Sabin. »Amber, schau mich an!«

Amber schluckte und gehorchte. Sabins helles Haar schimmerte, doch ihre Gesichtszüge konnte Amber im Mondschatten nur erahnen. Das Wesen schmatzte.

»Ist das …?«, flüsterte Amber.

»Eine Dschellar, ja«, raunte Inu. »Beachte sie nicht! Schau woanders hin.«

»Du riechst nicht nach Meer«, sagte die Dschellar. Es klang, als würde sie Geräusche zu Worten formen, und bei jedem Wort klickten die Meeresschnecken gegeneinander. Eine Krebsschere fiel aus ihrem Mund und versank. »Antworte ihr nicht«, flüsterte Inu. Die Dschellar legte ruckartig den Kopf schief und biss auf etwas, was sie offenbar schon die ganze Zeit in ihrem Maul aufbewahrt hatte. Es knackte. »Du riechst nach Stein und Staub«, klickte sie nun. Ihre Finger wurden länger und breiter, flossen zusammen und füllten jede Ritze im Holz aus. Amber hangelte sich nach rechts, um dem Fließen auszuweichen. Bestand die Dschellar aus Schlick? Die Dschellar wurde schwer, das Boot senkte sich bedrohlich. Amber tastete hektisch nach ihrem Messer. Sie würden sinken! Das seltsame Wesen verharrte, als es etwas hörte, was auch Amber kaum glauben konnte: Tanijen summte ein Lied. Eine Weile summte er ohne Worte, es war eine schnelle Tanzmelodie mit vielen Sprüngen und Rhythmuswechseln. Dann sang er leise vor sich hin. Er hatte eine schöne Stimme, dunkel und doch sanft.

»Wollt schwimmen ich im heißen Meer,
wollt tauchen tief und weit
von Dantar bis nach Delahen
und bis zum Rand der Zeit.«

Die Dschellar floss wieder zu einer Gestalt zusammen. »Und bis zum Rand der Zeit«, wisperte sie aufgeregt. Tanijen sang weiter, während die Dschellar wuchs und wuchs, um über den Kiel hinwegsehen zu können. Amber spürte einen Wirbel rauer Sandkörnchen an ihren Beinen.

»Umschließt sie jetzt das Boot?«, flüsterte sie Sabin zu.

»Scht!«, kam es leise von der anderen Seite.

»Kein Snai, kein Naj, kein Schlangentier
jagt mich fort von hier.
Und wenn ich meinen Kopf verlier,
verlier ich ihn bei ...«

Ein Platschen ertönte und Tanijens Lied brach abrupt ab. Hatte Sabin mit der flachen Hand auf das Wasser geschlagen?

»Oh«, sagte Sabin laut. »So ein Pech, das Lied ist ins Wasser gefallen.«

Die Dschellar klackte noch aufgeregter. Muschelschalen prasselten auf den Bootsrumpf.

»Zu schade«, bestätigte Tanijen. »Es ist mir entwischt. Da unten schwimmt es.«

Das Wesen war so aufgeregt, dass es seine Kontur verlor und als schwarze Fläche über das Boot schwappte. Amber spürte, wie sich kalter Schlamm über ihre Finger schob, und schauderte, aber um nichts in der Welt hätte sie den Kiel losgelassen.

Tanijens Stimme zitterte, als er versuchte möglichst unbesorgt weiterzusprechen. »Ausgerechnet dieses Lied«, meinte er bedauernd.

»Das Lied«, wisperte das Wesen. »Das Lied!«

»Stimmt«, sagte Sabin. »Es war das Schönste von allen. Es sieht aus wie ein Glashai, ist aber zu schnell, niemand wird es fangen können. Selbst für eine Dschellar, die kein Boot umklammert, wäre es zu schnell ...«

Das Boot sank noch einige Fingerbreit, dann zog sich der Schlamm zurück und löste sich so schnell vom Holz, dass das Boot wie ein Korken nach oben schoss. Ein Sog zerrte an Ambers Beinen, das Seil nahm ihr fast die Luft, aber dann waren sie frei.

»Sucht die Dschellar jetzt etwa ... das Lied? Sie glaubt doch nicht im Ernst, dass ein Lied wie ein Fisch aussieht?«

Sabin lachte leise. »Nicht alle fallen darauf herein, aber diese hier war dümmer als ein Schneckenfisch. Je besser sie ihre Umgebung – zum Beispiel ein menschliches Gesicht – nachahmen können, desto schlauer sind sie. Nun, unsere Dschellar war wirklich kein Talent.«

»Sie können sich unendlich schwer machen und ziehen Schiffe auf den Grund des Meeres«, sagte Inu neben ihr. »Wir hatten Glück, dass sie neugierig war und nicht wusste, was das für ein seltsames Wesen ist – Holz und viele Beine. Hätte sie ...«

Er verstummte und auch Sabin und Tanijen zogen scharf den Atem ein. Amber spürte es – ein Ziehen und Zerren, das sie leicht aus dem Gleichgewicht brachte. Es war kein Wind. Ein Wind hätte sie geschoben. Das, was sie nun spürte, war ein Sog! Das Boot drehte sich ein paarmal um seine Achse und trieb dann längsseits auf dem Wasser dahin.

Über ihnen wurde das Geräusch eines gewaltigen orkanartigen Windes lauter, aber der Nebel hielt sie dicht umschlossen. Dann hob sich jedes einzelne Haar auf Ambers Kopf, sträubte sich und strebte zum Himmel. Ein erstaunter Laut aus Sabins Richtung zeigte ihr, dass sie nicht die Einzige war, die von einem Frösteln geschüttelt wurde. Das Boot ließ sich nicht mehr in eine Richtung bringen, sondern blieb längsseits in der Strömung und schob eine gewaltige Welle vor sich her. Ein Schimmern drang durch den Nebel, doch es war zu hell für den Mond. Und ihr Haar knisterte immer noch, als hätte ein Magier sich einen Spaß erlaubt. Amber schrie auf, als ein Ruck durch das Boot fuhr.

»Kappt die Seile!«, befahl Inu. »Es zieht uns nach unten!«

Amber klammerte sich an das Holz. »Nein!«, schrie sie.

Das Boot wurde ruckartig in die Tiefe gerissen, bevor sie noch einmal Luft holen konnte. Schäumendes Wasser schlug über ihr zusammen. Jedes Geräusch brach ab, da waren nur noch Rauschen und ihr eigener Schrei unter Wasser, verzerrt und tierähnlich. Ihr fiel ein, dass sie ihre Luft verschwendete, und sie presste erschrocken die Lippen aufeinander. Das Seil zerrte sie nach unten. Dies war kein gewöhnlicher Sog, es war etwas, das sie zermalmen wollte. Instinktiv griff Amber nun doch nach dem Messer und kappte das Seil. Sie spürte, wie etwas Fremdes sie ergriff und wieder emporhob. Das Wasser um sie herum schien Struktur zu bekommen, ein Schieben und Drängen setzte ein, als würden wasserweiche Hände sie gegen den Willen des Sogs mit aller Gewalt zur Oberfläche stoßen.

Sand brannte in ihren Augen. Ein harter, schmerzhafter Stoß gegen ihr Knie rief ihr blitzartig den Dornwaran in Erinnerung und sie trat mit aller Kraft nach dem Widerstand. Welch ein Fehler. Ein stechender Schmerz durchzuckte ihren Fuß und Amber erkannte, dass sie nach einem Felsen getreten hatte. Im nächsten Augenblick griff ihre panisch schlagende Hand in Sand und Seegras. Ufer!

Amber dachte nicht mehr. Wie ein erstaunter Zuschauer verfolgte sie, wie ihr Körper ganz von allein im Wasser herumwirbelte, mit den Füßen den Grund fand und hochschoss. Wellen schlugen gegen ihre Brust. Und da war Luft! Verbissen kämpfte sie sich aus dem Meer, stolperte über Felsbrocken, die im Sand aufragten, schlug sich die Zehen blutig, ertastete mit aufgeschürften Fingern Uferfelsen. Rechts und links und vor sich hörte sie in der Dunkelheit schartige trappelnde

Schritte, als würde sich gepanzertes, gliederfüßiges Getier schleunigst aus dem Staub machen. Immer noch sah sie nichts, aber der Sand wurde trockener, Gras schnitt ihr in die Finger. Und dann, endlich, als sie sich erschöpft und mit dröhnendem Herzen auf den Boden fallen ließ, lag das Rauschen der Brandung hinter ihr.

# II

# Die Insel

# *Schwarzes Wasser*

Inus Finger krallten sich in den Ufersand, aber der feste Boden unter ihm schaukelte immer noch hin und her wie ein wild gewordenes Boot.

»Tanijen?«, hörte er Sabins Stimme. Er kämpfte gegen den Impuls an, zu ihr zu kriechen und sie einfach in die Arme zu nehmen. Doch gleich darauf war die Sorge um Tanijen da. Wo war er? Gerade als Inu ebenfalls nach ihm rufen wollte, hörte er, wie der Navigator Sabin antwortete. Inus Erleichterung verwandelte sich in Erschöpfung. Sie lebten alle noch ... alle?

Erschrocken fuhr er hoch. »Amber!«

Keine Antwort. Nur Wind.

»Amber!« Seine Stimme überschlug sich.

Endlich ein Husten in der Nähe. Es klang, als hätte das Mädchen einige Handvoll Sand in die Kehle bekommen. Inu lächelte erleichtert. Das war typisch für die Leute vom Land: Selbst im Wasser rissen sie den Mund noch auf und wunderten sich, wenn sich ihre Lungen dann anfühlten wie mit Salzfisch und Sand vollgestopfte Säcke. Inu ließ sich wieder in den Sand zurückfallen. Nie hätte er sich verziehen, wenn Amber ertrunken wäre. Und jetzt erst spürte er seinen Körper wieder, spürte, wie er zitterte und in diesem schneidenden Wind fror, spürte jeden Knochen und jeden blauen Fleck, jede Schürfwunde, mit der das Boot ihn gebrandmarkt hatte, bevor es vom Sog in die Tiefe gerissen worden war. Diesen Sog hatte er deutlich gespürt – und dann noch etwas anderes ... Hände, die ihn getragen hatten. Oder hatte er es sich nur eingebildet?

Über ihm riss die schwarze Wolkendecke auf und Mondschein fiel auf sein Gesicht. Ein bisschen war es so, als würde er am Meeresgrund liegen und zur Sonne hochsehen, die von den schwarzen Silhouetten träge dahintreibender Wale verdeckt wurde.

Blinzelnd versuchte er sich ein Bild zu machen. Der Sand leuchtete hell und umrahmte die Trümmer des Bootes. Und dort, zwischen dem, was vor wenigen Augenblicken noch ein Bug gewesen war, und einer zerbrochenen Sitzbank, erkannte Inu nun auch die Fremde. Bisher hatte sie stumm im Sand gekauert, doch jetzt stand sie schwankend auf. Ihr Taumeln verriet, dass das Festland unter ihren Füßen noch tanzte, dennoch blieb sie nicht sitzen oder fing an zu kriechen, obwohl das viel einfacher gewesen wäre. Ebenfalls typisch: Für Landleute war es immer das Wichtigste, auf die Beine zu kommen und den Boden zu beherrschen. Fasziniert betrachtete er sie. Ob sie wusste, dass sie auf eigentümliche Weise schön war? Sogar im Mondlicht glaubte er ihre Augen bernsteinfarben leuchten zu sehen. Bestimmt hatte sie nun wieder diesen misstrauischen Gesichtsausdruck.

»Inu? Geht es dir gut?« Das war Sabin und Inu liebte sie in diesem Augenblick schmerzlicher als je zuvor – dafür, dass sie fragte, dass sie ihn nicht zurückließ.

»Ich bin nicht verletzt«, antwortete er dennoch schroff. Tanijen schwieg, aber Inu wusste, dass der Navigator ihn im Dunkeln beobachtete. Heute fiel es ihm besonders schwer, seine Gleichgültigkeit Tanijen gegenüber zu bewahren. Für einen Augenblick sah er sich und seinen Freund vor vielen Sommern, als sie das Ruderboot von Inus Bruder gestohlen hatten, um den legendären Friedhof der Naj zu suchen. Aber alles, was sie gefunden hatten, war ein sehr lebendiger und ziemlich wütender Naj gewesen, der ihr Boot kurzerhand versenkt hatte. Die ganze Nacht hatten sie gemeinsam auf einer schmalen Sandinsel ausgeharrt, bis sie von einigen Fischern gerettet worden waren. Inu erinnerte sich an die Kälte, die Angst und die Erschöpfung. Aber ebenso gut erinnerte er sich daran, wie sie sich gegenseitig Mut gemacht hatten. Und an Tanijens Stimme in der Dunkelheit. Die ganze Nacht über hatte er Geschichten erzählt, um sie beide wach zu halten. Nun, diese Zeiten waren seit vergangenem Winter endgültig vorbei. Sein Freund war nicht länger sein Freund.

»Amber, komm zu uns!«, rief Inu der Fremden zu. »Wir müssen zusammenrücken, sonst holen wir uns das Eisfieber.« Beim Gedanken daran, dass sie hätten sterben können, kam seine Angst zurück, die wilde Angst, die er bisher bezähmt hatte – sie alle hatten sie bezähmt, weil die Fremde im Boot war. Und auch jetzt sprach niemand über die vergangenen Stunden. Erstaunlich, wie die Gegenwart eines Bauernmädchens sie veränderte.

*

»Inu!« Sabins Stimme, kalte Tropfen, die ihm auf die Wangen fielen, und ihre nasse Hand an seinem Arm. Im Wind verwandelte sich die nasse Stelle sofort in einen kalten Fleck.

Inu öffnete die Augen und blickte auf Sabins Kristallbrille, in der er sich spiegelte: ein verwirrt dreinblickendes Gesicht, an dem Sand klebte. Die Nacht war vorbei, er musste trotz des Windes und der Kühle eingeschlafen sein. Sabin setzte sich neben ihn und nahm die Taucherbrille ab. Ihre Lippen waren blau, an ihren Oberarmen zeichnete sich Gänsehaut ab. Die Fischhaut klebte an ihrem Körper und ließ sie mehr denn je wie ein Meerwesen erscheinen.

Inu setzte sich langsam auf und zog die Knie an den Körper. Jeder Knochen schmerzte, an seinem Rücken pochten Blutergüsse. Nun, dachte er, jetzt sehe ich aus wie Amber.

Er blickte sich um und entdeckte, dass sie in einem schmalen Strandkessel gelandet waren. Schwarzes, glattes Felsgestein fasste den sandigen Bogen Strand ein. Trümmerholz lag dort – und mit einem Schaudern erkannte Inu, dass auch der Tote angeschwemmt worden war. Zum Glück war er immer noch in das Tuch gewickelt.

Tanijen stand bis zu den Knien im Wasser und betrachtete den Horizont. Für einige Augenblicke widerstand Inu der Versuchung, aufzuspringen, zu ihm zu gehen und sich zu vergewissern, dass er wirklich unverletzt war. Er wollte ihm den Arm um die Schulter legen und ihm sagen, dass er Angst um ihn gehabt hatte. Aber dann kehrte die Erinnerung an den Streit zurück und mit ihr die Ernüchterung.

»Hier!«, sagte Sabin. »Hast du Durst?«

Sie hob eine silbern glänzende Scheibe hoch, verziert von einer roten Ranke. Ein Mondfisch. Und die rote Verzierung war ein Blutfaden, der aus der Harpunenwunde floss. Süßwasserblut. Inu musste sich nicht lange überwinden, seine ausgedörrte Kehle und der pochende Durst machten das Mondfischblut zu einem köstlichen Getränk.

»Dieser Wind macht mich wahnsinnig«, fuhr Sabin fort. »Er dreht sich ständig – kein Unterschlupf bietet genug Windschatten, um ihm zu entkommen. Im Meer ist es weitaus gemütlicher als hier.« Sie zögerte. »Bis auf diesen Sog – es scheint eine Ringströmung zu sein, die die Insel umgibt. Kaltes Wasser trifft auf warmes. Vielleicht kommt daher auch der Nebel am Horizont, siehst du?«

Inu folgte mit dem Blick ihrem ausgestreckten Arm. Mit etwas Fantasie konnte man sich vorstellen, dass es eine Nebelwand war, die weit draußen mit dem Flirren des Wassers und dem Himmel zu einer grauen Fläche verschmolz.

»Weiß Tanijen, wo wir sind?«, fragte Inu. Tanijen drehte sich zu ihm um.

»Auf einer Insel«, sagte er lakonisch und mit diesem Anflug von Überheblichkeit, der in Inu sofort wieder den Ärger wachrief. »Höchstwahrscheinlich eine der äußeren Jellamar-Inseln«, fuhr Tanijen fort. »Die schwarzen Strandfelsen und der Umriss der Bucht dort, das würde passen. Ganz genau kann ich es allerdings nicht sagen. Meine Instrumente sind über Bord gegangen. Jedenfalls müssen wir weiter abgetrieben worden sein, als wir dachten. Gut, dass wir nicht in den Taltad-Mahlstrom geraten sind. Dann lägen wir jetzt am Grund des Meeres.«

»Die Jellamars sind alle bewohnt«, sagte Sabin. »Auf der windabgewandten Seite der Insel müsste sich eine Fischersiedlung befinden.«

Inu atmete auf. Jellamar – natürlich. Wenigstens waren sie in Sicherheit.

Sabin legte ihm die Hand auf die Schulter, als hätte sie seine Gedanken gehört. Die vertraute Berührung tat gut.

»Im Wasser sind die Trümmer mehrerer Schiffe«, sagte sie leise. »Der Sog muss sie in die Tiefe gezogen haben. Und siehst du den Felsen dort? Am Fuße des Felsens liegt eine Galeone, ihre Ladung wurde nicht weit von hier an Land gespült.«

Inu nickte und sah sich um. »Wo ist Amber?«

Sabin zog eine Augenbraue hoch und lächelte ihm ironisch zu. »Sie konnte gar nicht schnell genug vom Meer wegkommen, hast du etwas anderes erwartet?«

»Sie ist über die Felsen geklettert und sieht sich nach Fischern um«, erklärte Tanijen.

Inu fuhr hoch. »Und ihr habt sie gehen lassen? Allein?«

Sabins Augen verengten sich. »Das Meer ist mein Element und das Land ist das von Amber. Da oben bei den Strandfelsen gibt es ohnehin nur Gestrüpp, Marjulabäume und ein paar träge Echsen. Soll sie zeigen, was sie kann, wenn sie uns sonst schon nichts nützt.«

»Vielleicht unterschätzt du sie, Sabin«, meinte Inu und stand auf. »Nicht jeder Bergbewohner wäre mit uns aufs Meer gefahren.«

Die Taucherin lachte. »Oh, noch jemand, der große Stücke auf den Strohhut hält. Dann geh sie suchen – dort entlang.«

Nach wenigen Schritten hatte Inu die glatt geschliffenen blauschwarzen Felsen erreicht, die den Strandabschnitt begrenzten, und begann zu klettern. Immer wieder wehte der Wind ihm die geflochtenen Haare vor die Augen. Sabins Spott ärgerte ihn. Natürlich machte er sich Sorgen um Amber! Er war schließlich dafür verantwortlich, dass sie nun hier war. Sie könnte in diesem Augenblick friedlich auf dem Dach von Ujas Herberge sitzen oder auf dem Markt nach Arbeit suchen. Was für eine Idee von ihm, ein Landmädchen mit nichts als bunten Träumen vom Meer im Kopf als Ersatzruderer mitzunehmen! Doch nun waren sie verbunden – seit jenem Augenblick, als er ihr die Hand gereicht hatte, um sie in den Keller zu führen, hatte sich das unsichtbare Band geknüpft. Jeder Seiler wusste es: Man konnte die Fäden eines Menschenlebens nicht aufnehmen, um sie dann einfach wieder durchzuschneiden.

Selbst zwischen den höheren Felsen lagen Trümmerstücke von Schiffen. Inu entdeckte einen verbogenen Kompass von der Größe seiner Handfläche. Der Zeiger darin drehte sich mal nach rechts, mal nach links, wie ein Verrückter, der ständig zwei Schritte vor- und zwei Schritte zurücksprang. Inu steckte den Kompass ein und kletterte weiter. Als er den obersten Felsen fast erreicht hatte, warf er einen Blick über die Schulter. Von hier konnte er die ganze Strandlinie überblicken. Und der Anblick war nicht gerade beruhigend. Masten gesunkener Schiffe ragten neben schaumbekränzten Felsen aus dem Wasser. Rechts und links erstreckten sich weitere kleine Strände, gebogen wie Monde, die jemand aneinandergelegt hatte, um eine Kette zu formen. Und jede dieser sandigen Sicheln barg Trümmer. War das wirklich eine der Jellamar-Inseln?

»Na, Inu Taramo? Ausgeschlafen?« Amber stand vor ihm und grinste. Ihr kurzes Haar stand wirr und wellig vom Kopf ab. Getrocknetes Salz hatte einen kristallinen Schleier über ihre goldbraunen Strähnen gelegt. Fast schien es, als würde das Salz an ihr ebenso gut haften, wie es an Sabin zusammen mit dem Wasser abperlte. In der Hand trug sie einen geraden Marjulaast und an ihrem Gürtel hingen zwei tote weiße Vögel, deren Flügel im Wind schlapp wippten wie die Arme eines an den Füßen Gehängten. Amber lachte und klopfte mit ihrem Stock auf den Boden. Eine Feder klebte am Astende. »Sie sind nicht besonders schnell. Sie saßen in einem Marjulabaum und haben mich angeschaut, als hätte ich grüne Ohren.« Ihre Augen blitzten und zum ersten Mal fiel Inu auf, dass sie noch heller strahlten als Bernstein, fast orange wie Katzenaugen. Sie hatte den Schock der vergangenen Nacht gut überstanden – zu gut? Er hatte Leute erlebt, die nach einer überstandenen Gefahr lachten und plötzlich ohne Grund zusammenbrachen. Doch Amber wirkte ganz und gar nicht so, als würde sie zusammenbrechen.

»Aber das Beste ist: Die Insel ist tatsächlich bewohnt!«, sagte sie nun. Diese Nachricht löschte seine Zweifel aus.

»Hast du Fischer gesehen? Ist ein Dorf in der Nähe?«

»Nein, das nicht. Aber hinter der übernächsten Kuppe, auf einer der Landzungen, steht ein Haus mit Aussichtstürmen.«

*Aussichtstürme?* Auf den Jellamar-Inseln?

»Worauf wartest du?«, drängte Amber.

»Augenblick! Was sind das für Tür…«

»Wir gehen sofort los. Sag den anderen Bescheid.«

Inu holte Luft. »Moment mal, Amber. Du kannst hier nicht einfach Befehle erteilen! Wir müssen erst besprechen, was …«

»Was gibt es da zu besprechen? Wir wählen hier nicht den Fischerkönig. Wir sind gestrandet und klappern mit den Zähnen. Also brauchen wir ein Dach über dem Kopf – zumindest brauche ich eines.«

Sie verzog den Mund zu einem spöttischen Lächeln, hakte die toten Vögel von ihrem Gürtel los und legte sie auf den Fels. Jetzt, da ihre Begeisterung abflaute, entdeckte er doch die Spuren der vergangenen Nacht: tiefe Schatten unter den Augen, die Haut an den Armen aufgeschürft, ihre Wangen von der Sonne verbrannt.

»Hier. Sucht euch ein windstilles Plätzchen, macht Feuer, bratet die Vögel und denkt nach. Und wenn ihr alles lang und breit besprochen habt, folgt mir – immer geradeaus auf die beiden schiefen Marjulabäume zu. Und von dort aus immer in Richtung der einzelnen Felsnadel.«

*

Inu konnte es nicht fassen. Das Landmädchen war tatsächlich mit großen Schritten aufgebrochen – ganz allein, als würde es nicht zur Gruppe gehören, als gäbe es keine Verbindung, keine Verantwortung. Es blieb ihnen nichts anderes übrig, als ihr zu folgen. Und zu allem Überfluss hatte Sabin darauf bestanden, den Toten mitzunehmen, statt ihn am Strand zurückzulassen, wo die Fischer ihn später holen könnten. Inu hatte ein Tragesystem geknüpft, mit dem sie den Ertrunkenen wie in einer geflochtenen Hängematte transportieren konnten. Doch der Körper schien so viel zu wiegen wie ein kleiner Wal. Inu keuchte, als sie die nächste Anhöhe erreichten. Die Seile schnitten tief in seine Schultern, zu seiner Wut kam nun auch noch die Erschöpfung. Hinter sich hörte er das schwere Atmen von Tanijen. Sabin ging ganz hinten, so als wollte sie den Abstand zum Meer nicht zu groß werden lassen.

Vielleicht fühlte sie sich ebenso unwohl wie Inu? Denn sobald man den Strand hinter sich ließ, wirkte die Insel überhaupt nicht, als würden hier Menschen leben. Es gab keine Zäune, keine Ziegenherden, keine Kreidemarkierungen an den Felsen oder festgestampfte Wege. Disteln trotzten dem Wind und krallten sich auf der hügeligen Insel fest und krumme Marjulabäume, die so alt waren, dass die Zweige ein dichtes, ausladendes Dach über dem Boden bildeten. Der Wind wehte den Duft ihrer kelchartigen Blüten über die Insel und trieb auch ganze Haufen von Vogelfedern vor sich her.

Inu senkte den Kopf und spannte die Nackenmuskeln an, um den Zug der Seile etwas auszugleichen, als sie über eine niedrige Kuppe gingen. Oben angekommen konnte er die flache, schräge Ebene überblicken, die abrupt an einer Kette von steil abfallenden Felsen endete. Das Gebäude thronte auf einem Felsvorsprung über dem Meer. Soweit Inu von hier aus erkennen konnte, war es ein rechteckiges Gebäude, das von einer hohen Mauer umgeben war. Vier Türme erhoben sich an den Eckpunkten der Mauern. Drei davon bestanden aus Holz und groben Felssteinen. Sie waren dunkel und halb zerfallen. Nur der vierte Turm, der an der steil zum Meer abfallenden Felskante stand, war noch unversehrt. Er bestand aus hellen Steinen und war höher als die anderen.

Sabin schnaubte. »Was soll das sein? Glaubt diese Amber wirklich im Ernst, dass in dieser Ruine jemand lebt?«

»Hoffen wir, dass wir nicht auf ein Nest von Hallgespenstern stoßen«, murmelte Tanijen.

*

Von Nahem sah das Gebäude noch viel beunruhigender aus. Die Mauern waren ganz und gar überwuchert. Ranken und Kletterblumen bedeckten sie und ließen sie grün leuchten. Nur an einigen Stellen sah man ausgebleichtes Holz. Das hohe Tor stand weit offen und war ebenfalls umwachsen. Als Inu zwischen die Ranken spähte, entdeckte er, dass die Mauer darunter so aussah, als hätte jemand willkürlich Holz und Bruchstücke von Felsen aufgeschichtet. Neben dem Tor, eingemauert wie das Opfer eines bizarren Kultes, war eine hölzerne Meerjungfrau zwischen Planken und Stämmen eingeklemmt. Purpurfarbene Glockenblumen hingen wie Schmuck zwischen ihren hölzernen Brüsten. Eine Galionsfigur. Zu welchem Schiff mochte sie gehört haben?

Der Wind strich zwischen den Ritzen in der Mauer entlang und wurde zu einem klagenden, einsamen Heulen. Inu senkte den Blick vor den blinden Augen der Nixe, von denen die Farbe längst abgeblättert war, und zögerte.

»Hinein oder hinaus?«, kam Tanijens ungeduldige Stimme von hinten. »Ich spüre meine Schultern nicht mehr.«

Inu überschritt die Schwelle und fühlte ein Frösteln, als würde er durch einen Schleier aus kühler Gischt laufen. Im Hof herrschte Windstille. Inu blieb stehen. Das Bündel hinter ihm pendelte; die Füße des Toten stießen in seine Kniekehlen.

Es war gespenstisch – der Wind war verschwunden. Für einen Augenblick fühlte sich Inu, als würde er schweben.

»Lass ihn runter, Tanijen!«, sagte er leise, ließ das nasse Bündel vorsichtig zu Boden gleiten und streifte sich die Seile von den Armen. Das letzte Seil, das ihn noch mit dem Toten verband, rutschte hinunter und fiel in den Kies.

Rasche Schritte erklangen, dann war Sabin schon an seiner Seite. »Hier wohnt keiner, das sieht doch ein Blinder. Lasst uns gehen und nach Fischerhütten suchen.«

Tanijen und Inu sahen sich zum ersten Mal seit dem Beginn ihrer Reise in die Augen wie früher. Inu wusste, dass sie in diesem Moment genau dasselbe dachten: *Und wenn es auf dieser Insel gar keine Hütten gibt?*

»Wir müssen erst Amber finden«, meinte Inu und sah sich um.

Der eckige Hof war weitaus kleiner, als man von außen vermutete. Das lag an einem breiten Gebäude, das auf der meerzugewandten Seite von einem Turm zum nächsten reichte. Arkadengänge mit verwitterten Bögen in einem der oberen Stockwerke erinnerten an die Augenhöhlen von verwunschenen Schädeln. Spuren einer alten Pracht waren sichtbar, wilde Trompetenblumen bedeckten die Schwellen. Alle Fenster standen offen. Irgendwo musste der Wind wehen, denn trotz der gespenstischen Windstille schwangen einige der Fensterläden langsam auf und zu, als würden unsichtbare Hände sie öffnen und wieder schließen. Das Unheimlichste aber lag in der Mitte des Hofes: ein Becken, eingefasst in felsige Abgründe wie ein Bergsee – und vielleicht ebenso tief. Seine Form war länglich und sein Wasser tiefschwarz. Nur am Rand spiegelten sich die Arkaden in der Wasseroberfläche.

Ein Sog schien Inu zum Wasser zu ziehen, als hätte ihn jemand um die Hüfte gefasst und versucht ihn dorthin zu führen. Erst als er an sich hinunterblickte, entdeckte er, dass es die Haken an seinem Gürtel waren, die dem unsichtbaren Zug folgten, der immer wieder stärker wurde und nachließ.

»Fühlst du das auch?«, flüsterte Sabin ihm zu. Inu fröstelte und blickte sich um. Natürlich fühlte er es. Eine Gegenwart. Unsichtbare Augen.

Tanijen formte mit seinen Händen einen Trichter um den Mund und holte Luft. »Amber!«, rief er zu den Arkadengängen hoch.

Die Wasseroberfläche erzitterte kaum merklich. Ein einzelner Ring breitete sich von der Mitte aus und lief am weißen Gestein des Ufers aus.

Sabin stürzte zu Tanijen. »Hör auf!«

Tanijen lächelte dieses überhebliche Lächeln, das Inu inzwischen an ihm hasste. »Was ist los? Habt ihr Angst vor Hallgespenstern?«

»Nein, aber vor dem toten Wasser da«, murmelte Sabin. »Sieh dir den Tümpel doch mal an. Als hätte er alles verschluckt, was hier mal gelebt hat.«

Tanijen lachte, dann schritt er zu dem Ufer des Tümpels.

»Tanijen!«, riefen Sabin und Inu gleichzeitig, doch der Navigator hatte bereits eine Handvoll Wasser geschöpft und betrachtete es.

»Kühl, aber sicher nicht tot«, meinte er sehr vernünftig. »Vielleicht wurden hier Muscheln gezüchtet?«

Sabin schüttelte den Kopf und wich zum Tor zurück. »Ich gehe nicht in diese Ruine.«

»Aber warum? Es ist doch nur ...«

»Schon mal daran gedacht, dass es einen Grund haben könnte, warum niemand in diesem Gebäude lebt? Nein, ich suche lieber das nächste Dorf und besorge uns ein Boot.«

Mit diesen Worten drehte sie sich um und schritt auf das offene Tor zu. »Sabin!«, rief Tanijen. »Warte ...«

Doch sie blickte nicht zurück.

Inu grinste. Tanijen mochte mit seinem Lächeln alle Herzen gewinnen – aber Sabin sollte er besser kennen.

*

Amber trat über die Schwelle und machte sofort einen Schritt zur Seite. Dort, neben der schartigen Holztür, die mit einem Knarren dem Druck ihrer Hände nachgegeben hatte, presste sie sich mit dem Rücken an die Wand. Ihr Herz raste. Endlich konnte sie die Maske ablegen. Dieser Hof, diese Wasserburg – von der Kuppe aus betrachtet hatte all das nach Sicherheit ausgesehen, nach einem einladenden Ort, aber seit sie allein in diesen Hof geschritten war, war das Bild ein ganz anderes. Doch eher hätte sie ein Bad in dem Tümpel genommen, als vor Sabin und den anderen zuzugeben, dass sie sich geirrt hatte. Vor allem nicht vor Sabin. Und das hatte sie nun davon: Mit zitternden Knien stand sie ganz allein in einem Gebäude, das an einen Hort von vergessenen Seelen erinnerte. Als sie vorhin aus der Entfernung einen Blick durch das Tor geworfen hatte, schien sich etwas im Hof zu bewegen. Oder hatte sie sich durch die Fensterläden täuschen lassen? Warum schwangen sie auf und zu? Nun, vermutlich zog der Wind durch die oberen Stockwerke und sie spürte ihn nur hier im Hof nicht. Im Augenblick wusste sie nicht, was ihr lieber wäre: dass hier jemand lebte – oder dass das Gebäude tatsächlich verlassen war.

Verstohlen blickte sie aus der Sicherheit des Türschattens zurück in den Hof. Alle drei waren gekommen – und sie schleppten tatsächlich den Toten mit!

Fassungslos schüttelte sie den Kopf. Waren die Dantarianer verrückt? Tanijen rief nach ihr, aber Amber wollte sich nicht so schnell geschlagen geben. Sollten sie ihr doch in das Gebäude folgen, wenn sie sich trauten. Aber im Augenblick stritt sich Sabin mit Tanijen. Sie sprach leise und scharf, Amber hörte nur die Worte »Dorf« und »Boot« heraus. Dann drehte sich die Taucherin um und ließ die beiden anderen einfach stehen. Tanijen lief ihr hinterher und hielt die Taucherin an den Armen fest, aber sie stieß ihn zurück. Sie fluchte, riss sich endgültig von Tanijen los und ging davon. Wütend trat Tanijen einen Stein weg und sah ihr ratlos nach. Dann folgte er ihr.

Amber biss sich auf die Unterlippe. Sabin und Tanijen. Sie hatte also richtig vermutet: Die beiden verband weit mehr als eine Geschäftsbeziehung oder eine Freundschaft. Und der Seiler stand nun mit hängenden Armen da und sah den beiden mit einem Gesichtsausdruck nach, den Amber schwer deuten konnte. Es war, als hätte er etwas Kostbares verloren und könnte es nur noch aus der Ferne betrachten. Kein Zweifel: Amber war in eine verschworene Gemeinschaft geraten. Und niemand wollte sie dabeihaben. Nun, sie würde auch allein zurechtkommen. Einen Augenblick hoffte sie trotzdem, dass Inu ihr ins Haus folgen würde. Aber er machte nur ein paar unentschlossene Schritte und zögerte. Sein Blick fiel auf den Tümpel. Langsam wie ein Schlafwandler drehte er sich zum Wasser um. Irgendetwas schien seine Aufmerksamkeit zu fesseln, denn er ging auf das Ufer zu und umrundete das Becken ein Stück weit. Als seine Zehen beinahe den Tümpelrand berührten, bückte er sich und betrachtete etwas, was auf dem Boden lag.

Amber holte Luft, wandte den Blick vom Hof ab und konzentrierte sich wieder auf den Raum. Hatte sie nicht gerade ein Rascheln gehört? Gab es hier Mäuse? Leise trat sie aus dem Türschatten und sah sich um. Sie befand sich in einer Halle, so viel konnte sie im Halbdunkel erkennen. An der Seitenwand hing ein blinder Spiegel. Ein großer Tisch stand in der Mitte. Das bestickte weiße Tischtuch war halb von der Platte gerutscht, als hätten Kinder im Raum gespielt und es heruntergezogen, ohne es wieder zurechtzurücken. Auf dem Tisch standen Gläser und Teller. Amber erahnte sie eher, als dass sie sie deutlich sah: hier ein mattes Glänzen von Glas, dort ein wenig Silber. Und ein Messer, das an den Rand eines Tellers abgelegt worden war, als hätte der Besitzer seine Mahlzeit nur für einen Augenblick unterbrochen. Hatte Amber die Bewohner vertrieben? Waren sie aufgestanden und nach oben gegangen, um von dem Balkon der Arkaden aus zu sehen, was sich in ihrem Hof abspielte? Aber warum duftete es nicht nach

Essen und nach dem Wein, mit dem die Glaskelche gefüllt waren?

Zögernd machte Amber einige Schritte auf den Tisch zu und blieb hinter einem Lehnstuhl stehen. Allmählich schälten sich die Einzelheiten deutlicher aus dem Halbdunkel.

Das Tischtuch war überhaupt nicht weiß! Ehemals musste es dunkel gewesen sein, beinahe schwarz. Das Weiße war Staub. Auch in den Gläsern türmte er sich und ließ sie aussehen, als würde sich in ihnen heller, trüber Wein befinden. Und auch der Spiegel war nicht blind, sondern nur verstaubt. Die vermeintliche Zierstickerei auf dem Tischtuch war eine sehr reale Ranke, die sich um einen Kerzenleuchter schlang und über den Tisch wucherte. Kein Schmuck, eine echte Pflanze, die aus einer Fuge zwischen zwei Steinfliesen aus dem Boden hervorgekrochen war.

Ein Stuhl war umgefallen, die anderen waren verschoben, als hätten die Leute, die hier vor wer weiß wie langer Zeit gesessen hatten, den Tisch überstürzt verlassen. Auf einer Silberplatte lag – ebenfalls in einen Mantel aus Staub gehüllt – ein Vogelgerippe. Amber schluckte. Ihr Nacken kribbelte, als würde jemand mit eiskalten Fingern darauf einen Trommelwirbel schlagen. Staub kitzelte in ihrer Nase. Ihre Hände begannen zu zittern und sie schlich auf Zehenspitzen zurück, vorsichtig die Füße in ihre eigenen Fußspuren setzend, die sich auf dem staubigen Boden abzeichneten. Inzwischen hatten sich ihre Augen an das spärliche Licht gewöhnt und ließen weitere Einzelheiten deutlich hervortreten: Sand und vertrocknete Blüten, die hereingeweht worden waren. Vogelfedern, die der Wind in der Ecke des Raumes zu Haufen getürmt hatte.

Amber rief sich zur Vernunft. Ein verlassener Saal. Na und? Es gab eine Erklärung dafür – vermutlich hatten die Bewohner das Gebäude verlassen. Nicht jeder hinterließ eine aufgeräumte Wohnung. Doch der nächste Gedanke schickte die Vernunft sofort wieder aus dem Zimmer: Was, wenn die Leute vertrieben worden waren? Amber sah sich um. Natürlich glaubte sie, dass sie beobachtet wurde. So ging es ihr immer in leeren Räumen; auch im Stall oder nachts auf den Weiden hatte sie stets das Gefühl gehabt, dass Augen auf sie gerichtet waren. Und oft genug war es auch so gewesen. Wobei die Augen der Martiskatzen zum Glück im Dunkeln leuchteten.

Nun aber schien sie nur ein Flüstern zu umgeben, als würden die Gespenster der ehemaligen Bewohner um sie herumschleichen und sich über ihr Eindringen empören. Ihre abergläubische Mutter wäre in Ohnmacht gefallen, aber Amber hatte nicht vor, die Angst gewinnen zu lassen. »He!«, rief sie leise. »Wir sind schiffbrüchig, keine Angst, wir suchen nur Hilfe!«

Der Ruf wurde von Staub und Alter verschluckt.

Aber dann ... ein Knacken. In den Schatten neben der Tür? Nein, es kam von oben! Staub rieselte auf Amber herunter, ein leichter Hauch nur, der ihre Wange streifte, aber deutlich genug, um alle beruhigenden Gedanken zu vertreiben. Stattdessen sah sie im Geiste Kellerkriecher, die ihre bleichen Zähne wetzten und sich auf spinnendünnen Fingern und Zehen heranpirschten, die erschreckend menschlichen Gesichter ausdruckslos, die Augen aber glimmend vor Gier. Es knarrte wieder – lauter diesmal. Und dann ein Trappeln direkt über ihr, das Amber an krallenbewehrte Pfoten denken ließ. Durch eine schmale Tür am Ende der Treppe gedämpft erklang ein monotones, quietschendes Wimmern.

Amber überlegte, ob sie Inu rufen sollte, aber ihr Stolz gewann die Oberhand. Verdammt, sie war die vergangenen Jahre mit viel Schlimmerem fertig geworden! In ihrem Leben hatte sie schon unzählige Ziegendiebe mit dem Stock vertrieben. Sie hatten Messer und Schleudern gehabt, sich mit Stöcken und Fäusten gewehrt. Und auch mit Martiskatzen in den Bergen konnte Amber bestens umgehen.

Sorgfältig prüfte sie alle Gegenstände im Raum und entschied sich für einen stabilen Holzstab, der vielleicht einmal dazu gedient hatte, eine Dachluke aufzustemmen. Das glatte Holz fühlte sich beruhigend hart an. Sie wog den Stock prüfend in der Hand, dann drehte sie sich zu der Treppe um, die sich in sanftem Bogen in den nächsten Stock erhob, und huschte lautlos hinauf.

*

Irgendwo jenseits des Tores diskutierte Tanijen mit Sabin. Inu ließ sich auf die Knie nieder. Zwischen den runden Kieselsteinen, die den Boden bedeckten, befanden sich glatt geschliffene Muschelschalen, Halbedelsteine, ein wenig Katzengold. Inu sah Blütenkapseln, Samen und Flaumfedern. Und mittendrin lag ein roter Splitter, eingeklemmt zwischen zwei weißen Steinen. Die Steine ließen sich kaum bewegen, sie saßen fest wie Zähne. Inu runzelte die Stirn und setzte nach kurzem Überlegen den Fuß an den Stein. Es gab ein leises Knirschen, als der linke Stein sich leicht verschob. Der Splitter fiel in den entstandenen Spalt. Inu schürfte sich die Finger auf, als er ihn hervorholte. Vorsichtig wischte er den Staub ab und staunte.

Es war ein länglicher Splitter, so lang wie sein kleiner Finger, und er stammte von einer dunkelroten Koralle – vielleicht ein Stück eines Anhängers? Das Erstaunliche an dem Ding war seine Bearbeitung: Das purpurrote Material war so glatt poliert, dass keine einzige Schleifspur zu sehen war, lediglich einen Teil einer Silberintarsie konnte Inu erkennen – der Anfang eines Bogens vielleicht. Sein Kopf versuchte die Form zu vervollständigen, aber das Bild entwischte ihm wieder und wieder. Ratlos ließ er seinen Blick über den Tümpel schweifen, aber das schwarze Wasser schwieg und schien ihn zu beobachten. Er fröstelte, als ihm auffiel, was sich verändert hatte: Er hörte Tanijen und Sabin nicht mehr sprechen.

Flüchtig blickte er über die Schulter. Tanijen betrat gerade wieder den Hof. Ganz von allein glitt Inus Hand mit dem Splitter unter seinen Gürtel und versteckte den Fund so beiläufig, als würde er einen Haken zurechtrücken.

Tanijens helles Haar leuchtete in der Sonne, draußen

heulte der Wind um die Mauern. Inu wurde bewusst, dass er zum ersten Mal seit dem letzten Gespräch im Winter mit Tanijen allein war. Bis heute hatte er sich eingeredet, dass er den Streit vergessen hatte und dass Tanijen inzwischen einfach zu den vielen Gesichtern gehörte, die abends in den Wirtshäusern im Licht der Talgkerzen aufleuchteten und bald darauf wieder im Halbdunkel verschwanden. Aber nun, als der schützende Kreis der anderen Menschen fehlte, waren die ganze Enttäuschung und Wut wieder da.

»Sabin ist zum Strand gegangen«, sagte Tanijen und fuhr sich verärgert mit der Hand durch das Haar. »Manchmal wünsche ich mir wirklich, sie wäre nicht so dickköpfig. Erinnerst du dich noch, als wir damals zu dritt zum Katzenkopffelsen tauchten und ...«

Er verstummte, als hätte er sich bei einer Dummheit ertappt. Eine Weile schwiegen sie beide. Schließlich räusperte sich der Navigator und versuchte ein Lächeln.

»Ich kann mir denken, wie es dir dabei geht, dass wir jetzt .... hier sind. Gemeinsam, meine ich. Ich bin ja auch nur eingesprungen, als Ruderer. Mir war nicht bewusst, dass wir zusammen auf dem Boot sein würden. Aber ich dachte, es macht dir nichts aus.«

»Es macht mir auch nichts aus«, log Inu. »Du bist Navigator, ich bin Seiler. Du glaubst an die Sterne, ich an Knoten, Seile und Lote. Du hast mit deinem alten Leben abgeschlossen, ich lebe darin. Unsere Wege haben sich getrennt. Das ist alles.« *Und weiß der Himmel, was für ein Navigator du wirklich bist,* setzte er in Gedanken hinzu.

»Willst du ... mir nicht die Hand geben, Inu?«, fragte Tanijen leise. »Und den Streit vergessen? Ich habe damals viel gesagt, was ich nicht so gemeint habe. Und du ... sicher auch.«

Einen Augenblick stand wieder Tanijen vor ihm, der Taucher, ohne diese Überheblichkeit, die er seit dem Winter so gern zur Schau trug. Inu war tatsächlich in Versuchung, doch er hielt sich zurück.

»Ich habe jedes Wort so gemeint, wie ich es sagte«, erwiderte er frostig. »Und bis wir wieder in Dantar sind, müssen wir ohnehin zusammenhalten. Ob wir Freunde sind oder nicht.«

Tanijen lächelte bitter. »Ja, wir sind alle verbunden«, sagte er mit einer hochmütigen Ironie, die in Inu wieder die Wut entfachte. »Nach dem wundervollen Ehrenkodex der Seiler ist es nicht möglich, ohne Verbindungen zu leben. Die Menschen und das Meer, alle sind verbunden. Man kann die Knoten nur lösen, doch niemals ein Seil einfach durchschlagen. Die Menschen sind also auf Gedeih und Verderb aneinandergekettet. Die Philosophie der Einwanderer von den alten Inseln: Sie gingen entweder alle zusammen unter oder erreichten gemeinsam das Festland. Niemand wurde zurückgelassen. Dumm nur, dass nicht alle sich ohne Fesseln in das Netzmuster fügen, nicht wahr?«

Inu presste die Lippen zusammen. Ich werde nicht wieder mit ihm streiten, befahl er sich. Nicht hier.

»Schön, dass auch du den Seilerkodex begriffen hast«, erwiderte er ruhig.

Vogelschwingen rauschten auf. Ein Dutzend Vögel hatte sich auf dem morschen Dach des Turms niedergelassen. Weiß, mit fein gemusterten schwarzen Linien, die die Ränder der Federn nachzeichneten. Sie hatten schwarze Schnäbel, die für Inus Geschmack viel zu spitz waren.

»Hast du schon mal solche Vögel gesehen?«, fragte Tanijen.

»Du bist der Navigator«, erwiderte Inu grober als beabsichtigt. »Du musst die Küstenvögel kennen. Und du müsstest wissen, was für eine Insel das ist.«

»Ich weiß es aber nicht!«, brauste Tanijen auf. Nun funkelten seine Augen vor Ärger. »Ich brauche Instrumente oder wenigstens ein paar Sterne am Himmel, ist das für einen Seiler so schwer zu verstehen?«

»Ach, hilft dir hier deine ganze gesammelte Weisheit aus der Navigatorengilde nicht weiter?«, spottete Inu. Tanijen wurde blass vor Wut.

»Übertreib es nicht, Inu«, zischte er. »Du hast keine Ahnung, was …«

Ein wütender Schrei, gefolgt von einem hässlichen Poltern zuckte durch jede Faser von Inus Körper. Amber!

Die Vögel flatterten hoch und flohen in Richtung Meer.

»Zum Turm!«, rief Tanijen. »Der Schrei kam aus dem Turm!«

*

Inus Schritte auf der Treppe schreckten Staubgespenster auf, die sich im Zwielicht erhoben. Papier verhedderte sich um seinen Fuß. Sonnenstrahlen legten Schleier aus Licht auf die Flure und in die Kammern. Immer noch klappten die Läden der Galeriefenster auf und zu. Inu nahm die verlassenen Räume nur flüchtig wahr. Im Rennen erhaschte er einen Blick durch eine zerbrochene Tür. Dahinter befand sich ein Schlafgemach mit einem Bett, dessen ausgebleichter Betthimmel mit verlassenen Vogelnestern übersät und fast bis zu der zerwühlten Bettdecke herabgesunken war.

Die Treppe, die in den Turm führte, war schmal, eine morsche Stufe brach unter Inus Gewicht und ließ Tanijen stolpern. Vor einer angelehnten Tür blieb Inu stehen. Holz brach im Raum, das Krachen war so laut, dass es die Treppe zum Beben brachte. Inu fasste den Kerzenleuchter, den er vorher von dem verstaubten Tisch gerissen hatte, mit beiden Händen wie eine Waffe und stürmte durch die Tür.

Wieder splitterte Holz, als er in etwas trat, das unter seinen Füßen nachgab. Erst dachte er an eine Falltür, aber als er das Gleichgewicht verlor und durch die Luft segelte, wurde ihm bewusst, dass es ein zertrümmerter Holzkäfig war. Schmerzhaft prallte Inu auf dem Boden auf, Staub nebelte ihn augenblicklich ein – er hustete und sah im ersten Moment gar nichts. Erst als der Staub sich lichtete, erkannte er, wo er sich befand: in einem achteckigen Turmzimmer voller Käfige – großen und kleinen, eckigen und runden. Sie hingen von der Decke und standen an den Wänden. Die hängenden Käfige schaukelten, eiserne Türchen gingen auf und zu, auf und zu. Diese Bewegung versetzte die Käfige offenbar in Schwingung. Die Tür eines großen Käfigs wimmerte bei jeder Bewegung wie ein weinendes Kind.

»Amber!«, hörte er Tanijens erschrockene Stimme.

Das Mädchen lag ausgestreckt auf dem Boden. Ein Balken hatte sie unter sich begraben. Inu rappelte sich auf und stürzte zu ihr. Gemeinsam mit Tanijen hob er das Holz an. Polternd rollte der Balken zur Seite. Mit klopfendem Herzen ließ sich Inu neben Amber nieder, kauerte sich ganz dicht neben sie und stellte gleich darauf erleichtert fest, dass sie atmete.

»Amber!«, flüsterte er und strich ihr behutsam über die Wange. Sie blinzelte. Staub hatte ihre Wimpern weiß gefärbt, eine Feder klebte an ihrer Stirn. In ihrem bleichen Gesicht flackerten ihre braunen Augen wie Lohfeuer.

»Spürst du etwas? Hast du Schmerzen?«

»Nein«, stöhnte sie. »Balken mit dem Rücken aufzufangen gehört zur Tagesarbeit eines Bauern.«

Inu war so verblüfft, dass es ihm die Sprache verschlug.

Tanijen lachte erleichtert auf. »Solange du noch Scherze machen kannst, bist du nicht ganz tot. Kannst du aufstehen?«

Amber bewegte die Beine und drehte sich mit schmerzverzerrtem Gesicht auf die Seite. Tanijen stützte sie und half ihr behutsam, sich aufzusetzen. Ihre Leinenhose war zerrissen. Eine hässliche Risswunde leuchtete über ihrem linken Knie.

»Ist es geflohen?«, sagte Amber.

»Was?«, fragte Tanijen.

»Das Ding, das mich angegriffen hat!«

Inu wechselte einen ratlosen Blick mit Tanijen. Er wusste, dass sie in diesem Moment dasselbe dachten: In den Raum führte nur eine Tür – und durch die waren sie hereingekommen.

»Der Käfig neben der Tür ist umgekippt«, erzählte Amber weiter. »Ich habe ihn mit dem Stock zertrümmert. Aber da war noch etwas: ein Schatten – er hing zwischen den Käfigen.«

Tanijen runzelte die Stirn. »Ein Hallgespenst?«

Amber warf ihm einen ungeduldigen Blick zu und rappelte sich auf.

»Nein, es war ein ... Tier oder etwas Ähnliches. Mit weißen Augen. Glaube ich jedenfalls. Ein Kehlenfang vielleicht – oder ein Kellerkriecher, wenn auch ein sehr großer.«

Vor Schmerz verzog sie den Mund, als sie auf die Beine kam und zum Fenster humpelte. Inu trat zu ihr und blickte auf das Meer. Genau unter dem Turm fiel der Fels geradewegs zum Meer ab. Dort unten brodelte und strudelte das Wasser. Es musste tiefes Wasser sein, denn es war dunkel, beinahe schwarz wie der Tümpel. Gischt sprühte weit nach oben.

»Niemand könnte hier hinunterklettern«, sagte Inu. »Und wenn er gesprungen wäre, hätte er es bei diesem Seegang sicher nicht unverletzt überlebt.«

Die Türen hörten auf sich zu bewegen. Das Wimmern erstarb. Die Käfige verloren an Schwung und pendelten langsam aus. »Weißt du, was ich denke?«, sagte Amber zu Tanijen. »Auf dieser Insel leben keine Fischer, denn die Vögel kennen keine Angst vor Menschen und weit und breit findet sich nicht mal ein Trampelpfad.« Sie zog den Mundwinkel zu einem schiefen Grinsen hoch. »Hoffen wir, dass die Leute die Insel freiwillig verlassen haben und nicht gefressen wurden.«

*

Sabin fluchte, während sie sich gegen den Wind gelehnt an der Küste entlangkämpfte. Sie verfluchte den Wind, ihr eigenes Unglück und dieses Strohhut-Mädchen, das sich anmaßte, ihnen Befehle zu erteilen – eine Bäuerin, die auf dem Boot vor Angst fast gestorben war und sich nun benahm, als wäre sie die Herrin der Insel. Sie hatte das Mädchen mitgenommen, weil Tanijen ihr zugeredet hatte. Aber Tanijen hätte jedes Mädchen mitgenommen, das nicht aussah wie ein Snai! Und diese ... Amber sah aus, als könnte sie einer Mähnenschlange mit einem Griff das Genick brechen und dabei noch freundlich lächeln.

Sabin strich sich die Locken hinter das Ohr und betrachtete nervös die Küstenlinie. Seit mehr als einer Stunde war sie unterwegs, aber sosehr sie auch suchte, hier gab es weit und breit keine Fischer. Keine lebende Seele, nicht einmal Tiere. Nur seltsame Pflanzen in der Nähe der Küste: schwarzviolette Farne, die sich im Wind bogen wie lebendige Wesen und sich einrollten, sobald Sabins Fuß sie berührte. Sie hatte nach Spuren gesucht, aber der Wind verwischte sogar ihre eigenen Fußspuren auf dem sandigen Untergrund, kaum, dass sie einen Schritt gemacht hatte. Und nun, als sie auf einer Kuppe stand, von der aus sie auch nur wieder zwei unbewohnte Landzungen sah, schnürte der Gedanke, sie könnten tatsächlich auf einer unbewohnten Insel gestrandet sein, ihr die Kehle zu.

Die Sucher aus Dantar werden uns finden, redete sie sich ein. Sumal wird sie beauftragen, und wenn nicht Sumal, dann die Navigatoren – sie werden Tanijen vermissen.

Sie schwankte im Wind, der sie von den Füßen zu holen drohte, stolperte ein paar Schritte zu einem der Marjulabäume und stützte sich mit der Hand an einem tief hängenden, dicken Ast ab. Diese Marjulabäume auf den Hängen in der Nähe der Küste sahen seltsam aus. Die windgebeugten Stämme und Äste waren ungewöhnlich dick, an manchen Stellen bauchig wie hölzerne Kokons, die etwas bargen, was das Tageslicht nicht sehen sollte. Das Holz fühlte sich kühl an und unter der Rinde nahm Sabin plötzlich eine Bewegung wahr. Angewidert zog sie die Hand zurück. Es mochte eine Raupe sein, die sich unter der Rinde ihren Weg freibohrte. Sabin trat einen Schritt zurück. Die Rinde ... bewegte sich tatsächlich, so deutlich, als würde sich etwas durch das Holz in Richtung der Stelle vorarbeiten, wo es eben noch die Wärme ihrer Hand wahrgenommen hatte! Der Wind trug ihr den Geruch von Froschlaich, Tang und Fischblut zu.

Hastig stolperte sie nach hinten und hätte um ein

Haar das Gleichgewicht verloren. Über ihr wölbte sich dieser seltsame Baum wie eine zum Bersten pralle, schwankende Hülle. Sabin drehte sich um und rannte. Der verhasste Wind trieb ihr Tränen in die Augen, zumindest redete sie sich ein, dass es der Wind war. Er stieß sie hin und her, ließ sie stolpern und ihre Schritte unsicher werden und verwandelte das Meer in einen trostlosen grauen Mantel, unter dem sich alle Schönheit verbarg. Nun warf er ihr auch noch Sand ins Gesicht. Sabin presste die Lippen zusammen und erreichte rennend den Strand.

Ihre Beine trugen sie ins Meer, in die Sicherheit. Erst als sie Wasser an den Füßen und Waden spürte, wurde sie etwas ruhiger. Ihre Gänsehaut war verschwunden, nun glühte und pochte das Blut durch ihre Wangen. Schwer atmend blickte sie sich um.

Links von ihr erhob sich eine Kette aus schwarzen Felsen. Und dazwischen erkannte sie etwas, was wie ein gebrochener Mast aussah. Sie watete noch tiefer ins Wasser und spähte durch die zwei Felsnadeln. Hinter diesem Wall strudelte und schäumte das Meer. Der Anblick war atemberaubend: Schiffe! Zerfallene Galeeren und Koggen, kleine Zweimaster und ein bauchiges Paradeschiff lagen dort wie die Skelette gestrandeter Meeresungeheuer.

Sabin watete zwischen die Felsen und betrat das strudelnde Wasser. Der vertraute Sog wollte sie ins Meer ziehen, aber noch stemmte sie sich dagegen und arbeitete sich zu den Schiffen vor. Ein neuer Gedanke nahm in ihrem Kopf Form an: Selbst wenn die Insel unbewohnt war, gab es immer noch die Boote, und mehr als ein Boot brauchten sie nicht. Vielleicht würde schon ein Floß genügen. Sie musste so schnell wie möglich nach Dantar zurück! Seit sie die Nachricht aus den Bergen erhalten hatte, konnte sie keine einzige Nacht mehr schlafen, ohne aufzuschrecken und den Schiffsfriedhof vor sich zu sehen. Sabin rieb sich die Augen und fluchte. Nicht heulen!, schalt sie sich. Nicht schon wieder! Alles, was zählt, ist, dass du zurück nach Dantar kommst. Denk nach! Such ein Boot! Einen Augenblick widerstand sie der Versuchung, einfach loszuschwimmen und sich den Weg über Untiefen und an Strudeln entlang selbst zu suchen.

Ganz am Rand einer kleinen Bucht entdeckte sie endlich ein kleineres, schmales Schiff, das sich an einen Felsen lehnte wie ein müder Wanderer.

Ein Mast war gebrochen, aber im Gegensatz zu den alten Wracks war der Rumpf noch dunkel und glänzte. Die Flut umspülte das Heck. Seepocken und Sichelschnecken hatten das Schiff besiedelt, aber das Holz schien noch nicht morsch zu sein. Trotz der abgeblätterten Farbe war sogar noch der Name zu erkennen: »Timadar« – »Tänzerin«. Hinter der Inschrift war das Wappen von Dantar aufgemalt: zwei graue Wale im Sprung mit gekreuzten Fluken. Sabin biss sich auf die Lippen und schluckte den Kloß in ihrem Hals hinunter. Sie rannte an Land und ging um das Boot herum. Keine Schäden am Bug!

Entschlossen streifte sie sich eine ihrer Taucherbrillen über und betrat das Meer wieder wie ein vertrautes

Heim. Kühle Wellen leckten über ihre Füße und ließen Meerschaum zwischen ihren Zehen zurück. Sabin atmete durch und watete bis zu den Hüften ins Wasser. Diesen Augenblick liebte sie am meisten: das Eintauchen, den Moment, wenn ihr Körper alle Schwere verlor. Es war wie Fallen, nur ohne Angst.

Schäumendes Wasser gluckste am Bootsrand und zog sie sofort in die Tiefe. Das Geräusch des Windes brach ab, nur das Flüstern des Ozeans umgab sie nun. Sie tastete sich am Rumpf entlang bis zum Ende des Hecks, das tief im Wasser lag, prüfte das schmale Leck unter der Wasserlinie und die Stabilität der Spanten. Wolken von Sand wirbelten ihr entgegen, dann wurde das Meer klarer. Direkt hinter dem Heck gähnte ein unglaublicher Abgrund, an dessen Grund sie die bleichen Finger von Korallen erahnte und das Schimmern von Fischleibern. Tatsächlich – da waren wieder diese schnellen Fische, die sie heute Morgen bereits entdeckt hatte. Sie waren schlank, ihre Seitenflossen waren noch länger als die der fliegenden Fische, die Sabin kannte. Sie bewegten sich rasch, ruderten mit den Flossen wie Schildkröten durch das Wasser, änderten blitzartig die Richtung und verschwanden in der Tiefe. Und noch weiter unten in dem dunkelblauen Wasser glaubte sie schemenhaft das Gesicht eines Naj zu erahnen, der sie mit dieser milden, hochmütigen Neugier musterte.

Sabin lächelte, stieß sich von der Felskante ab und ließ sich einfach sinken. Und wie immer, wenn sie unter Wasser die Augen schloss und die Hand ausstreckte, glaubte sie Satus Gegenwart zu spüren. Sein Haar strich über ihre Hand und sie war sicher, dass sie gleich sein Gesicht sehen würde, das dem ihren so ähnlich war. Doch wie jedes Mal, wenn sie die Augen öffnete, war sie allein im Meer. Ihr Bruder war tot – und Sabin einsamer als alle Wesen.

*

Sie wusste nicht, wie lange sie sich hatte treiben lassen. Auf jeden Fall war es nicht lange genug. Nun störte ein Rauschen ihre Ruhe. Das Geräusch kannte sie. Ein Körper, der ins Meer sprang. Unter Wasser drehte sie sich um und genoss ihre Schwerelosigkeit. Von Weitem erkannte sie Tanijen. Er tauchte zu ihr hinunter, ohne Taucherbrille, die Augen zusammengekniffen. Früher hatte er mühelos die Purpurmuscheln vom Grund der Bucht geholt, doch jetzt reichte sein Atem kaum noch für einen Tauchgang unter die ausgespülten Hallen von Dantar.

Hektisch ruderte er mit den Armen und machte das Zeichen der Taucher. *Sofort hochkommen!*, signalisierte er ihr. *Gefahr!*

Ihr Herz begann unter Wasser dumpf schneller zu pochen. Doch im ersten Reflex reagierte sie ganz instinktiv und tauchte noch tiefer nach unten. Die Gefahr war an der Oberfläche, hier dagegen war sie geborgen. Als vor zwei Tagen der Sturm aufgekommen war, war sie zum Glück gerade im Meer gewesen, in einer der tiefen Buchten, in denen es seltene Azurit-Korallen gab. Kurz vor der ersten Flutwelle war sie hinuntergetaucht und hatte sich zwischen den armdicken Fingern einer Koralle verkrochen, dem Rauschen über sich und dem Dröhnen ihres Herzens lauschend. Mit einem von Inus Seilen hatte sie sich gesichert und war nur zum Luftholen zu dem schäumenden, brodelnden Himmel hinaufgeschwommen, der das Licht des Sturms in Tausende von Farben hatte zersplittern lassen. Am Seil entlang hatte sie sich immer wieder in die Geborgenheit des kühleren Wassers gehangelt. Die Naj hielten sich gewöhnlich fern von den Riffen, aber an diesem Tag hatte sie in der Ferne immer wieder das Blitzen von dünnen Hautschleiern gesehen, auf denen sich die Sonne brach. Die Naj waren neugierig gewesen, natürlich. Neugierig darauf, zu sehen, wie die Menschenstadt unter der Wucht des Meeres ächzte und brechen würde.

Tanijen tauchte mit ungewöhnlich hektischen Bewegungen ab. Das machte ihr Angst. Etwas war passiert. Sie würde nicht darum herumkommen aufzutauchen. Langsam schwamm sie ihm entgegen und streckte die Hand nach ihm aus, die er ergriff, als müsste er sie aus dem Rachen eines Hais retten. Gischt peitschte ihnen ins Gesicht, als sie auftauchten.

»Ich suche dich seit einer Ewigkeit«, keuchte Tanijen.

»Warum? Ist etwas passiert? Mit Inu?«

Ohne zu antworten, drehte er sich um und schwamm mit langen Zügen an Land. Sabin verabschiedete sich widerwillig vom Wasser und folgte ihm in die unerträgliche Schwere der Luft.

Kaum war sie über den Felsen an Land geklettert,

fand sie sich in Tanijens Umarmung wieder. »Sabin«, flüsterte er ihr ins Ohr. »Einen Augenblick dachte ich …«

Er drückte sie an sich und sie ließ sich in die Umarmung fallen. Plötzlich war sie froh, dass er hier war, und sie schämte sich beinahe dafür, dass sie sich einsam gefühlt hatte.

»Was ist los?«, fragte sie noch einmal.

»Ein Tier hat Amber angegriffen.«

»Ein Tier?« Beinahe hätte sie gelacht. Ein ganzer Schwall von spöttischen Bemerkungen lag ihr auf der Zunge. Tanijen bemerkte das verräterische Zucken um ihre Mundwinkel und fasste sie an den Schultern, sodass er ihr ins Gesicht sehen konnte. Die goldenen Sprenkel in seinen Augen leuchteten im Sonnenlicht.

»Mach dich nicht darüber lustig«, sagte er ernst.

Sabin versuchte den dumpfen Stich in ihrer Brust zu ignorieren. Er war Tanijen und er war es doch nicht. Es war, als würden sie seit Satus Tod in zwei Welten leben – sie zwischen Meer und Schiffsfriedhof, zwischen dem nächsten Auftrag und drohender Not. Und Tanijen zwischen ihr und seinem Traum von den Sternen am Himmel, die ihm mehr bedeuteten als die Korallen und Perlen am Meeresgrund. Seit Tanijen bei den Navigatoren war, verloren die Gesetze des Wassers mehr und mehr ihre Gültigkeit.

»Wir müssen zurück in die Burg auf der Klippe«, fuhr er fort. »Amber und Inu sind bereits dabei, die Fenster und Türen zu verriegeln …«

»Ihr wollt wirklich in dieser Gruft bleiben? Nur weil

es auf der Insel Tiere gibt? Warum übernachten wir nicht am Strand in einem der Schiffsrümpfe?«

»Bitte, komm mit!«, beharrte Tanijen sanft. Und für einen Augenblick war er wieder der Taucher, den sie kannte, seit sie ihre erste Perle gefunden hatte, und nicht der Fremde, der dem Meer abgeschworen hatte. »Bitte, Sabin! Es ist nur für diese eine Nacht.«

Sabin wollte etwas antworten. Doch stattdessen ertappte sie sich dabei, wie sie einfach nur nickte. Ihre Zustimmung schien ihn noch mehr zu erstaunen als sie selbst, sein Gesicht leuchtete in einem Lächeln auf, und für einige unendlich wertvolle Momente war alles wieder so, wie es vor diesem Winter gewesen war. Sabin schluckte und blickte zu Boden. So weit war es gekommen. Tanijen, der sie früher so leicht zum Lachen gebracht hatte, war ihr fremd. Die Stürme rieben alles auf – die Menschen und die Freundschaften. Und sogar die Liebe.

Tanijen legte den Arm um ihre Schultern und zog sie mit. So umschlungen gingen sie gegen den Wind gebeugt die Anhöhe vom Strand hoch.

Wie ein bizarres Bild zeichnete sich der monströse, fleischige Marjulabaum gegen den Himmel ab. Sabin wünschte sich, sie hätte ihn nicht angesehen, denn der Moment der Vertrautheit, den sie eben noch an der Seite von Tanijen empfunden hatte, zerfiel wie eine Handvoll Sand im Wasser. Zurück blieben die Unsicherheit und das Gefühl, dass nichts in Ordnung war. Gar nichts.

»Tanijen?« Sie hielt ihn am Arm zurück. Der Wind blies ihm die Haarsträhnen vor die Augen, als er sich ihr zuwandte. »Du hast nichts damit zu tun, dass wir noch leben?«

Tanijen zog erstaunt die Brauen hoch. »Wie meinst du das?«

»Warum hat uns der Sog nicht in die Tiefe gezogen?«

Tanijen ließ sie los und trat zur Seite. Seine Augen blitzten vor Ärger, obwohl ein ironisches Lächeln seine Lippen umspielte. »Fängst du jetzt auch schon so an wie Inu?«, meinte er. »Was hat er dir erzählt? Dass ich Beschwörungen abhalte, um die Sturmrufer aus ihren Gräbern zu holen?«

»Inu würde sich eher die Zunge abbeißen, als schlecht über seine Freunde zu sprechen«, gab sie ruhig zurück. »Du weißt genau, wovon ich rede.«

»Nur weil einer der Navigatoren nach dem vorletzten Sturm verhaftet wurde, heißt das noch lange nicht, dass der Verdacht gerechtfertigt war.«

»Er wurde gehängt«, sagte Sabin scharf. »Der Rat hat ihn für schuldig befunden. Er war ein Magier, Tanijen! Ein Navigator, der sich mit der Magie eingelassen hat!«

»Aber ich bin keiner!«, rief er. »Warum vertraust du mir nicht mehr, Sabin? Bin ich jemand anderes geworden, nur weil ich zu den Navigatoren gegangen bin? Ich war kein besonders guter Taucher – das weißt du ebenso gut wie ich –, aber ich werde der beste Navigator sein!«

»Es gibt ... Gerüchte am Hafen. Über die Amulette, die die Kallanera zu den Navigatoren bringen sollte.« Sabin deutete auf die Kette, die er um den Hals trug. Tanijen schnaubte verächtlich.

»Harmlose Wolkenbeschwörung. Für Navigatoren nicht mehr als ein Handwerkszeug. Um die Wolken zu vertreiben, wenn wir die Sterne nicht sehen können. Du weißt genauso gut wie ich, dass das kein richtiger Zauber ist.«

»Es ist Magie, oder nicht?«

»Ja, aber die Art von Magie, die wir nicht lenken können. Sie liegt in den Dingen, wir können sie beschwören, aber sie gehorcht uns nicht wie ein Hund. Du weißt genau, dass der Fischerrat diese Art von Zauber nicht verbietet.« Er zögerte und setzte dann hinzu: »Noch nicht.«

»Magie ist Magie«, beharrte Sabin. »Jede Art von Zauber ist Zerstörung und verachtenswert! Und gestern, als wir in den Sog gerieten – da habe ich etwas gespürt, Tanijen. Es war, als hätte uns etwas über die Felskette getragen.«

Tanijen lachte. »Das Glück. Es war nur das Glück.«

»Hör auf, dich über mich lustig zu machen«, sagte sie grob. »Ich bin keines der Marktmädchen, die für die Navigatoren schwärmen. Du spielst nicht mit Magie herum. Oder doch? Sag mir die Wahrheit, Tanijen!«

Tanijen wurde ernst. Die Maske des spöttischen Navigators fiel von ihm ab. Mit einem schnellen Handgriff riss er sich die Kette mit dem Amulett vom Hals und schleuderte sie mit einer wütenden Bewegung weit ins Meer.

»Was soll ich noch tun, verdammt?«, rief er. »Muss ich erst wieder zu den Korallentauchern zurückkehren, die keine Arbeit mehr haben, damit du mir glaubst, dass ich kein Verschwörer und Verbrecher bin? Oder ist es etwa ein Verbrechen, etwas anderes zu wollen als das, was man hat?« Seine Stimme wurde leiser. »Was ist mit dir, Sabin? Glaubst du etwa, du hast dich nicht verändert? Seit du von ... Satus Tod erfahren hast, erkenne ich dich kaum wieder. Und was ist mit den beiden Briefen, die du verbrannt hast? Du hast mir nie erzählt, was darin stand. Ich respektiere das ... und vertraue dir trotzdem.«

Sabin schwieg und senkte den Blick. Selbst jetzt, als die Erinnerung an die Briefe ihr schmerzhaft bewusst machte, dass sie nach Dantar zurückmusste, um zu retten, was zu retten war, schwieg sie.

Als sie bemerkte, dass Tanijen immer noch auf eine Antwort wartete, trat sie zu ihm und umarmte ihn. Sein Haar duftete wie das Meer – und Sabin liebte ihn in diesem Augenblick so sehr, dass es beinahe schmerzte.

»Wir müssen nach Dantar zurück«, sagte sie. »So schnell wie möglich.«

Tanijen erwiderte ihre Umarmung und zog sie so fest an sich, dass sie seinen schnellen Herzschlag spüren konnte.

»Das werden wir. Wir sind Meerländer, Sabin. Wir finden immer wieder heim, wie die Wale.«

Er strich ihr mit der Hand über die Wange und küsste sie. Seine Lippen schmeckten nach Salz und nach unzähligen Nachmittagen im Wasser – damals, als die Stürme nur selten tobten und sie noch Perlen und Korallen suchten statt verlorenes Treibgut. »Wir gehören zusammen«, sagte er leise. »Aber bis wir in Dantar sind, müssen wir alle zusammenhalten. Das heißt, wir müssen auch Amber behandeln, als wäre sie eine von uns.«

Sabin verzog vor Widerwillen den Mund. »Eine von uns? Das kannst du von mir wirklich nicht verlangen!«

# *Gemeinsam und allein*

Mithilfe von Ambers Messer hatten sie die Ranken am Tor abgeschnitten, nun waren die beiden Flügel fest verschlossen und mit Inus Seilen gesichert. Jetzt saßen sie zu viert in der Halle in einer Insel von Licht neben dem erloschenen Kamin, den ein Relief mit Vögeln und Fischen schmückte. Noch wagten sie nicht, das Feuer im Kamin zu entfachen, aber Amber hatte Zündblättchen gefunden, mit denen sich wenigstens die Kerzen anzünden ließen. Sie bröckelten mehr, als sie schmolzen, und rochen schwach nach altem Fischtran, aber die Dochte brannten noch. Der Tisch war abgeräumt, die Teller von Staub befreit. Amber hatte die beiden Vögel gerupft und die Fleischstücke über einem Bündel von Kerzen geröstet. Doch das Fleisch schmeckte seltsam wässrig und substanzlos.

Sabin hatte sich einen hellen, verblichenen Samtmantel aus einer der Truhen um die Schultern gelegt. Amber fand, sie wirkte wie die weiße Königin aus den Märchen der Baumfäller.

»Die Ladung der Schiffe, die erst vor Kurzem hier gesunken sind, liegt zum Teil noch verstreut hinter den Klippen«, sagte Sabin. »Würde jemand hier leben, hätte er sie geborgen.«

»Die Bewohner haben die Burg überstürzt verlassen«, murmelte Inu. »Vielleicht sind sie geflohen und davongesegelt. Aber wo sind die ganzen Gestrandeten? Keine Gebeine am Strand, keine Gräber ...«

»Vielleicht liegen die Knochen auf dem Grund des Tümpels«, meinte Sabin lakonisch.

Amber schielte zu der Axt mit dem rostigen Blatt, die sie in einer der Truhen gefunden hatte. Sabins Harpune lag ebenfalls in Greifweite, außerdem Stöcke, Schürhaken und ein altes Fischernetz.

»Auf jeden Fall haben Seeleute hier gelebt.« Tanijen deutete auf eine Kiste, deren Schloss er aufgebrochen hatte. »Jede Menge Seekarten und Windströmungstabellen liegen in den Truhen.« Er strich mit dem Finger über einen runden Gegenstand neben der Truhe. Sein Finger schob die dicke Staubschicht vor sich her. Und in dem Streifen, der auf Glas zurückblieb, zitterte eine Nadel. »Ein Kompass. Doch er funktioniert ebenso wenig wie der, den Inu heute Morgen am Strand gefunden hat.«

»Möglicherweise sind die Schiffe nicht gestrandet, sondern ankerten vor der Insel und wurden erst in einem Sturm zerschmettert. Warum sollten die Stürme, die an Dantars Küste toben, nicht auch die Insel heimsuchen?«, schlug Amber vor.

»Unwahrscheinlich«, meinte Sabin kühl. »Die Timadar liegt kaum einen Sommer am Strand, andere Schiffe sind schon so zerfallen, dass man die Namen nicht mehr lesen kann. Und die Namen sind zum Teil so fremd, dass sie auf keinen Fall aus Dantar kommen.«

»Namen?« Tanijen horchte auf. »Was für Namen?«

Sabin hob die Schultern, als würde sie frösteln. »Pallas, zum Beispiel, und Uda. Eine Galeone heißt Mimora und trägt am Bug die Augen der Feuerläufer, also ist es ein Schiff vom roten Kontinent.«

»Pallas«, murmelte Tanijen. »Uda. Mimora.«

Inu ertappte sich dabei, wie seine Hand zu seinem Gürtel glitt und über den Korallensplitter strich. Er verstand sich selbst nicht mehr. Warum versteckte er ihn? Während Tanijen und die anderen die Gegenstände aus den Truhen betrachteten, konnte er nur an den Splitter denken – und an den Tümpel. Im Kopf rechnete er aus, wie viel Faden er wohl für ein Lot benötigen würde. Aus irgendeinem Grund interessierte es ihn, wie tief der schwarze Tümpel im Burghof war.

»Lasst uns sehen, dass wir die Timadar so schnell wie möglich seetüchtig machen«, sagte Sabin. «Es muss Stellen im Wasser geben, an denen es keinen Sog und keine Strömung gibt.«

«Wir haben sechs Äxte«, sagte Amber.

»Und Käfige«, setzte Tanijen hinzu. «Wozu haben sie die ganzen Vögel gefangen?«

«Ich will es gar nicht wissen«, meinte Sabin. «Ich will hier nur weg.«

»Ich auch«, sagte Amber leidenschaftlich. »Ich will zurück nach Dantar! Die Äxte sind zwar etwas rostig, aber gut zu gebrauchen. Ich schlage das Holz zurecht, das wir für das Schiff benötigen. Inu macht die Seile – und genug Tuch für Segel haben wir auch ...«

«Tuch, ja«, bemerkte Sabin trocken. «Wenn wir Segel aus alten Kleidern zusammennähen wollen.«

»Wir haben genug Wachs«, sagte Tanijen. «Damit schützen wir den Stoff gegen Feuchtigkeit.«

»Finde du erst einmal heraus, wo wir sind«, bestimmte Amber. »Ich und Sabin kümmern uns um das Schiff.«

Inu zuckte zusammen. *Ich und Sabin?* Verstohlen betrachtete er das herrische Landmädchen von der Seite. Im Kerzenlicht erschienen die blauen Flecken an Ambers Unterarmen noch dunkler. Er traute ihr ohne Weiteres zu, eine Kriegerin auf der Flucht zu sein. Jedes Leben war ein Netz – und dieses Mädchen machte den Eindruck, dass ihr Netz einige Knoten zu viel enthielt und zum Zerreißen gespannte Schnüre, außerdem zu kleine Maschen, in denen sich Dinge verfangen hatten, die besser nicht das Tageslicht erblickten.

Sabin sah sie ärgerlich an und auch Tanijen sagte vor Verblüffung nichts. Doch Amber bemerkte offenbar nicht, dass sie wieder einmal ins Fettnäpfchen getreten war. Nervös kaute sie auf ihrer Unterlippe herum.

»Da ist noch etwas«, sagte sie und setzte sich auf. Ihr Rücken schmerzte offenbar immer noch, sie bewegte sich langsam und vorsichtig. »Es ist der Tote. Ich will, dass er beerdigt wird.«

Sabin schüttelte entschieden den Kopf. »Auf keinen Fall. Er liegt im Gewölbekeller und da bleibt er auch!«

»Aber er ist bereits seit zwei Tagen tot. Was, wenn er wieder aufsteht?«

»Warum sollte er Lust haben, hier herumzuspazieren?«, spottete Sabin.

»Tote, die unbegraben bleiben, finden die lichte Grenze nicht«, antwortete Amber ernsthaft. »Sie fliehen zurück in ihre Körper und verfolgen die Lebenden. Da, wo ich herkomme, gibt es … Geschichten von versäumten Beerdigungen, die auf das Frühjahr verschoben wurden, da der Boden im Winter zu hart war. Und von Toten, die daraufhin umherirrten – sie sind einsam und heulen nachts mit dem Wind um die Wette, sie streichen um die Gehöfte und hämmern an die Türen, weil sie wieder eingelassen werden wollen.«

Inu musste lächeln. Die Bergleute waren abergläubisch.

»Außerdem wird er … verwesen«, fuhr Amber aufgeregt fort. »Wir begraben ihn und sagen in Dantar Bescheid. Dann kann seine Familie doch immer noch entscheiden …«

»Nein!«

Das hatte Inu erwartet. Sabin konnte ihren Schmerz nie verbergen – zumindest nicht vor ihm. Satu war in ihren Augen so lebendig, als würde sie versuchen ihren Bruder mit ihrem »Nein« in den Raum zu zwingen.

»Warum nicht?«, brauste Amber auf.

Die Taucherin warf ihr einen scharfen Blick zu. »Ist das bei euch so, Bauernmädchen? Verscharrt ihr eure Toten im Matsch, ohne euch um das Leid der Angehörigen zu kümmern?«

Amber wurde blass. Nur auf ihren Wangen leuchteten rote Flecken. Tanijen hob beschwichtigend die Hände.

»Kein Streit«, sagte er sanft. »Bitte …«

»Was ist los mit dir, Fischhaut!«, zischte Amber Sabin zu. »Ich will einen Toten unter die Erde bringen, was ist verkehrt daran? Das hat nichts mit Herzlosigkeit zu tun. Im Gegenteil! Diesen Wunsch würde ich auch haben, wenn es mein ... Bruder wäre.«

*Besonders bei ihm,* setzte sie in Gedanken hinzu.

Sabin sprang auf. Der Wasserbecher neben ihrem Lager fiel um, die klare Flüssigkeit suchte sich ihren Weg zwischen verblassten Marmorintarsien.

»Geh zum Kerot, Landkröte!«, fauchte sie. Ihr Umhang wallte, als sie die Treppe hocheilte und in dem dunklen Flur verschwand.

»Lass sie, Amber«, sagte Tanijen. »Ich werde mit ihr sprechen und ...«

Amber stieß einen Fluch aus und schnellte auf die Beine.

»Halt!« Inu machte eine rasche Bewegung nach vorn. Er erwischte sie am Ärmel. Einen Augenblick zuckte Schmerz über ihr Gesicht. Dann fand sich Inu nach Luft schnappend am Boden wieder. Amber hatte ihn abgeschüttelt und mühelos mit einem Schleuderwurf zu Fall gebracht. Nun stand sie einige Schritte entfernt von ihm am Fuß der Treppe und rieb sich ihren schmerzenden Arm.

»Eine schöne Gesellschaft seid ihr«, sagte sie verächtlich. »Ein Navigator, der keine Ahnung hat, wo wir sind, eine verrückte Taucherin, die sich aufführt wie eine eingebildete Feuernymphe, und ein Seiler, der nach ihrer Pfeife tanzt. Ich hoffe, Sabin erlaubt euch wenigstens zu atmen!«

Inu stellte wieder einmal fest, dass mit einer Amber, die auf festem Boden stand, nicht zu spaßen war. Fast erwartete er, sie würde zur Axt greifen, aber sie drehte sich nur um und stürmte Sabin hinterher.

»Ich hoffe nur, sie hat nicht vor, Sabin zu erwürgen«, meinte Tanijen. »Wer hätte gedacht, dass sie nicht nur eigensinnig, sondern auch abergläubisch ist?«

»Sie hat recht«, fuhr Inu ihn an. »Was für ein erbärmlicher Navigator bist du eigentlich, wenn du nicht einmal den Standort einer Insel bestimmen kannst?«

*

Sabin wandte nicht einmal den Kopf zur Tür, als Amber in das Turmzimmer stürmte. Ihr Schritt hallte im Raum, Staubschleier verhüllten das Mondlicht. Die Taucherin hatte die Fensterläden aufgestoßen und saß mit angezogenen Beinen auf dem Fensterbrett. Der Nachtwind zerzauste ihr Haar, Brandung donnerte unter ihr. Ihre Fischhautkleidung glänzte im blassen Licht.

»Was willst du?«

»Einige Dinge klarstellen«, antwortete Amber und atmete tief durch. »Warum führst du dich so auf, als würde meine Gegenwart dich beleidigen?«

»Tue ich das?«, sagte Sabin gleichgültig. »Es hat dich keiner gezwungen, mit uns aufs Meer zu fahren.«

Amber kämpfte den Impuls nieder, eine hölzerne Käfigstrebe zu packen und der Taucherin diese stechende, kalte Arroganz aus dem Gesicht zu schlagen. Sie zählte bis fünf, bevor sie antwortete.

»Irrtum. Ihr *habt* mich *gebeten!*«, gab sie mühsam beherrscht zurück. »Wenn ich es mir hätte aussuchen können, wärst du der letzte Mensch, mit dem ich allein sein wollte. Aber wir sind nun mal hier und niemand kann etwas dafür. Also erklär mir endlich, was du verdammt noch mal gegen mich hast! Habe ich dir was getan?«

Endlich hatte sie es geschafft, die Taucherin wenigstens ein wenig aus der Fassung zu bringen. Sabin blinzelte ein paarmal zu oft und sah sie an – endlich. Und dann überraschte sie Amber.

»Nein«, sagte sie freimütig. »Du hast mir nichts getan. Du erinnerst mich an jemanden, das ist alles. Und ich wünschte, du wärst nicht hier. Es ist so schon schwer genug.«

»Schwer?«, empörte sich Amber. »Du magst dich mit Harpunen auskennen, aber ich kann mit Holz und Zimmermannswerkzeug umgehen. Wie kannst du da behaupten, es wäre schwer mit mir?«

Für einen Augenblick wirkte Sabin verunsichert, und Amber glaubte in den blauen Augen eine Regung wahrzunehmen – Angst vielleicht oder einen flüchtigen Schmerz. Ambers Hände entspannten sich. In diesem Moment hätte sie alles dafür gegeben, um einfach mit der Taucherin sprechen zu können wie mit Inu.

»Wie du meinst«, sagte Sabin schließlich. »Lässt du mich jetzt bitte allein?«

Amber räusperte sich. Es war mühsam, mit Worten statt mit Fäusten zu kämpfen. »Nein. Ich ... wollte dir noch sagen, dass die Erde nicht nur ›Matsch‹ ist, auch wenn ihr Fischhäute das denkt. Es gibt auch andere Götter als die des Meeres. Eure Toten sind bei ihnen nicht schlechter aufgehoben als im Wasser.«

»Ach, wirklich?«

Nun gab Sabin sich keine Mühe mehr, ihre Feindseligkeit zu verbergen.

Amber nickte. »Ich kenne die Geschichte, dass alle Einwohner Dantars von den Walen abstammen und ihre Seelen nach ihrem Tod ins Meer zurückkehren. Ich habe diese Geschichte immer gemocht – sie gefiel mir weitaus besser als unsere Sagen vom Martiskönig und der Erschaffung des Feuers. Aber es gibt eine Geschichte, die ebenso schön ist wie die über Dantars Wale. Und ebenso wahr.«

»Ganz recht«, sagte Sabin kühl. »Wir stammen von den Walen ab. Und ihr? Von den Ziegen?«

In diesem Augenblick lernte Amber etwas über sich selbst: Sie war keine Dantarianerin. Und wenn es nach der Wut ging, die sie nun überschwemmte wie eine heißkalte Woge, würde sie nie eine werden. Ihre Fäuste hatten sich ganz von selbst geballt, ihre Beine schnellten los.

Sabins Augen weiteten sich vor Schreck, mit einem flinken Satz sprang sie vom Fensterbrett und wollte fliehen. In dieser gläsernen Sekunde, als Amber ihr mit erhobener Faust entgegenstürzte und die Taucherin versuchte sich unter dem Hieb zu ducken, sah Amber plötzlich etwas, was ihre Wut mit einem Schlag völlig auf sich zog.

Im Fenster hinter Sabin kochte die Dunkelheit. Eine Klaue klackte auf Stein.

Amber reagierte blitzartig: Im Sprung packte sie die Taucherin um die Taille und riss sie von den Beinen. In einer Staubwolke kamen sie auf dem Boden auf. Eine Schulter traf sie hart an der Stirn, aber sie fühlte keinen Schmerz.

»Was zum Kerot …«, fluchte Sabin.

Amber stieß sie grob weg. »Zur Tür! Mach, dass du rauskommst!«

Sie rappelte sich auf und wirbelte zum Fenster herum. Der Mond war hinter Wolken verschwunden und ließ sie in der Dunkelheit zurück. Sie erahnte eine Gestalt, die sich von außen an der Mauer festklammerte. Das Wesen zischte und hangelte sich mit verstörend schnellen Bewegungen aus ihrem Blickfeld. Es floh!

Amber hob im Rennen eine lose Käfigstrebe als Waffe auf und stürzte zum Fensterbrett. Das Tier hangelte und wand sich an der Mauer entlang in Richtung Dach. Ein länglicher, schmaler Körper, biegsam wie ein Waran. Amber nahm das staubige Holz zwischen die Zähne und war mit einem Satz auf dem Fensterbrett. Der Geruch nach altem Stein und trockenem Holz stieg ihr in die Nase.

»Amber, nein!«, hörte sie Sabin rufen, doch schon war sie aus dem Fenster geklettert.

Das Blut pochte heiß durch ihre Adern. Sie nahm alles mit doppelter Schärfe wahr – das Zischen des Wesens, das Kratzen von Krallen auf dem Stein, während es sich flink auf das Dach des Turms hochzog. Steine und Mörtelbrocken regneten auf sie herunter, während sie dem Angreifer folgte. Ein halbe Dachschindel schlug ihr beinahe das Holz zwischen den Zähnen weg, aber sie tastete sich unbeirrt weiter, fand Vorsprünge und

Balken und zog sich schließlich auf das schräge Dach hoch.

Die Vögel, die auf der Dachspitze saßen, flatterten aufgeschreckt davon. Wind erhob sich so jäh, dass es sie fast das Gleichgewicht kostete.

Amber nahm das Holz in ihre bessere Schlaghand und horchte.

Das Wesen verharrte auf dem Dach, sie konnte es nicht sehen, nur eine schattige Bewegung erahnen, doch ein Zischen verriet, wo es war. Dann ertönte das Trappeln hinter ihr. Es waren mehrere! Instinktiv duckte sie sich zur Seite. Keinen Augenblick zu früh: Ein Luftzug traf ihr Ohr, als etwas dicht daran vorbeischnellte.

Amber wirbelte herum und schlug zu. Ein dumpfer Schlag ertönte, durch das Holz fühlte sie etwas brechen. Vielleicht eine Rippe oder ein Schädel? Einen Angreifer hatte sie also erwischt. Aber das Trappeln war immer noch da, umkreiste sie. Blitzartig holte sie mit der Strebe aus und brüllte, als wollte sie Martiskatzen einschüchtern. Wenn sie nur ein wenig mehr sehen könnte!

Ein Knacken unter ihrem Fuß spürte sie, noch bevor sie es hörte. Brach das Dach? Nach einem schrecklichen taumelnden Augenblick spürte sie plötzlich etwas Scharfes an ihrer Seite. Es streifte ihren Oberam, Stoff riss, brennender Schmerz zuckte durch ihren Arm. Ein Zischen an ihrem Ohr und der Gestank nach Moder, dann rutschte sie aus und fiel. Schmerzhaft ratterten ihre Rippen über gebogene Dachschindeln, als wäre sie ein Laken in einem Waschzuber. Dann traten ihre

Beine in Luft. Instinktiv krallte sie sich mit den Fingern fest – und hing am Dachrand. Unter sich hörte sie das Brausen des Meeres. Der Schreck schickte ihr heiße Wellen durch die Adern.

Krachen und Schleifen ertönte. Und dann walzte ein lappiger, ledriger Haufen über ihre armen, geschundenen Knöchel. Amber konnte gerade noch den Kopf einziehen. Das Wesen – vermutlich war es der Angreifer, den sie zur Strecke gebracht hatte – rutschte über die Dachkante und streifte im Fallen Ambers Rücken. Sie stöhnte auf. Der ranzige Geruch nach Moder und öliger Haut hüllte sie ein. Das Wesen gab einen wimmernden Laut von sich. Amber machte den Fehler und blickte dem dunklen Bündel hinterher. Aus dem Augenwinkel erkannte sie schemenhaft, wie das verletzte Wesen wie eine Lumpenpuppe fiel. Unter sich sah sie Sabins blasses Gesicht in der Dunkelheit leuchten.

»Amber! Hierher!«, schrie die Taucherin und hangelte nach ihrem Bein.

»Finger weg!«, keuchte Amber. Was auch immer sie da angriff, sie war noch lange nicht fertig damit!

Obwohl ihr Rücken schmerzte, spannte sie alle Muskeln an und stemmte sich hoch. Sie zog die Beine nach, kletterte zurück auf das Dach und packte eine der zerbrochenen Schindeln wie eine Waffe. Die Gestalten flohen.

Bevor Amber reagieren konnte, huschten sie zum Rand des Dachs – und sprangen! Amber war viel zu verblüfft, um sich rühren zu können. Der Wind wurde stärker, drohte sie von den Beinen zu holen. Der Mond war wieder hinter den Wolken hervorgekommen. Weiße Gischt malte an der Stelle, wo die Wesen eingetaucht waren, Zacken in die Wasseroberfläche.

Schwer atmend ging Amber in die Hocke. Ihr Rücken fühlte sich an, als hätte ihr jemand ein Stück brennendes Holz dagegengeschlagen. Sabin rief nach ihr, aber Amber war viel zu wütend, um zu reagieren. Wie ein Raubtier, dem die Beute entwischt war, saß sie nur da und trotzte dem Wind.

»Amber?« Das war Inus Stimme. Seine Besorgnis riss sie aus ihrer Erstarrung. Sie erinnerte sich daran, auf Sabin wütend gewesen zu sein, und dachte beschämt an ihr Versprechen. Andererseits: Der Triumph, die Wesen in die Flucht geschlagen zu haben, tat dennoch gut. Auf allen vieren kroch sie zum Dachrand zurück und hangelte sich mit geübten Griffen über die Dachkante und zurück zum Fensterbrett.

Drei blasse Gesichter starrten sie ungläubig an. Ihr wurde bewusst, dass ein Mensch, der im Dunkeln auf ein Dach klettern konnte, für einen Dantarianer einen seltsamen Anblick bieten musste. Doch sie hatte Ziegen und Schafe von weitaus gefährlicheren Bergvorsprüngen geholt. Und im Augenblick war sie stolz darauf, die anderen zu verblüffen. Selbst ihre Wut auf Sabin war verflogen.

»Jetzt wissen wir wenigstens ganz sicher, dass wir nicht allein sind«, sagte sie und schwang sich über das Fensterbrett in den Raum. »Wir müssen alle Fenster und Türen verschließen. Wir werden uns bewaffnen. Und gleich morgen gehen wir zum Schiff.«

»Was ist, wenn die Wesen uns am Strand angreifen?«, fragte Inu und deutete auf den Riss in ihrem blutgetränkten Ärmel. Es mochte eine Kralle gewesen sein, die ihr den Kratzer beigebracht hatte. Oder ein spitzer Eckzahn.

»Sie sehen offenbar im Dunkeln«, erwiderte Amber. »Vermutlich schlafen sie am Tag – sonst hätte ich das Tier heute Morgen nicht aufgeschreckt.«

Sie legte ihre ganze Bestimmtheit in diese Worte. Zum ersten Mal machte Sabin keine spöttische Bemerkung.

# *Die Burg*

Noch in der Nacht rückten sie die Möbel vor die Fenster des großen Saals und verriegelten die Türen zu den oberen Stockwerken. Der Wind hörte nicht auf, um das Gemäuer zu fauchen, und man konnte sich einbilden Krallen zu hören, die an den Türen kratzten. Doch Amber schien mit ihrer Vermutung recht zu haben, denn als sich in den Morgenstunden der Sturmwind endlich legte, senkte sich wieder die gespenstische Stille über die Insel. Außer den Vögeln, die nun in dichten Trauben auf dem Dach und im Hof kauerten, die Federn aufgeplustert und die spitzen Schnäbel zum Schlafen im Gefieder verborgen, war die Insel unbewohnt wie am Tag zuvor.

Dennoch sah sich Amber immer wieder nach der Wasserburg um, während sie mit Inu und Sabin zur Küste ging. Im Tageslicht konnte sie die beschädigte Stelle auf dem Dach des Turms sehen, an der sie gestern eingebrochen war. Und bei diesem Anblick wurde ihr flau im Magen. Es wäre ein tiefer, sehr endgültiger Sturz geworden.

»Meint ihr, dass Tanijen wirklich allein in der Burg bleiben soll?«, rief sie Richtung Sabin und Inu, die ihr schon weit vorausgeeilt waren. Inu winkte ihr ungeduldig zu. »Wir haben die Aufgaben verteilt. Er weiß, was er tut. Außerdem hat er die Tür zur Halle von innen verriegelt. Jetzt komm schon!«

Amber gehorchte widerwillig und holte auf. Im Gehen musterte sie die Bäume und schätzte sie bereits mit dem Blick des Holzfällers ab. Sie war aufgeregt, gestand sie sich ein. Mit Ställen und Hausdächern kannte sie sich aus – aber Schiffe?

Wenig später verging ihr die Laune. Das Schiff, das Sabin gefunden hatte, sah nicht sehr vertrauenerweckend aus. Andererseits – nach dem Schiffbruch, den sie erlebt hatte, würde wohl kein Schiff mehr sicher genug für Amber sein.

»Wir müssen nur ein kleineres Leck abdichten«, erklärte Sabin und deutete zum hinteren Teil der Timadar. Amber kniff die Augen zusammen und betrachtete misstrauisch das pockennarbige Holz. Seit der Wind sich gelegt hatte, brannte die Sommersonne unerbittlich auf die Insel und blendete sie. Das flaue Gefühl im Magen ließ die Tage auf dem Meer wieder lebendig werden. Im Gegensatz zum Ruderboot wirkte das kleine Schiff riesenhaft, und jetzt, bei Ebbe, lag es beinahe ganz auf dem Trockenen. Nur hinter dem Heck deutete die Dunkelheit des Wassers den Abgrund an.

»Und wie willst du es ins Meer bekommen?«, fragte Amber leise. Statt Sabin antwortete Inu. »Sobald das Leck dicht ist, schöpfen wir das Wasser aus dem Schiff. Das müsste dem Rumpf genug Auftrieb geben, um das Schiff bei Flut vom Grund loszubekommen. Es hat nicht sehr viel Tiefgang.«

Amber betrachtete die Taucherin von der Seite. Obwohl Amber sie gerettet hatte, war sie von Sabin kaum beachtet worden, als sie sich morgens am großen Tisch zusammengesetzt und die Aufgaben verteilt hatten. Den Toten erwähnte niemand, aber Amber hatte ihn nicht vergessen.

Inu war bereits zum Schiff getreten und begutachtete die Reste der Takelage, die schlaff über dem Bootsrand hing wie ein ertrunkenes Tier. Dann ging er mit großen Schritten um den Bug herum und verschwand hinter dem Schiffsrumpf. Ein dumpfes Klopfen verriet, dass er auf der anderen Seite des Schiffs die Stabilität des Holzes prüfte.

Amber betrachtete Sabin von der Seite. Ihr Haar war zerzaust und selbst ihre Bräune täuschte nicht darüber hinweg, wie blass sie eigentlich war. Die dunklen Schatten unter ihren Augen verrieten, dass sie die ganze Nacht nicht geschlafen hatte.

»Geht es dir gut?«, fragte Amber leise. Sabin warf ihr einen spöttischen Seitenblick zu.

»Da du mich gestern nicht verprügelt hast, könnte es mir nicht besser gehen«, erwiderte sie schnippisch.

»Danke für deine Freundlichkeit, Sabin«, sagte Amber scharf. Das Blut pochte in der Ader an ihrem Hals. »Danke, dass du mit mir sprichst und ein freundliches Wort dafür übrig hast, dass ich dich gestern Nacht nicht den Ungeheuern auf dem Dach überlassen habe.«

»Was erwartest du?«, gab Sabin ruhig zurück, während sie die zerrissenen Leinen studierte. »Ich habe dich vor der Dschellar gerettet. Jeder ist mal an der Reihe.

So ist es, wenn man zusammengehört. Und das tun wir doch, oder?«

Es klang nicht einmal unfreundlich. Amber schluckte. Sollte sich doch etwas geändert haben?

»Bring es mir bei«, sagte sie plötzlich, überrascht von ihrer eigenen Kühnheit.

Sabin hob irritiert die Brauen. »Was? Eine Lektion über das Meer? Damit du uns hier noch vor Angst zu heulen anfängst?«

»Du wirst heulen, wenn ich dir die Nase breche«, rutschte es Amber heraus. Sofort biss sie sich auf die Zunge. Sie räusperte sich und fuhr ruhiger fort: »Das ... Tauchen meinte ich. Ich möchte es lernen. Und alles über das Meer, die Fische, das, was ich wissen muss, um in Dantar zu leben.«

Die Taucherin sah sie ernst an.

»Weißt du, was du forderst? Das ist das Majumameer. Es gibt und nimmt uns alles – manchmal zur gleichen Zeit. Dieses Meer ist ein wildes Tier: Man denkt, man hat es gezähmt. Und dann fällt es einen plötzlich an.«

»Danke für die Belehrung! Wie du weißt, werde ich mit Ungeheuern ganz gut fertig.«

Sabin lachte. »Lektion eins: Vorsicht bei roten Schnecken«, sagte sie spöttisch und deutete auf eine runde Schale, die direkt neben Ambers Fuß lag. »Darin haust ein Krebs. Wenn er dich berührt, lähmt dich sein Gift, bis du nicht mehr atmen kannst und bei vollem Bewusstsein erstickst.«

Amber sprang erschrocken zur Seite und stand plötzlich knietief im Wasser.

»Gut reagiert«, bemerkte Sabin freundlich. Und nach kurzem Überlegen setzte sie hinzu: »Die Meerestiere kann ich dir erklären.« Der spöttische Zug um ihren Mund kehrte zurück, ihre Augen blitzten amüsiert. »Aber das Tauchen musst du dir schon selbst beibringen. Es ist wie mit dem Ziegenhüten. Man kann es oder man kann es nicht!«

»Du arrogante Fischhaut, du …«

Sabin lachte und brachte sich an der Felskante vor dem dunkelblauen Abgrund in Sicherheit.

»Na, Amber?«, spottete sie. »Genau der richtige Moment, um tauchen zu lernen!« Sie deutete hinter sich. Rötliche Rückenflossen zerschnitten das Wasser wie Säbel ein blaues Seidentuch. »Kupferhaie. Sie schmecken gut, wenn man ihr Fleisch in Marjulawein einlegt, bevor man es brät. Aber beim Harpunieren muss man aufpassen, sie sind schlauer als Hunde.«

Wie ein Pfeil tauchte sie ein und war unter der Wasseroberfläche verschwunden, als wäre sie in ihr wahres Element zurückgekehrt. Amber blieb allein zurück – mit durchnässtem Hosensaum, nicht sicher, ob sie einen Sieg oder eine Niederlage erlebt hatte. Von fern hörte sie Inus Schritte auf dem Schiff. Nun erschien sein Gesicht über der Reling. »Amber, komm her! Durch das Leck kannst du an Bord klettern. Schau dir an, ob wir den Mast ersetzen können. Ein schlanker Baum müsste genügen, oder?«

Um zum Leck zu gelangen, musste Amber noch tiefer in das Wasser waten. Die Wellen umspülten ihre Waden, sogen sich in die Hosenbeine und zerrten an ihr. Das Wasser wurde rasch tiefer, bis es Amber bis zur Hüfte einschloss. Der Rhythmus der Wellen brachte sie ins Schwanken und sie stützte sich an der rauen Bordwand ab. Das Leck lag genau am Abgrund. Mit klopfendem Herzen tastete sie Schritt für Schritt über scharfkantigen Fels, bis ihre Zehen die glatte Kante erfühlten. Die Schwärze der Schlucht machte sie beinahe schwindlig. Nur nicht an die Haie denken! Im Stillen zählte sie bis zehn, nahm ihren ganzen Mut zusammen und zog sich am Spalt in der Bordwand hoch. Dumpf pochte der Schmerz durch ihren Rücken. Einen Augenblick schwebte sie mit angespannten Muskeln über dem Schlund, nur durch ihre Hände gehalten, dann hatte sie es geschafft, sich über die untere Kante des Lecks hochzuwuchten. Sie war unendlich froh, Inus Hand ergreifen zu können, als sie auf das schräg stehende Deck kroch.

»Amber, was ist los? Du zitterst ja – und du bist blass – dein Rücken?«

Sie nickte. Ihre Kehle war zu trocken, als dass sie hätte antworten können. Vorsichtig richtete sie sich auf und blickte auf das Meer. Lockend und furchterregend zugleich lag es vor ihr. Sabin war noch nicht wieder aufgetaucht, aber unter der Wasseroberfläche glaubte Amber eine Bewegung zu erkennen. Noch einmal überdachte sie Sabins Worte, prüfte sie, wendete sie hin und her wie eine Frucht, von der sie noch nicht wusste, ob sie giftig war. Sabin hatte abgelehnt, ihr das Tauchen beizubringen. Aber sie *hatte* immerhin *eingewilligt*, ihr das Meer zu zeigen. Amber wusste nicht, welche Empfindung in diesem Augenblick stärker war: ihre Zweifel oder die Sehnsucht, ebenso wie Sabin Teil des Meeres zu sein.

*

Die Wasserburg war von innen größer, als sie von außen wirkte. Vom Balkon der Galerie aus betrachtet, sah der Tümpel mit seinem gefiederten Halsband nicht mehr ganz so bedrohlich aus. Tanijen wischte sich mit dem Ärmel über die Stirn und beugte sich wieder über die Truhe in einem der Räume, die auf die Galerie hinausgingen. Auch hier oben hatte der Wind seine Schätze aufgetürmt. Federn lagen in den Ecken, Kleidungsstücke verrotteten über Stühlen, Ranken betrachteten sich in halb blinden Spiegeln.

Und immer wieder: Papier. Verwittert, zum Teil verschmiert und in Fetzen gegangen. Ausgebleichte Reste einer Sammlung von Briefen vielleicht. Tanijen fühlte sich mehr denn je, als wäre er in ein fremdes Haus eingebrochen. Er hatte längst aufgehört zu zählen, wie viele Truhen er bei seiner verbissenen Suche nach Hinweisen geöffnet und durchwühlt hatte. Inus Worte ärgerten ihn immer noch. Umso schlimmer war, dass Inu ganz richtiglag: Tanijen hatte wirklich keine Ahnung, welche Insel das sein mochte. Unten in der Halle türmten sich bereits die Seekarten und andere Aufzeichnungen auf dem Tisch, aber immer noch war nichts Brauchbares darunter. Mehr als einmal fuhr er herum, weil er glaubte, dass jemand ihn beobachtete, aber es waren nur die Vögel. Sie hockten auf dem Geländer der Galerie und sahen ihm durch die Flügeltüren, die er geöffnet hatte, interessiert zu.

Doch das war nicht die Gegenwart, die Tanijen spürte. Etwas anderes bewegte sich in den Räumen, beobachtete ihn. Ganz deutlich nahm er es wahr: das leise Prickeln einer alten, halb verloschenen Magie, bereit, sich beim kleinsten Funken wieder zu entzünden. Heute Nacht schon hatte sie ihn berührt – in einem der wenigen Augenblicke, in denen er doch in einen flüchtigen Schlaf gefallen war, bevor ihn das Scharren wieder weckte.

In Tanijens Traum war die Wasserburg voller Menschen gewesen. Die Halle war nicht länger staubig, er sah Frauen und Männer am Tisch sitzen, vor sich Aufzeichnungen und Seekarten. Alle Inseln vor Dantars Küste waren darauf abgebildet. Feine Linien, mit Oktopustinte gezeichnet, zeigten die Windströmungen und das Wasser, das sich an manchen Stellen in entgegengesetzter Richtung in tückischen Wirbeln drehte. Auch eine Liste mit Schiffsnamen lag auf dem Tisch: *Pallas, Uda, Mimora.*

Nachdenklich betrachtete Tanijen ein abgegriffenes Notizbuch, das am Grund der Truhe lag. Der Boden war aufgequollen, als wäre Regenwasser in das Holz gedrungen; die Schrift auf dem Einband war verwischt und nur schwer zu entziffern. Immerhin reichte es, um sie zu erkennen. Es war die geschwungene, eilige Schrift eines jungen Menschen. Vielleicht war er ein Navigator gewesen, denn er hatte auch Zeichnungen beigefügt – Windströmungen, Wolkenformationen und die Formeln, die Tanijen kannte, seit er bei den Navigatoren lernte.

Vorsichtig schlug er das Notizbuch auf und musste enttäuscht feststellen, dass die Buchstaben so gut wie gar nicht mehr zu entziffern waren. Nur an wenigen Stellen ließen sich Sätze und Formeln rekonstruieren. Eine Zeichnung war deutlich: Sie zeigte eine Feder, hell, mit schwarzem Rand. Und dann war da auch die Skizze eines Vogels, erstaunlich genau und lebensnah. *Studie von Lemar le Hay,* entzifferte Tanijen die Spuren von dickeren Federstrichen. Er runzelte die Stirn und beugte sich noch tiefer über die die verwaschenen Buchstaben. *Lemar le Hay*. Und ein Schiffsname: *Pallas.* Die Worte brachten irgendwo in seinem Kopf etwas zum Klingen.

*»Diwen Taran Jadur«*, las er laut. Sein Herz machte einen Satz, als er spürte, wie die Luft im Raum zu einem lebenden Wesen wurde. Die ganze Atmosphäre vibrierte vor alter, fast verloschener Magie. Die Vögel flatterten, ein Wind erhob sich. Die Fensterläden begannen sich zu bewegen, klappten zu und auf.

Tanijen schloss die Augen und atmete durch.

Die Worte des Kodex erschienen vor ihm: *Nie allein. Nie ohne einen der Älteren.*

Beinahe war er versucht, das Notizbuch zuzuschlagen und wegzulegen, doch er zögerte. Sie war da! Verführerisch und nah, er brauchte sie nur zu berühren. Niemand würde es erfahren. Und die Galgen waren weit fort.

Lautlos formte er ein Wort mit seinen Lippen und

spürte wieder mit Genugtuung, wie die Welle von flüssigem Licht sich um ihn herum regte. Es war immer noch fremd, sie zu rufen, aber sie kam, wie immer in letzter Zeit, zuverlässig und folgsam, wenn auch verspielt und unberechenbar wie ein junger Hund. Er hatte Glück gehabt, dass sie ihm gehorcht hatte, als er das Wasser zu Händen formte und die Gruppe auf diese Weise davor bewahrte, vom Sog in die Tiefe gerissen zu werden. Einen Augenblick gab ihm der Gedanke an Sabin wieder einen Stich. Ihr nicht die Wahrheit sagen zu dürfen war das Schlimmste.

*Du wirst alles hinter dir lassen,* sagte der Kodex. *Das Alte lässt sich nie mit dem Neuen vereinen. Hier beginnst du etwas Neues. Und als Pfand lässt du das Alte zurück.*

Tanijen schüttelte den Kopf. Sabin würde er nicht zurücklassen. Niemals. Eines Tages würde er es ihr sagen können. Und sie würde es verstehen – wenn die Stürme Geschichte sein würden und die Navigatoren Helden.

Er leckte sich über die Lippen und studierte die Worte noch einmal genauer. Dann nahm er seinen ganzen Mut zusammen. Er würde die Magie nur begrüßen, nicht rufen.

»*Diwen Taran Jadur*«, wiederholte er lauter. Die Vögel flatterten erschreckt davon. Ein Windstoß fegte durch das Zimmer und wirbelte alles durcheinander. Staub erhob sich und ließ Tanijen husten. Er steckte rasch das Buch ein, stürzte zum Galeriefenster und stemmte es gegen den Wind zu. Von einem Schrank löste sich ein staubiges Blatt und trudelte zu Boden. Im Halbdunkel des Zimmers konnte Tanijen die Zeichnung darauf kaum erkennen, trotzdem schlug sein Herz schneller. Der Traum von heute Nacht ... die Zeichnungen.

Er rollte das Papier hastig auf und rannte zurück zur Halle. Schon oben an der Treppe spürte er, dass sich etwas verändert hatte. Die Halle war nicht mehr leer. Die Luft flirrte und ließ die Farben kräftiger wirken. Ein Luftzug bewegte das Papier auf dem Tisch. Der Wind heulte um den Turm und auch das leise Wimmern einer Käfigtür drang durch die Wände.

Tanijen warf Lemars Buch auf den Tisch und entrollte die Zeichnung. Wie er vermutet hatte, war es eine Karte. Auch sie trug Lemar le Hays Handschrift. Lemar hatte gern gezeichnet. Skizzen der Inselwelt, der Vögel, verschiedener Fischarten, sogar ein Grundriss der Burg war dabei. Tanijens Finger zitterten, während er die Umrisse der Insel nachfuhr. Endlich ein Anhaltspunkt! Er kniff die Augen zusammen und versuchte die Botschaft zu entschlüsseln. Hier lag die Lösung. Schließlich sah er sich die Wasserwirbel an, die Strömungen rund um die Insel. Und die Zeichnungen von Schiffen. *Pallas. Uda.* Endlich erinnerte er sich, woher er diese Namen kannte. Eine heißkalte Welle lief ihm über das Rückgrat. Das zerbrochene Bild setzte sich aus Hunderten von Splittern zusammen. *Die verschollenen Schiffe!*

Mit zitternden Händen strich Tanijen die Karte glatt, schlug daneben das Buch auf und versenkte sich in Lemars Aufzeichnungen.

Er war so konzentriert, dass er das Rumpeln zunächst nicht wahrnahm. Als es ihm auffiel, klappte er das Buch sofort zu und griff instinktiv zum Stock, den er an den Tisch gelehnt hatte.

Beruhige dich, schalt er sich. Es sind nur die anderen – sie sind vom Strand zurückgekehrt. Hastig rollte er die Karte zusammen und schob sie unter sein Gewand.

Doch niemand klopfte mit dem verabredeten Zeichen an die Eingangstür. Ein weiteres Rumpeln erklang, diesmal lauter. Tanijen schluckte. Blitzartig spielte er alle Möglichkeiten im Kopf durch, die ihm einfielen: die Ungeheuer. War eines dieser Tiere in den Keller eingebrochen? Aber es gab keinen weiteren Eingang zum Keller. War etwas umgefallen? Tanijen lächelte nervös. Natürlich! Die Weinfässer im Keller mussten es sein. Als Inu und er den Toten auf einem der Tische im Keller aufgebahrt hatten, hatte Tanijen einige davon zur Seite gestellt. Offenbar war die wenig liebevoll aufgestapelte Pyramide nun ins Rutschen geraten und in sich zusammengestürzt. Wahrscheinlich lief der sauer gewordene Wein nun aus. Er sollte hinuntergehen und retten, was zu retten war. Er sollte ...

Die Klinke der Kellertür quietschte, als jemand auf der anderen Seite sie herunterdrückte. Bevor die Tür ganz aufschwang, sah Tanijen das Meerwasser – in einer riesigen Pfütze breitete es sich auf den Steinfliesen aus. Ein bloßer Fuß mit blauen Nägeln setzte auf dem Boden auf. Ein weiterer Fuß, der in einem dünnen Lederschuh steckte, folgte. Tanijen hatte das Gefühl, sein rasendes Herz würde innehalten und stillstehen, so wie die Zeit.

War ich das?, schoss es ihm durch den Kopf. Das kann nicht sein, ich habe nicht ... ich habe doch nur ...

Der tropfende Tote starrte ihn aus gebrochenen Augen an und schwankte. Dann machte er einige weitere Schritte wie eine Marionette, die jemand an unsichtbaren Fäden bewegte. Tanijen sprang auf. Stuhlbeine kreischten über den glatten Boden. Im nächsten Moment stand er keuchend mit dem Rücken an die Wand gepresst, jeden Muskel angespannt, den Stock zum Schlag erhoben.

Der Tote sah sich um. Die Reste der Fesseln hingen von seinen Armen. Und Tanijen erkannte mit kaltem Entsetzen, dass die Enden zerfranst waren, als hätte der Tote sie durchgebissen. Das lange schwarze Haar fiel ihm über die Schultern, die Hakennase stach aus dem Gesicht hervor. Seltsamerweise war er nicht mehr aufgedunsen und grünlich, nur an den Stellen, wo die Seile sich tief in seine Haut gedrückt hatten, zeichneten sich noch helle Furchen ab.

»Was willst du?«, flüsterte Tanijen.

Der Tote stolperte ein paar Schritte in den Raum. Seine Lippen klafften auf, und nach einem tiefen Gurgeln, dem ein Schwall Wasser folgte, formte er mühsam einige tonlose Worte. »Sie lassen uns in Ruhe«, sagte er mit erstaunlich hoher Stimme. »Aber sie kommen wieder.«

Tanijen keuchte immer noch, seine Lunge war zu klein für die Luft, die er brauchte. War das eben wirklich die Stimme einer Frau gewesen? Er wich einen Schritt zur Seite, um den Tisch zwischen sich und den unheimlichen Gast zu bringen, gleichzeitig sah er sich nach einer besseren Waffe um. Der Spiegel – wenn er ihn zerbrach, konnte er eine Scherbe nehmen und ...

Die Stimme des Toten veränderte sich, wurde zu einem Seufzen und dann zu einer dunklen, vollen Männerstimme. Mit einem törichten Gesichtsausdruck starrte er auf die Blätter und Karten.

»Lemar«, bellte er. »Du musst wahnsinnig sein! Bleib hier!«

»Sie sind am Strand, Loin«, antwortete er – plötzlich wieder mit einer anderen, dritten Stimme. Sie gehörte einem jungen Mann. »Das ist unsere Chance! Wenn wir jetzt nichts tun, wird es weitergehen.«

Eine Ahnung blitzte in Tanijens Gedanken auf – vielleicht auch nur die Ahnung einer Ahnung. Die Stimmen, der stumpfe Ausdruck …

»Wer ist am Strand?«, flüsterte Tanijen. »Lemar Le Hay? Bist du das?«

Der Tote schwankte nur und sagte nichts.

»Le Hay!«

Der Körper hob die Schultern. »Lemar Le Hay wird sterben«, sagte eine neue Stimme. Heiser war sie, und gebrochen. »Ich traue ihm nicht. Und weil ich ihm nicht traue, wird er sterben.«

Tanijen schluckte. Seine Kehle war ausgedörrt. Doch er räusperte sich und zwang sich, den Stock zu senken.

»Weißt du, dass du ertrunken bist?«

Zu seiner Überraschung lächelte der Tote – allerdings nur mit den Lippen, die Augen blieben ausdruckslos.

»Lemar ist ein Verräter«, sagte die heisere Stimme, »wenn du es nicht tust, werde ich ihn töten!«

»Er kann sie nicht freilassen«, sagte die dunkle Männerstimme. »Nicht ohne … das Werkzeug.«

Tanijen schauderte. »Was ... freilassen?«

Das Gesicht wandte sich ihm zu und bekam einen verschlagenen Ausdruck. Dann blitzte Wut in den matten Augen auf. »Lemar, du Narr!«, gurgelte der Tote. »Du verdammter Narr!« Dann griff er an.

Tanijen schrie auf und stürzte zur Seite. Er hob den Stock zum Schlag, während eine nicht sehr gnädige Stimme in seinem Kopf ihn fragte, wie er denn einen Toten außer Gefecht setzen wollte.

Wärme flutete durch seine Hände, die Magie wirbelte in den Ecken, als würde sie nur darauf warten, dass er sie zu Hilfe rief.

*Niemals leichtfertig,* sagte der Kodex. *Es gibt einen Punkt, an dem es nur noch zwei Wege gibt. Der eine führt dich in das seichte Wasser der Sicherheit, der andere kann dich die Seele kosten.*

Tanijen rettete sich hinter den Tisch und stieß mit dem Fuß einen Stuhl um. Offenbar spielten Möbel in der Wahrnehmung des Toten keine Rolle. Beim Versuch, sich direkt auf Tanijen zu stürzen, stolperte er über den Stuhl, fiel und warf auch noch den Tisch um. Schwer stürzte er mit dem Möbelstück zu Boden, während lose Papiere hochflatterten und auf ihn herunterschneiten. Tanijen spürte seine Hände nicht mehr, so fest umklammerte er den Stock. Seine Knöchel leuchteten weiß im Halbdunkel der Halle.

Er schielte zur Tür. Doch selbst wenn er schnell war, konnte der Tote ihm den Weg abschneiden.

Inzwischen rappelte sich der Tote in eine sitzende Position auf und begann zu murmeln. Seine Finger strichen über die Aufzeichnungen auf dem Boden und hinterließen nasse Spuren auf dem Papier. »Der Versuch mit den Käfigen ist gescheitert. Der letzte Sturm zerstörte den nördlichen Turm. Loin meint, wir sollen es mit den Fesseln versuchen, aber die Vögel sind alle eingegangen. Wir müssen ...«

Er seufzte, aber es klang wie ein Laut aus der Ferne, denn er atmete nicht. Natürlich nicht.

Als Tanijen etwas am Rand seines Blickfelds vorbeihuschen sah, riss er reflexartig den Stock hoch und schlug zu. Der Spiegel fiel von der Wand. Scherben prasselten auf den Boden. Nur eine einzige, die wie ein zackiges Grinsen aussah, blieb im Rahmen. Immer noch bewegte sich etwas darin. Tanijen blickte gehetzt vom Spiegel zum Toten und wieder zurück. Ein Spiegelzauber! Eine Szene aus einer Vergangenheit wiederholte sich dort. Das Bruchstück eines Spiegelbildes. Auf der trüben Oberfläche erkannte Tanijen nicht viel: eine Hand, die in der Falte eines Umhangs verschwand. Und als sie wieder auftauchte, hielt sie etwas Rotes in der Hand.

»Du wirst sterben, Lemar«, sagte der Tote heiser und stand wieder auf.

Es gab in der Tat zwei Wege: Er würde sterben. Oder er nahm sich das, was ihm ohnehin schon längst gehörte, und wehrte sich.

Tanijen vergaß den Kodex, vergaß Sabin und seinen Schwur und rief die Magie zu Hilfe.

*

Abrupt hatte der Wind wieder eingesetzt, doch zum Sturm wurde er nicht. Amber war den Weg vom Strand bis zu Anhöhe gerannt. Dabei ließ sie den Blick auf der Suche nach einem schlanken, geraden Baum über die Ebenen schweifen. Bedauerlicherweise duckten sich fast alle Bäume der Insel unter dem Wind, als würde der Himmel viel zu schwer auf ihnen lasten. Nur in der Nähe der Küste standen einige dicke Marjulabäume.

Es tat gut, über die Erde zu laufen, die sich zwischen den Felsen gesammelt hatte. Mit jedem Schritt auf festem Boden kehrte Amber ein Stück mehr in die Welt zurück, die sie beherrschte. Und dennoch – wenn sie über die Schulter blickte, lockte blau und unergründlich das Meer.

»Komm schon! Das drüben steht ein gerader Baum!«, schrie sie Inu zu und rannte weiter.

Inu holte im Laufschritt auf und ging neben ihr her.

»Ich bin froh, wenn wir wieder auf dem Wasser sind«, meinte er und lächelte. »Dann darf ich die Befehle geben und du musst gehorchen.«

Er zwinkerte ihr zu und Amber erwiderte sein Lächeln unwillkürlich. Es war irritierend und dennoch angenehm, in Inus Nähe zu sein. Bei Tanijen dagegen war sie sich nie ganz sicher, ob er sich nicht heimlich über sie lustig machte.

»Freu dich nicht zu früh, Seiler«, meinte sie. »Bis dahin haben wir noch genug Arbeit vor uns.«

Inu seufzte schwer und nickte. »Vom Seiler zum Holzfäller. So weit ist es mit mir gekommen.«

»Was ist denn so schlecht an Holzfällern?«

»Nichts – nur ihr Hang zu Prügeleien ist gewöhnungsbedürftig.«

»Ja, dafür musst du allerdings noch viel üben.«

Inu lachte und strich sich verlegen über den Ärmel.

»Amber ... ich weiß, Sabin hat sich nicht bei dir bedankt ...«

»Tja, dantarianische Höflichkeit«, gab Amber trocken zurück. Inu lächelte schief und wieder fiel ihr die kleine Narbe an seinem Mundwinkel auf. Sie stand ihm sehr gut und Amber senkte ertappt den Kopf, als sie bemerkte, dass sie seinen Mund anstarrte. »Also, wenigstens ich wollte mich bei dir bedanken«, sagte er.

»Du bedankst dich für Sabin?«, spottete Amber. »Ich hoffe, sie weiß es zu schätzen, dass du ihr Diener bist.«

Sein Lächeln verschwand, er biss sich auf die Unterlippe. Einen Augenblick dachte sie, sie wäre zu weit gegangen, doch zu ihrer Erleichterung drehte Inu sich nicht um und ging zum Strand zurück, sondern antwortete ihr.

»Es ist nicht so, wie es aussieht«, meinte er. »Sabin und ich kennen uns, seit wir Kinder waren.«

»Liebst du sie denn nicht?«

Er lachte verwundert. »Natürlich! Auf eine andere Art als Tanijen sie liebt, wenn es das ist, was du wissen wolltest. Und nur aus diesem Grund habe ich mich bei dir bedankt. Weil ich es nicht ertragen könnte, dass ihr etwas zustößt.«

Amber staunte. In Dantar konnte man Menschen lieben, ohne sich zu verpflichten und ohne zu besitzen? Der Gedanke gab ihr einen schmerzhaften Stich und sie beneidete Sabin mehr denn je darum, dass sie mit Freunden aufgewachsen war, während Ambers einziger Freund von jeher ihr Schlagstock war.

»Sabin meinte, du wolltest ... ihr eine Geschichte erzählen«, fuhr Inu fort. »Ich weiß, dass sie von den Bergen nichts hören will, aber ich ... würde sehr gerne erfahren, worum es in der Geschichte geht.«

Amber merkte, dass sie es nun war, die rot wurde. Sie konnte kaum verbergen, wie sehr sie sich über sein Interesse freute, trotzdem lächelte sie nicht. Verlegen räusperte sie sich.

»Es ist keine besondere Geschichte. In den Bergen wird jedes Kind sie dir erzählen, kaum dass es sprechen kann: Als es in den Bergen noch keine Menschen gab, war das ganze Meerland dunkel. Die Erdfrau schlief unter einem schwarzen Himmel. Doch eines Tages kam ein Gast aus einem fernen Teil des Himmels und warf sein Licht auf die Ebene. Es war der Sonnenkönig. Die Erdfrau erwachte in seinem Licht und sah ihn aus blauen Seeaugen an. Sie ließ Bäume wachsen, die ihm zustrebten. Jeder Grashalm und jede Blume streckte sich nach dem Sonnenlicht. Sie schuf auch die Berge, um dem Sonnenkönig nahe zu sein. Und er verließ seinen Platz am Himmel und sank ihr entgegen. Jeden Abend, wenn der Sonnenkönig sich zur Erdfrau neigte, konnten sie sich umarmen. Und jeden Morgen wanderte er wieder hoch an den Himmel, um das Land zu wärmen. Die Kinder der Erdfrau und des Sonnenkönigs sind wir Menschen. Wir wachsen im Lächeln unseres Vaters auf und nähren uns von unserer Mutter. Und wenn wir sterben, kehren wir zurück in ihre Umarmung. Die Erde hält uns geborgen.«

Bei den letzten Worten war ihre Stimme rau geworden und etwas Heißes, Schweres drückte wie ein Knoten in ihrem Bauch. Nie hätte sie gedacht, dass sie jemals Heimweh haben würde – Heimweh nach der Ziegenweide und dem Geruch der regenschweren Ackererde. Sie erschrak selbst darüber, dass sie vor Inu zu weinen begann, und wandte sich brüsk ab. Umso erschrockener war sie, als er an sie herantrat und die Arme um sie legte. Für einen Augenblick ließ sie sich auf die Berührung ein und schloss die Augen.

»Das ist eine schöne Geschichte«, sagte Inu leise. »Verzeih mir, dass du meinetwegen auf diese Insel gekommen bist. Aber was immer Sabin auch sagen mag – es ist gut, dass du bei uns bist.«

Nie hätte sie zugegeben, wie sehr sie sich über seine Worte freute. Doch ein Rest von Misstrauen blieb – sogar jetzt. Behutsam machte sie sich aus seiner Umarmung los und trat zur Seite.

»Ja, ohne eine Holzfällerin wärt ihr verloren.«

»Ohne Amber auch«, sagte er ernst.

Aus irgendeinem Grund war es wichtiger als alles andere, seinem Blick auszuweichen, weiterzuarbeiten und sich Gedanken über den Mast zu machen. Mit einem Gefühl, als müsste sie sich vor etwas irritierend Fremdem, Verlockendem auf vertrautes Gebiet flüchten, wandte Amber sich rasch ab und maß den bauchigen Marjulastamm mit einem Blick ab.

Sie konnte kaum glauben, dass es wirklich ein Marjulabaum war. Die einzige Blüte, die der Wind nicht abgerissen hatte, zitterte im Luftzug.

Zwanzig Axthiebe, schätzte sie. Sie wog die Axt in den Händen, bis sie die richtige Balance gefunden hatte, und holte aus. Die Bewegung war ihr so in Fleisch und Blut übergegangen, dass sie sie auch mit geschlossenen Augen hätte durchführen können. Selbst ihr schmerzender Rücken war vergessen. Sie kannte jedes Holz, sie wusste, wie es sich anfühlen würde, wie hart sie zuschlagen musste. Marjulaholz war sehr hart und konnte tückisch glatt sein.

Die Axt sauste in das Holz wie ein Hammer auf eine Eierschale. Der Schwung riss Amber nach links. Sie fing sich mit einem Ausfallschritt ab, der ihr in den Rücken fuhr. Inu stieß einen erstaunten Ruf aus. Die Axt war durch dünne Rinde gebrochen und hatte den Stamm halb durchgehauen.

»Weg!«, schrie Amber. Hastig brachten sie sich in Sicherheit und beobachteten, wie der Baum knarrend kippte – und fiel. Die gewaltige Krone prallte auf den Fels.

»Was zum Kerot …«, flüsterte Inu.

Unwillkürlich drängten sie sich aneinander und wichen weiter zurück. In den Ästen bewegte sich etwas, Rinde beulte sich, Zweige schwollen an und zogen sich zusammen, als würde darunter etwas atmen.

Ein glitschendes Geräusch erklang, dann brach der erste Ast auf.

Etwas Schwarzes, Glattes rutschte heraus, wand sich auf dem Boden und begann dann in Windeseile auf das

Meer zuzukriechen. »Aale!« Inu war fassungslos. »Sie ... sie schlüpfen aus dem Baum!«

Amber verzog angewidert den Mund. Mehr und mehr Äste brachen. Immer mehr Tiere glitten aus den Ästen und begannen ihre schlingernde Wanderung zum Wasser.

Nie hätte sich Amber träumen lassen, dass sie eines Tages den Wunsch verspüren würde, auf Sabins Schiff zu springen und Hals über Kopf auf das Meer zu fliehen.

Die Aale überschlugen sich im Fall von der Anhöhe, klatschten auf dem Felsen auf und arbeiteten sich zum Wasser vor.

»Amber, sieh dort!« Inu deutete auf die Hügelkuppe, hinter der die Spitze des Burgturmes zu sehen war. Zum ersten Mal, seit sie hier gestrandet waren, hörte Amber die Vögel schreien – klagende, lang gezogene Rufe, die schmerzhaft in den Ohren hallten. Über dem Turm schoss der Schwarm hoch wie eine riesige Faust. Ein einziges Wesen, das sich am Himmel ballte, gelenkt von einem gemeinsamen Ziel. In dieser Sekunde erwartete Amber, dass die gefiederte Faust den Turm zertrümmern würde. Doch dann wurde ihr bewusst, dass die Vögel sich ihnen zuwandten, und für einen Augenblick sah sie sich selbst und Inu: zwei Käfer am Boden, verloren auf der Insel. Der Schwarm zerstob in einem Kreischen und nahm Kurs auf die Hügel.

»Sie kommen zu uns!« – Amber wollte diesen Satz sagen, doch ein plötzlicher Sturmwind, eine gewaltige, beinahe sichtbare Woge aus Luft, walzte sie einfach nieder. Das Einzige, was sie spürte, war Inus Hand, die ihre Finger umklammerte – wie bei ihrer Ankunft in Dantar.

Hart prallten sie auf und drückten sich instinktiv flach an den Boden. Der Sturm brauste über ihnen. Dann waren die Vögel da, flitzten wie Schwalben knapp über ihren Köpfen hinweg, trudelten im Sturm wie geschickte Libellen, die jede Windströmung ausnutzten. Zehn-, fünfzehnmal kreisten sie wie ein kochender Wirbel aus Flügeln und blitzenden Augen über ihnen und nahmen dann Kurs auf das Ufer. Eine Windhand ergriff die Aale und schleuderte sie einfach in die Luft. Die Vögel schossen nach oben, setzten zum Sturzflug an und fielen bis kurz vor dem Boden.

Ein seltsamer Tanz, der Amber einen Schauer über den Rücken jagte. Alles an dieser Insel widersprach jedem Gesetz der Natur!

»Die Vögel!«, schrie sie gegen den Sturm an. »Es sind die Vögel! Sie bringen den Wind! Wir müssen Sabin aus dem Wasser holen!«

Einer der Fische klatschte direkt vor Ambers Nase auf den staubigen Boden. Sie sah winzige Zähne aufblitzen und einen zarten Flossensaum am Rücken. Das Tier zuckte ein letztes Mal und blieb reglos liegen. Das Meer begann zu brüllen. Wogen erhoben sich. Schleier von Gischt wehten durch die Luft.

Inu spuckte Staub und Sand aus und richtete sich auf. »Ich gehe zum Strand! Aber erst müssen wir von der Anhöhe runter, bevor der Sturm zum Orkan wird. Los, komm!«

Sie flohen tief gebeugt, sich gegenseitig stützend über die Anhöhe. Holzstücke flogen ihnen um die Ohren und prallten schmerzhaft gegen ihre Kniekehlen und gebeugten Rücken. Das Schreien der Vögel steigerte sich zu einem schrillen Kreischen. Eine Klaue aus Wind harkte durch das Meer und malte bizarre Muster in das Wasser. Blinzelnd erkannte Amber die Strandsichel, in der die Timadar lag. Nicht weit davon schwamm Sabin im Wasser. Von hier aus sah sie aus wie eine Spielzeugfigur. Wellen trugen sie hin und her. Auf Inus Pfiff, der Amber erschrocken zusammenzucken ließ, wandte das Mädchen im Wasser den Kopf und winkte. Amber war sich sicher, dass die Taucherin gleich ins Meer tauchen und verschwinden würde, aber Inu brüllte und winkte und schließlich schwamm Sabin zögernd zum Ufer. Eine Woge erfasste sie. Sie nutzte den Schwung der Welle und rannte auf den Strand.

»Warte auf sie!«, schrie Amber. »Ich laufe vor zur Burg.«

Inu protestierte, doch der Wind übertönte seine Worte.

*

Der Weg zum Burgtor erschien Amber länger als die ganze Wanderung aus den Bergen nach Dantar. Endlich erreichte sie keuchend die beiden Torflügel, die durch ein Seil gesichert waren. Amber rüttelte an dem Seilknoten, mit dem Inu das Tor verschlossen hatte, doch dann siegte ihre Ungeduld und sie schlug das Seil mit der Axt durch. Die Torflügel ächzten, als der Wind sie aufdrückte.

Amber nahm Anlauf, als die Flügel aufschwangen, und rannte los. Die Windstille im Hof brachte sie aus dem Gleichgewicht. Sie stolperte und konzentrierte sich so sehr darauf, nicht zu fallen, weshalb sie erst nicht bemerkte, dass der Tümpel über sein steiniges Ufer getreten war. Wellen schwappten über ihre Füße. Dieses schwarze Wasser hier war eine ferne Spiegelung der Bewegungen des Meeres.

Die Tür war nicht verschlossen, sondern stand einen Spaltbreit auf. »Tanijen?«

Keine Antwort. Angst schnürte Amber die Kehle zu. *Nicht Tanijen!*, schoss es ihr durch den Kopf. Sie packte ihre Axt und stieß die Tür auf, jederzeit darauf gefasst, angefallen zu werden.

»Tanijen!«

Der Tisch war umgestürzt, Pfützen glänzten auf dem Boden. Durchweichtes Papier lag im ganzen Raum verstreut. Mit rasendem Herzen trat Amber in den Raum, lauschte angespannt und hörte nur ihren eigenen schnellen Atem. Dann entdeckte sie, dass der Spiegel zerbrochen war. Ein Scherbenberg lag säuberlich zusammengeschoben auf einem Haufen. Jemand hatte nach der Zerstörung also bereits mit dem Aufräumen begonnen.

»Amber, was ist …«

Sie wirbelte herum und hätte Tanijen um ein Haar mit der stumpfen Seite der Axt niedergeschlagen. Sein Anblick erschreckte sie beinahe noch mehr als seine Abwesenheit eben. Sein Haar war zerwühlt, seine Wange aufgeschlagen und blutverkrustet.

»Waren sie hier?«, stieß sie hervor.

Schmutz klebte an seinen Händen, die er nun hob. Er war blass und sah aus, als hätte er Fieber. Seine Augen glänzten riesengroß im Halbdunkel der Halle.

»Sie waren also hier!«, rief Amber. »Sie sind eingebrochen und haben dich angegriffen ...«

»Nein«, sagte Tanijen leise, aber scharf. Dann rang er sich ein Lächeln ab und sah sie so aufmerksam an, als würden sie sich zum ersten Mal gegenüberstehen. »Es war nur meine eigene Dummheit«, erklärte er. »Ich hatte die Tür geöffnet, weil ich ... ich dachte, ich hätte euer Klopfen gehört. Aber stattdessen sind einige ... der Vögel in den Raum geflogen. Ich habe versucht sie zu vertreiben und habe dabei mit dem Stock den Spiegel von der Wand geschlagen.«

»Und den Tisch umgeworfen?«

Tanijen lachte auf eine Art, die Amber nicht an ihm kannte. Ein wenig erinnerte es sie an Sebe, aber wahrscheinlich lag es nur daran, dass er so verstört war.

»Ich bin gestolpert«, sagte er und berührte behutsam seine lädierte Wange. »Gerade war ich dabei, aufzuräumen. Warum bist du schon hier?«

»Draußen tobt der Sturm. Hast du das nicht gehört? Es sind die Vögel! Wenn sie mit den Flügeln schlagen, entsteht Wind! Inu holt gerade Sabin und ...«

Ein Schatten fiel in den Raum. Amber fuhr sofort herum, die Axt fest in den Händen, bereit zuzuschlagen. Doch es war nur Inu.

Er keuchte vom schnellen Lauf und schüttelte den Kopf, bis seine langen Zöpfe wieder glatt über Schultern und Rücken fielen.

Er stutzte, als er den umgefallenen Tisch entdeckte. Hinter ihm erschien nun auch Sabin in der Tür. Ihre Locken waren noch nass und klebten ihr in wirren Bogen an Stirn und Wangen. Ihre Augen weiteten sich vor Entsetzen, als sie Tanijens geschundenes Gesicht sah.

»Keine Sorge!«, kam Tanijen jeder Frage zuvor. »Ein Unfall, nichts weiter. Es ist … nichts passiert!«

## *Worte und Wellen*

Bäume, die Brutstätten für Aale sind«, murmelte Sabin. Sie war totenblass und hatte die Knie bis ans Kinn gezogen. »Vögel, die Wind bringen. Das darf es nicht geben! Und heute Nacht diese Ungeheuer ... Als hätte jemand Dinge zusammengefügt, die nicht zusammengehören.«

Amber fröstelte und prüfte noch einmal die Waffen, die sie in Reichweite postiert hatte. Die Luft in der Burg schien dichter zu sein. Mehrmals waren sie zusammengeschreckt, weil Schatten über die Wände huschten.

Das Feuer im Kamin flackerte und zerstob in Schauern von knisternden Funken, doch Amber schürte es immer wieder und stellte sich dabei vor, wie die Hitze und der Rauch die Wesen auf dem Dach – sollten sie sich noch einmal hierherwagen – in die Flucht schlug. Neben dem Kamin lag ein Haufen Feuerholz. Käfig um Käfig hatte Amber in die Halle geschleppt und zerhackt. Auch einige Spiegelrahmen lagen nun in Stücken, bereit, ins Feuer geworfen zu werden, die Scherben hatte Tanijen in einer Kiste gesammelt.

»Die Vögel werden immer zahlreicher«, sagte Inu. »Als würde sie etwas anlocken. Und der Tümpel ... Irgendetwas ist seltsam daran.«

Tanijen schluckte. Amber fiel wieder auf, wie sehr seine Hände zitterten, als er nun am Kragen seines Mantels zupfte. Er war nervös und lauschte immer wieder auf die Geräusche von draußen. Er spürte es also auch. Ein kalter Luftzug strich über ihren Nacken.

»Zwei, höchstens drei Tage«, sagte Amber. »So lange brauchen wir, um das Schiff zum Schwimmen zu bringen. Vorausgesetzt, wir finden Holz, das ... nicht unter der Axt bricht. Aber die Bäume auf den Anhöhen müssen stabil sein, sonst wären sie unter der Wucht des Sturms längst zerbrochen.«

»Du hast wirklich nichts herausgefunden?«, wandte sich Sabin an Tanijen. »Kein einziger Anhaltspunkt? In diesen ganzen Papieren gibt es keinen Hinweis?«

Tanijen schlug die Augen nieder und schüttelte den Kopf.

»Nur dass die Bewohner ganz offenbar Vogelfänger waren ...«

»Wohl eher Magier!«, korrigierte Inu. Tanijen wich seinem Blick aus. »Möglicherweise, ja. Aber das muss nichts heißen.«

»Und die Vögel?«, warf Sabin ein. Amber sah, dass die Taucherin ärgerlich war. Im Augenblick wirkte sie wie eine Martiskatze, die jemand in die Enge getrieben hatte und die nun mit gesträubtem Nackenfell nach einem Fluchtweg suchte. Nun, zumindest war es ein tröstliches Gefühl, dass sie und die unnahbare Sabin gerade sehr ähnlich empfanden.

»Die Vögel ...«, begann Tanijen. »Nun, vielleicht sind sie nichts Ungewöhnliches. Die Naj können schließlich auch das Wasser rufen. Und es gibt Geschichten über Vögel, die Wind bringen.«

»Das sind aber Märchen«, knurrte Inu.

»Vielleicht nicht«, sagte Tanijen. »Einige Seeleute erzählen von ihnen.«

»Ach wirklich? Ich habe noch nie von solchen Vögeln gehört.«

»Weil du kein Navigator bist«, konterte Tanijen. »Hinter dem roten Kontinent, bei den Feuerinseln, erzählt man sich von solchen Windbringern. Die Navigatoren fürchten sie. Schiffe machen sie neugierig und locken sie an. Und manchmal entsteht aus ihren Flügelschlägen ein Sturm, der die Segel zerreißt.«

»Dann ist es wohl am besten, wir erlegen sie alle, damit wir bei Windstille die Insel verlassen können«, meinte Amber trocken.

»Das heißt, die Magier haben die Vögel erst von den Feuerinseln hierhergebracht«, sagte Inu nachdenklich. »Möglicherweise in den Käfigen? Und dann haben sie sie freigelassen? Oder hielten sie sie eingesperrt, damit es auf der Insel keinen Sturm gibt?«

»Möglich wäre es – am Strand liegt ein Schiff von den Feuerinseln«, sagte Sabin leise. »Die Mimora. Es ist eines der ältesten dort, die Wrackteile sind schon so morsch, dass selbst die Napfmuscheln davon abgelassen haben.«

»Wir werden herausfinden, was es damit auf sich hat«, sagte Tanijen. »Sobald wir die Insel besser kennen …«

Sabin schüttelte seinen Arm ab. Ihre Augen blitzten vor Wut auf. »Wozu muss ich herausfinden, was auf dieser verdammten Insel passiert ist? Wir müssen nach Dantar zurück – wir verlassen die Insel so schnell wie möglich!«

Amber nickte, aber Inu zögerte zu ihrer Überraschung.

»Willst du denn nicht wissen, was sich hier zugetragen hat?«, fragte er.

Sabin schüttelte heftig den Kopf. Die Perlenkette an ihrem Hals klackte. Tanijen legte ihr wieder beruhigend den Arm um die Schultern. Doch Amber fiel auf, dass die Taucherin sich unter der Berührung verschloss wie eine Muschel.

»Hört ihr das?«, fragte Inu plötzlich.

Amber krampfte ihre Hände um den Griff ihres Stocks. Dachschindeln klapperten. Es heulte – und tatsächlich erklang dumpfes Poltern. Und etwas wie ein Stöhnen.

Amber sprang auf. »Das kam nicht vom Dach!«

»Es ist nichts, nur der Wind«, sagte Tanijen. Doch er fröstelte bei diesen Worten sichtlich. Als er Ambers prüfenden Blick bemerkte, versuchte er sich an einem verschmitzten Lächeln. »Nachdem sie dich kennengelernt haben, werden sich diese Nachttiere sicher nicht mehr in die Nähe der Burg wagen.«

*

Inu schreckte mit klopfendem Herzen aus einem Traum von Wirbeln und Wasser. Er war sicher, helle Augen zu sehen und ein schattenhaftes Wesen, das sich über ihn beugte, doch als er sich erschrocken umsah, kitzelte nur Haar seine Wange: Ambers Haar.

Der Sturm hatte aufgehört, Amber und er saßen immer noch mit dem Rücken an die Wand gelehnt, die vom Kaminfeuer warm war. Ihr Kopf ruhte an seiner Schulter. Das Landmädchen schlief ebenso angespannt wie Sabin – der Schatten eines Albtraums flackerte über ihr Gesicht. In diesem Augenblick waren sie und Sabin sich erstaunlich ähnlich. Verstohlen warf er einen Blick auf Sabin. Wie immer schlief sie zusammengekrümmt, als müsste sie sich selbst im Schlaf gegen die Welt außerhalb des Wassers schützen. Und wieder einmal wünschte sich Inu, in ihre Träume und Gedanken blicken zu können. Früher, als sie noch zu viert gewesen waren, schien alles so einfach und klar. Doch nun war es, als trieben sie jeder für sich in tintenschwarzem Wasser, nur verbunden durch ein paar windverwehte Erinnerungen.

Über seinem Kopf knarrten Dielen. Tanijen suchte in den Zimmern also immer noch nach Anhaltspunkten. Und da war auch wieder dieses andere Geräusch: ein Raunen und Flüstern. Worte, die wie Spinnenfäden in der Luft trieben, kaum sichtbar, nur aufblitzend, wenn das Licht in einem bestimmten Winkel auf sie fiel.

Als Inu sich vorsichtig regte, glitt Ambers Hand im Schlaf zu dem Axtgriff. Er lächelte. Ob sie wusste, wie verletzlich sie wirkte, wenn sie wütend war? Er widerstand der Versuchung, ihr mit der Hand über die Wange zu streichen – bei der kleinsten Berührung würde sie hochschrecken, die Faust zum Schlag geballt. Es widersprach jeglicher Denkweise eines Dantarianers, einer Person, die ihm nicht einmal genau sagte, woher sie stammte, so nahe zu kommen. Sie war eine Fremde, nach wie vor, aber Inu hatte das Gefühl, als würde er sie viel besser kennen, als sie selbst ahnte. Amber hatte sein Seil am Tor mit der Axt durchschlagen. Jedem hätte er ein solches Verhalten unendlich übel genommen, aber Amber konnte er diese Barbarei seltsamerweise verzeihen. Die Sehnsucht, sie in die Arme zu nehmen und zu küssen, wurde so groß, dass sie beinahe schmerzte. Doch sie würde eine solche Regung ohnehin nicht zulassen und auch für ihn war es besser, sich an die Regeln zu halten. Er war ein Seiler. Das Leben eines Seilers war wie ein Netz: Jeder Knoten war vorausbestimmt, hatte seinen Platz und seine Aufgabe. Alles andere würde das Netz auflösen. Ein Mädchen vom Land konnte nie zum Netz eines Seilers gehören. In einem Augenblick wie diesem hasste er den Seilerkodex und hätte alles dafür gegeben, nur ein ganz gewöhnlicher Fischer oder Händler zu sein.

Inu seufzte.

Amber schrak zusammen und prallte zurück, die Augen weit aufgerissen, ein Traumbild vor Augen, das sie mit niemandem teilen würde. Er beschwichtigte sie mit einer Geste. »Erschlag mich nicht mit der Axt«, sagte er leise. »Ich bin's, Inu!«

Sie schluckte und blinzelte verwirrt. Inu fragte sich, wen sie wohl vor sich gesehen haben mochte.

»Entschuldige«, murmelte sie. »Ich habe ... wieder geträumt.«

»Schlaf weiter.« Und dann sagte er etwas, was ihn

selbst am meisten überraschte: »Ich passe auf deine Träume auf, Amber.«

»Das wäre schön, Inu«, murmelte sie. »Ich wünsche mir nichts so sehr, als nicht mehr zu träumen. Aber die Burg hier lockt die Gespenster an – und die bösen Träume.«

Sie lächelte verlegen, dann rückte sie zu seiner Enttäuschung ein Stück von ihm ab und rollte sich zusammen. Nach und nach wurden ihre Atemzüge wieder tiefer.

Inu konnte nicht mehr schlafen. Er wusste nicht, wie lange er dagesessen und das schlafende Mädchen betrachtet hatte, als ein Flüstern ihn aufschreckte. Da war sie wieder: die Stimme. Er hätte jeden Eid geschworen, dass sie direkt aus seinem Kopf kam.

*Wasser ... Lemar ...*

Sein Blick wanderte zur Tür. Und während er noch um eine Entscheidung rang, bemerkte er, dass er längst dabei war, mit der Hand nach dem dünnen Seil zu tasten, das er unter seinem Hemd verborgen trug. Es war so lang wie zwanzig mittelgroße Mähnenschlangen. Inu schlich zur Tür, löste die Knoten, hob die Riegel an und stahl sich auf den Hof hinaus.

Der Sturm war vorbei, doch die Zahl der Vögel hatte sich um ein Vielfaches vergrößert. Inzwischen mussten es weit über hundert sein, die sich im Hof drängten. Ihr fahles Leuchten spiegelte sich in der schwarzen Oberfläche des Tümpels. Magische Vögel. Inu lief ein kalter Schauer über den Rücken und er betrachtete sie sehr genau und mit klopfendem Herzen. Der Tümpel und die Käfige. Die Käfige und die Vögel. Alle drei gehörten zusammen. »Was habt ihr mit dem Wasser zu tun?«, murmelte Inu, während er das Becken umrundete. »Worauf wartet ihr?«

Er beugte sich über den schwarzen Spiegel. Vorsichtig zog er das Stück Rinde von einem der Haken, die an seinem Gürtel hingen, und befestigte ihn an dem Seil. Der Haken war schwer, er musste beim Tauknüpfen auch schwere Seile ausbalancieren. Als provisorisches Lot würde er ausreichen. Und schon verschwand der Haken, ohne mehr als einen Ring auf der Wasseroberfläche zu hinterlassen. Das Metall begann dem Grund entgegenzusinken. Hand über Hand ließ Inu das dünne Seil durch die Hände gleiten. Es wurde immer schwerer, je mehr Wasser sich in die Fasern sog. Würde es lang genug sein, um den Tümpel auszuloten? Konzentriert ließ er die letzte Handbreit ins Wasser sinken und hätte am liebsten gejubelt. Das Seil gab nach! Die Straffheit verschwand, der Haken, der als Senkblei diente, hatte irgendwo aufgesetzt. Inu hielt die Luft an und zählte in Gedanken noch einmal jeden Handbreit nach. Dreiundzwanzig Längen. War er jemals so tief getaucht?

Ein kaum merkliches Vibrieren ließ die Wasseroberfläche beben. Kein Zweifel – etwas regte sich im schwarzen Wasser, als hätte es Inus Ungeduld gespürt.

»Du bist da unten«, murmelte Inu. »Aber was bist du?«

Das Murmeln in seinem Kopf schwoll an. Es war, als würde jemand durch Wände hindurch versuchen mit ihm zu sprechen. Nur wenn er die Augen schloss, konnte er Wortfetzen erahnen.

*Tief .. geworfen ... die ...rufer ... bin hier ...*

Dann wurde es stiller um ihn als je zuvor. Inu lauschte so angespannt, dass sein Nacken schmerzte, aber er hörte nichts mehr. Nach einer Weile zog er an der Schnur und hätte vor Schreck beinahe aufgeschrien. Etwas ruckte am Seil! Die Ringe tanzten wieder über die Wasseroberfläche, wurden zu Wellen, die an das steinige Ufer liefen und sich nur langsam beruhigten. Es war, als hätte sich tief unten etwas in seinem steinernen Bett umgedreht. Die Vögel trippelten nervös hin und her und legten die Köpfe schief. Einer flatterte mit den Flügeln. Inus Mund war plötzlich so trocken, dass er schlucken musste. Noch einmal verstärkte er behutsam den Zug am Seil. Etwas löste sich vom Grund, er spürte es genau in seinen Fingerspitzen. Dann lag das Seil tot und schwer in seiner Hand.

*...rufer ... Nacht mit den ...*

Eine Brise strich an seinem Ohr vorbei und stahl ihm die Worte. Einige Vögel flatterten hoch. Inu fluchte und begann in fieberhafter Hast das Seil einzuholen. Der Wind wurde stärker, Inu spürte, wie er an seinen Haaren zerrte. Eine Vogelschwinge streifte seinen Nacken. Hand über Hand holte er das Seil hoch, voller Furcht und gleichzeitig voller Hoffnung, gleich den Haken zu sehen – und das, was am Haken hing.

Einundzwanzig Längen ... zweiundzwanzig.

Die Vögel flohen in den Nachthimmel. Inu verlor fast das Gleichgewicht, als er das letzte Stück Seil aus dem Wasser holte. Der Haken schnellte in die Luft und gab seine Beute frei. Für einen endlos scheinenden Augenblick drehte sich etwas in der Luft, löste sich vom Haken – und fiel.

Inu dachte nicht mehr nach. Er spürte den Haken nicht, der über seinen Unterarm schabte, er sah nur noch den länglichen roten Gegenstand. Er würde ihn verlieren! Der Gegenstand traf auf dem Wasser auf und begann zu versinken. Inu sprang.

Das Wasser war so kalt, dass es in seine Haut biss, in die Wangen und die Beine, und brachte ihn für einen Augenblick zur Vernunft. Schwarz schloss es sich um ihn. Unter seinen Füßen fühlte er die Tiefe wie ein gieriges Maul, das nur darauf wartete, ihn zu verschlingen. Der Instinkt, den roten Gegenstand sinken zu lassen und einfach nur zu fliehen, brannte in jeder Muskelfaser. Hektisch fuhr er mit den Armen durch die Schwärze, tauchte, tastete weiter. Dann bohrte sich ein scharfer Schmerz in seine Hand.

Inus Schrei löste sich in einem Schwall von Luftblasen auf. Dennoch hielt er den Gegenstand fest, der ihn verletzt hatte, und sank ein, zwei Herzschläge lang dem Grund entgegen. Erst als er sicher war, dass die Beute ihm gehörte, nur ihm, begann er zu schwimmen. Keuchend durchstieß er die Wasseroberfläche und paddelte unbeholfen zum Ufer, seine Hand eine einzige heiße Quelle von Schmerz. Mühsam stolperte er aus dem Wasser und warf sich in den Kies. Blut tränkte die weißen Steine. Inu öffnete die Hand und war glücklich wie noch nie in seinem Leben.

Der Dolch, das erkannte er sogar im schwachen Licht des Mondes, war aus einem Stück Koralle gemacht, sorgfältig bearbeitet, nur an einer Seite geschliffen. Die Form der Koralle war erhalten, die Klinge war gewellt, einen Teil des Griffs durchzog ein schmaler Silbergrat. Fasziniert drehte Inu den Dolch in seinen Händen und entdeckte, dass die Klinge ebenfalls mit Metall verstärkt war. Wie ein Aalstrich zog sich auf dem Rücken der Schneide ein schmales Band. Inu fand die Stelle, an der der Korallensplitter fehlte, und strich mit dem Finger andächtig über die schartige Wunde.

*Willkommen*, sagte der Dolch.

Inu lächelte. Zum ersten Mal hörte er die Stimme klar und deutlich. Irgendwo in seinem Inneren ermahnte ein vernünftigerer Seiler ihn, dass es falsch war, auf einen Dolch zu hören – vielleicht war diese Stimme gar nicht seine Einbildung, sondern sogar Magie. Aber dafür fühlte es sich viel zu richtig an.

Dann sagte der Dolch noch etwas, das Inu nicht verstand, denn da war eine andere Stimme, die ihn störte, und ein Trappeln auf dem Dach. Und natürlich das Heulen des Windes, denn die Vögel waren zurückgekehrt und flatterten aufgeregt dicht über ihm. Widerwillig hob er den Kopf und sah sich um. Amber.

Sie stand an der Tür und sah erschrocken und wütend zugleich aus. Sie rannte zu ihm heraus, so schnell, dass Inu den Dolch nur noch ganz knapp vor ihr verbergen konnte. Die Vögel kreisten über seinem Kopf wie ein Wirbelsturm aus Schneeflocken, die aufgewühlte Nachtluft war heiß und schwer und sog ihm den Atem aus dem Mund.

»Was machst du hier am Tümpel?«, schrie Amber ihm

durch das Brausen des Windes ins Ohr. Besorgt musterte sie ihn, Mondlicht fing sich in ihrem rechten Auge.

Warum verberge ich den Dolch vor ihr?, fragte er sich, doch er brachte kein Wort heraus. Und der zweite Gedanke verunsicherte ihn noch mehr: Warum bin ich nicht in der Burg geblieben und habe sie vor den Träumen beschützt?

»Komm«, sagte sie und ergriff ihn am Handgelenk. »Komm zurück in die Halle!«

Aus dem Augenwinkel bemerkte er eine Bewegung am Ufer. Ein Auge glänzte auf – oder war es nur der Mondschimmer auf dem Wasser? Und er hätte schwören können, dass das Wasser sich bewegte.

Amber zögerte. »Da ist etwas«, murmelte sie. »Da sind Schatten am Ufer und auf der Mauer!«

Inus Mund war trocken. Instinktiv legte er seine Hand über den Dolch. Der Mond verschwand hinter den Wolken.

»Verdammt, Inu! Lauf!«, flüsterte ihm Amber erschrocken zu und zerrte an seinem Handgelenk wie an einem Maultierstrick. Gemeinsam stolperten sie über Steine vom Tümpel weg. Im Laufen sah Inu sich um. Im Wasser hörte er Wellenschlag und warnendes Zischen und am Ufer erahnte er schattige Gestalten. Soweit er in der Dunkelheit erkennen konnte, waren es vier. Sie standen nur da, als würden sie ihnen stumm nachblicken. Hallgespenster? Nein, diese hier hatten keine rot glühenden Augen.

Er erinnerte sich kaum, wie er wieder in die Halle gekommen war. Amber und Sabin verrammelten die

Tür und Amber lehnte sich dagegen. Sabin war so blass, dass sie aussah wie ein Naj. Als sie Inus nasse Kleidung und seine blutende Hand sah, weiteten sich ihre Augen vor Schreck. Die Stimme des Dolchs verstummte.

»Es ist nichts«, stammelte Inu. »Ich ... ich bin nur gestolpert und ins Wasser gefallen. Und als ich wieder aus dem Becken kletterte, habe mich an einem Stein verletzt.«

Sabins Umarmung nahm ihm die Luft. »Was wolltest du da draußen?«

»Vermutlich angeln«, kam Ambers trockene Antwort von der Tür. »Und damit hat er nicht nur die Sturmvögel aufgescheucht, sondern auch diese seltsamen Dachkriecher angelockt. Zumindest habe ich ihr Gezische gehört.«

»Da war eine Stimme«, sagte Inu. »Im Tümpel ... und ich wollte nachsehen. Tanijen hat recht: Wir müssen herausfinden, was die Magier damals hier ...«

Sabins Ohrfeige traf ihn mit voller Wucht. Amber schrie empört auf. Der Schmerz brachte ihn in die Wirklichkeit zurück. Seltsamerweise sorgte er sich nur darum, ob Amber die Taucherin schlagen würde, zumindest wirkte sie so, als würde sie Sabin büßen lassen.

»Ist gut, Amber!«, sagte er heiser.

»Sprich nie mehr von Magie!«, schrie Sabin. »Sprich nie davon, dass sie dich berührt hat, und halte ihr nicht die Hand hin! In Dantar stehen Galgen bereit für Leute, die auf ihre Stimme hören!« Plötzlich umarmte sie ihn und vergrub ihr Gesicht an seinem Hals. »Ich verliere nicht noch jemanden«, sagte sie mit erstickter Stimme.

*Schweig,* sagte der Dolch. Und Inu war erstaunt darüber, wie bereitwillig er gehorchte. Es war keine Sache der Entscheidung, es war wie ein eigener Gedanke.

»Sabin?« Tanijen stand auf der Treppe. Sein irritiertes Gesicht spiegelte wider, was er sah: Inu völlig durchnässt, Sabin in seiner Umarmung, Amber immer noch mit dem Rücken gegen die Tür gelehnt, als verteidige sie die Gruppe gegen Eindringlinge. Im ersten Impuls wollte Inu Sabin loslassen. Doch dann legte er die Arme um sie und hielt sie fest.

Bis zum Morgen rüttelte der Wind an den verschlossenen Fensterläden, trappelten die Vögel über das Dach. Wasser schwappte unter der Tür in die Halle, als würde der Tümpel überlaufen. Immer wieder zuckten sie zusammen, weil sie Stimmen zu hören glaubten, doch Tanijen beharrte darauf, dass es nur ihre Einbildung war. Der Morgen schien ihm recht zu geben. Als sie vorsichtig durch eine Fensterritze nach draußen sahen, war der Hof leer und der Tümpel lag spiegelglatt da.

# *Fische*

Tanijen hatte Fieber bekommen. Es kostete ihn so viel Kraft, dass er kaum sein Zimmer verließ. Jetzt, nach zwei Tagen der Schwäche, wirkte er auf Sabin, als würde ein Feuer in seinem Inneren lodern, das ihn verbrannte. Die Schlaflosigkeit machte ihn gereizt und schweigsam, doch er bestand darauf, weiter nach Anhaltspunkten über die Insel zu suchen, während Inu und Amber sich um das Boot kümmerten und Sabin das Meer erforschte, um die beste Route zu finden, den Sog zu umgehen. Sabin ließ ihn in Ruhe, auch wenn die Sorge um ihn sie kaum schlafen ließ und der Verlust an Vertrautheit schmerzte. Alles war anders geworden. Die Vögel saßen reglos im Hof. Nur ihr träges Blinzeln verriet, dass sie noch lebendig waren. Inu wirkte oft abwesend und schrak zusammen, als hätte er etwas gehört. Amber war davon überzeugt, Gespensterschritte auf den Fluren zu hören. Und Sabin träumte von Satu, als wäre er noch lebendig. Sie konnte sogar seine Gegenwart spüren, bevor sie die Augen aufschlug. Einzig Tanijen beharrte darauf, die Veränderung nicht zu bemerken. Und seltsamerweise machte es ihm nichts aus, in der Wasserburg zu bleiben, während die anderen zum Strand gingen.

Doch Sabins Zufluchtsort war nach wie vor das Meer.

Direkt unter ihr huschten zwei Kupferhaie über den Sandboden. Sie erinnerten an lebendig gewordene, glänzende Metallskulpturen. Sabin hätte sie leicht harpunieren können, aber die Haie hatten sich so an ihre Gegenwart gewöhnt, dass ihre Wachsamkeit nachließ. Und Sabin wäre es heimtückisch erschienen, sie hinterrücks zu erlegen. Außerdem hatte sie einen ganzen Netzbeutel voller Blaukrabben, das würde für zwei Mahlzeiten reichen.

Die Strömung trieb sie im Halbkreis um das Bootsheck über den Abgrund, sie schwamm nach oben, berührte die Timadar und tauchte auf. Es dauerte einige Augenblicke, bis das Wasser von der Brille abfloss und ihr ein klares Bild der oberen Welt zeigte. Vor ihr baumelte die Strickleiter und über ihrem Kopf war ein Streitgespräch in vollem Gang. Sabin kletterte hoch. Die Schwere kehrte in ihre Glieder zurück und mit ihr der Gedanke an Tanijens Fieber und an den Schiffsfriedhof.

Amber hatte mithilfe von Keilhölzern den Mast befestigt. Allerdings war es ein dünner, reichlich krummer Mast, denn die einzigen brauchbaren Bäume, die das Landmädchen gefunden hatte, sahen aus, als wollten sie auf dem Bauch dem Wind davonkriechen. Bei ihrem Anblick wurde der Gedanke an Dantar wieder zur Last. Warum ein Landmädchen?, dachte Sabin missmutig. Von allen Menschen dieser Welt muss es ein Strohhut sein, mit dem wir stranden! Amber erinnerte sie an das

Elend: An Satu, an Dantar ... und den Schiffsfriedhof. Amber erinnerte sie mit aller Gewalt daran, warum sie zurückmusste, obwohl sie lieber an jeden anderen Ort der Welt gegangen wäre.

Inu stand mit dem Rücken zur Reling und gestikulierte wild. So aufgebracht kannte Sabin ihn nur, wenn ein Seil beschädigt wurde.

»Ich bin eben Seiler«, rief er gerade. »Deshalb!«

»Und ich bin Ziegenhirtin und Holzfällerin«, gab Amber ungerührt zurück. »Na und?«

Amber und Inu stritten also wie immer. In dem zerbrechlichen Alltag, der sich in den letzten Tagen eingestellt hatte, erschien es Sabin wie ein bitteres Echo ihrer eigenen Geschichte – damals, als das Leben noch einfacher gewesen war. Als sie und Tanijen noch tauchten und Satu derjenige war, der mit Inu nie einer Meinung war. Und für einige ärgerliche Momente kam es ihr so vor, als hätte sich Amber sogar in ihre Erinnerungen gedrängt und würde Satu seinen Platz darin wegnehmen.

»Was es heißt, Ziegen zu hüten, weiß ich nicht«, sagte Inu missmutig. »Aber wir Seiler durchschlagen keine Knoten, wir entwirren sie. Es gibt Regeln! Wir schneiden niemals ein Seil ab – niemals! –, wenn wir stattdessen den Knoten lösen können.«

»Wozu soll das gut sein?«, beharrte Amber. »Es kostet uns nur Zeit und ich will hier so schnell wie möglich weg! Du kannst doch ein neues knüpfen, wenn wir wieder in Dantar sind.«

Inu war rot vor Wut. »Ein neues knüpfen? So einfach machst du es dir? Es ist doch alles verbunden – zieh an einem dünnen Seil und dann sieh, wie das ganze Netz in Bewegung gerät. Wenn du so nicht leben kannst, bist du kein guter Seiler. Seile bedeuten Sicherheit und Rettung.«

»Erstens bin ich kein Seiler«, erwiderte Amber erstaunlich ruhig, »und außerdem binden Seile auch. Fesseln bestehen aus ihnen. Man wäre ein Idiot, sie nicht zu zerschneiden. Dieser Knoten da an der Takelage stört ebenso wie eine Fessel! Ich will den Mast befestigen und weitermachen und das Seil hat sich festgezurrt. Also: ein sauberer Schnitt ist besser.«

»So wie bei dir?« Er deutete auf ihre Schulter, an der die blauen Flecken beinahe verblasst waren. »Durchschlägst du alle Verbindungen, als könntest du jederzeit neue knüpfen? Oder war es jemand anderes, der mit dem Knüppel die Bindung zu dir durchschlagen hat? Wer prügelt dich so grün und blau, dass du seitdem auf der Flucht bist? Warum erzählst du nicht zur Abwechslung einmal etwas über dich, Amber, statt mir vorzuschreiben, wie ich mein Handwerk ausüben soll?«

Sabin sah den weiteren Verlauf des Gesprächs bereits vor sich: Amber würde die Faust ballen und ausholen. Das Landmädchen hatte nicht mehr Beherrschung als ein bluthungriger Klippkrake beim Anblick einer harpunierten Makrele.

Aber Amber biss sich nur auf die Unterlippe. Sie sah aus, als hätte sie eben eine Ohrfeige bekommen. Beinahe tat sie Sabin leid. Beinahe.

»Das geht dich verdammt noch mal gar nichts an«, zischte Amber und wandte sich wieder dem Mast zu.

»Was ist eigentlich los mit dir? Wir schlafen alle schlecht, doch das ist kein Grund, mir wegen eines lächerlichen Seils gleich ins Gesicht zu springen. Aber wenn du meinst, wir haben genug Zeit, ständig alte Knoten zu entwirren, bitte!« Und noch unfreundlicher fügte sie hinzu: »Manchmal könnte man meinen, du willst hier gar nicht weg.«

In Augenblicken wie diesen war Sabin beinahe versucht, das Landmädchen zu mögen. Dafür, dass sie alles daransetzte, die Insel so schnell wie möglich zu verlassen. Und auch dafür, dass sie so stark sein wollte und doch so empfindlich war wie ein Seidenfisch. Doch zum Glück siegte immer wieder die Vernunft.

Inus Augen verengten sich vor Wut. Seine Hand glitt zu seinem Tuch über dem Gürtel. Etwas Kantiges zeichnete sich dort ab, vielleicht ein kleines Messer zum Öffnen von Muscheln. Für einen Augenblick erschrak Sabin, so fremd kam er ihr vor. Sie kannte ihn wütend, aber dieser stille, lauernde Zorn war ihr neu und irritierte sie. Inu lauschte auf etwas, doch Sabin hörte nur das Rauschen der Wellen. Werden wir langsam alle verrückt?, schoss es ihr durch den Kopf.

»Wie weit seid ihr?«, fragte sie laut und wuchtete das Netz mit den Krabben auf das Deck. Inu zuckte überrascht zusammen und legte die Hand auf das Tuch, als wollte er das Muschelmesser vor ihrem Blick schützen, obwohl sie es ohnehin nicht sehen konnte.

»Wir brechen übermorgen auf«, sagte Amber trotzig an den Mast gewandt. »Und wenn ich die Seile heimlich durchnagen muss.«

Übermorgen! Sabin atmete auf. Beim Gedanken daran, die Insel endlich hinter sich zu lassen, wurde ihr warm.

»Das Leck ist abgedichtet«, fuhr Amber fort. »Sobald wir das restliche Wasser aus dem Rumpf geschöpft haben, könnten wir das Schiff sogar schon ins Meer ziehen. Und wie sieht es mit den Strömungen aus?«

Schon wieder dieser herrische Unterton in ihrer Stimme! Sabin trat an die Reling und ließ sich mit der Antwort Zeit. Ein schnelles Glitzern unter der Wasseroberfläche zeigte ihr, wo der Schwarm dieser schnellen Fische mit den Flossenflügeln schwamm. Wellen klatschten gegen den Rumpf.

»Wenn wir Glück haben, bringen wir die Timadar durch die Meerenge zwischen den zwei Felsen dort«, sagte sie schließlich und deutete auf zwei dolchartige Spitzen, die wie Zähne aus dem Wasser ragten. »Der Sog ist nicht gleichmäßig – aber an dieser Stelle ist er nur selten zu spüren. Trotzdem, wir werden Glück brauchen!«

Zufrieden bemerkte sie, dass Amber in ihrer Arbeit innehielt. Kein Zweifel: Dem Landmädchen war das Meer nicht geheuer.

»Sabin! Unter dir!« Inus Stimme, warnend und laut.

Sabin sprang zurück in der Erwartung, eine Dschellar oder einen Dornrachen zu sehen, mindestens aber einen springenden Hai. Doch es war nur ein Naj. Er trieb einige Längen von der hinteren Bordwand entfernt und betrachtete das Schiff mit dem kritischen Gesichtsausdruck, der so typisch für alle Naj war. Sabins Herz machte einen Satz. Endlich! Es gab also doch noch anderes auf der Insel als verhexte Vögel und Gespenster!

Der Naj tauchte so schnell ab, als hätte ein Zauberer ihn weggeschnippt. Sabin kletterte über die Reling und stieß sich mit aller Kraft ab. Wie eine Klinge tauchte sie in das Wasser ein. Luftbläschen wiesen ihr den Weg. Sie sah schimmernde Hautschleier, die sich entfernten. Der Naj schwamm direkt auf die Horizontlinie und die runden Felsen zu, die die Sand tragende Strömung zu pilzförmigen Gebilden geschliffen hatte. Ohne dass Sabin sich anstrengen musste, wurde sie schneller, ganz von selbst zog die Strömung sie hinaus und wurde zu einem Sog, der ihr Haar erfasste und es ihr vor die Augen trieb. Sandwolken wallten Sabin entgegen, eine seltsame milchige Helligkeit, die ihr unter Wasser das Sehen erschwerte. Sie trudelte im Sog, streifte schmerzhaft einen Felsen und tauchte instinktiv tiefer. Eine neue, noch stärkere Strömung zog sie nach unten. Wo kam sie plötzlich her? Gestern war das Wasser an dieser Stelle so ruhig wie ein See gewesen. Sabin hatte nur die Möglichkeit, unter der Strömung hindurchzutauchen, aber dann würde sie den Naj verlieren! Also machte sie sich schmal und ließ sich auf die Strömung ein. Mühelos schoss sie unter Wasser dahin. Für einen Moment schloss sie die Augen und streckte die Hand nach Satu aus.

Eine kalte Wasserwand spülte sie so abrupt nach oben, dass ihre Lungen unter dem Druck schmerzten. Sie konnte nichts tun, außer sich der Welle zu fügen. Felsen tauchten unter ihr auf, der Mast eines versunkenen Schiffes zeigte wie ein mahnender Zeigefinger zur Wasseroberfläche. Doch Sabin folgte der wirbelnden, glänzenden Gestalt des Naj, bis er plötzlich mit einem einzigen Sprung aus dem Wasser verschwand. Sabin stemmte sich gegen das Wasser, ihre Muskeln schmerzten, als sie mit aller Kraft nach oben paddelte. Endlich tauchte sie auf, schnappte nach Luft – und fand das Meerwesen nicht weit entfernt auf einem flachen, schrägen Felsen. Interessiert musterte der Naj sie von oben herab. Seine Kiemenhäutchen pochten, als wäre auch er außer Atem. Die silbrigen Augen glänzten.

»Ich grüße dich in Dantars Namen«, japste Sabin. Die fremden Worte der Najsprache waren ungewohnt. Seit sie ein Kind war, hatte sie, wie alle Taucher, einige Sätze der Najsprache gelernt, doch trotz der vielen Jahre Übung war ihr bewusst, dass sie für das Wasserwesen nur eine Stammlerin war und auch nie mehr als das sein würde. Der Naj öffnete und schloss die schmalen Hände mit den Schwimmhäuten. Angewidert beobachtete er, wie sie sich am Felsen festklammerte. Sie musste ihm vorkommen wie eine lächerlich verletzliche Kreatur, hilflos im Wasser, ebenso hilflos an Land.

»Hier ist nicht Dantar«, bemerkte er. Ein heller Morgennebel umwehte ihn, und Sabin fragte sich für einen Augenblick, ob sie nicht soeben ertrunken war und die lichte Grenze überschritten hatte.

Zu dem Meerwesen auf den Felsen zu klettern wagte sie nicht. Nur schemenhaft erkannte sie die Insel und den Strand. Als der Nebel an einer Stelle verwehte, sah Sabin die Timadar. Dieses törichte Landmädchen stand immer noch an der Reling und starrte mit offenem Mund zu ihnen herüber.

»Nein, aber wir kommen aus Dantar«, wandte sich Sabin wieder an den Naj. »Vor einigen Tagen sind wir hier gestrandet. Hast du ... kennst du diese Insel? Wo liegt sie? Hier ist nichts so, wie es sein sollte: Aale schlüpfen aus Bäumen. Die Vögel bringen Wind, doch sie fliegen nur selten, als würden sie auf etwas warten. Auf der Insel müssten Spuren von Menschen sein – zumindest Gräber, aber wir sind allein. Was ist mit den Menschen passiert?«

Der Naj zischte und fächelte sich mit einer nachlässigen Geste Wasser mit seiner Hand zu. Sein schuppiger, mit einer Fleckenzeichnung geschmückter Arm schimmerte im Nebel.

»Warum sollte ich dir auch nur eine Antwort geben?«, fragte er in der rauschenden, singenden Najsprache. »Du wirst bald selbst tot sein. Dann wirst du es wissen.«

Sabin fror plötzlich im Wasser.

»Tot?«, flüsterte sie. »Sie wurden also getötet? Von ... wem? »

»Von menschlicher Dummheit«, sagte der Naj und betrachtete seine Finger, bewegte sie und ließ die Schwimmhäute schimmern.

»Waren sie ... Magier?«

»Magie nennt ihr das?«, sagte der Naj verächtlich. »Ich nenne es Menschenspiele für Landkriecher wie dich.«

Sabin kniff die Lippen zusammen und verbiss sich eine scharfe Antwort. Einen Naj zu beleidigen war kein guter Gedanke.

»Schön«, meinte sie. »Dann gib mir wenigstens einen Hinweis. Was geht hier vor? Bitte, sag es mir!«

So weit war es mit ihr gekommen – sie bettelte einen Naj an!

»Bist du wirklich so dumm oder tust du nur so?«, sagte der Naj und gab ein schnalzendes, glucksendes Geräusch von sich. In der Najsprache war das ein Lachen. Vermutlich ein herablassendes. »Es gibt einen Grund, warum ihr Menschen nie die Hüter von unsterblichen Dingen sein solltet. Euer Gedächtnis ist zu kurz, eure Gier maßlos. Ihr sterbt und lasst uns mit dem zurück, was ihr angerichtet habt. Stein passt nicht auf Muschel – und Feder nicht auf Tropfen.«

»Was?«, rief Sabin verzweifelt. »Was bedeu…«

Er schnellte so plötzlich nach vorne, dass Sabin nicht einmal ihre Harpune hochreißen konnte. Was ohnehin nicht viel genützt hätte. Muränenstarke Arme ergriffen sie und zogen sie so schnell in die Tiefe, dass der Druck in ihren Ohren schmerzhaft anschwoll.

Insgeheim verfluchte sie ihren Leichtsinn. Wie dumm war sie, einen Naj zu belästigen? Diese Insel hatte ihr jeglichen Verstand geraubt!

Schleier aus Häuten umwallten sie. Luftblasen sprudelten daraus hervor und glitten über ihre Haut. Blitzartig berechnete sie die Zeit, die ihr noch blieb, bevor ihr die Luft ausgehen würde. Jetzt verlor die Vernunft und Sabin stemmte sich mit aller Kraft gegen den Griff des Naj. Mit all den Hautschleiern, die ihn umwallten, war er viel größer als sie. Zum ersten Mal hatte sie im Wasser mehr Angst als an Land. Was hatte er vor?

Der Widerstand wich so plötzlich, dass sie durch das Wasser trudelte. Der Naj hatte sie von sich gestoßen. Anmutig bewegte er sich in seinem eigentlichen Element. Auge in Auge trieben sie im Wasser einander genau gegenüber. Der Sog einer leichten Strömung hielt Sabin in der Schwebe. Eine Weile sahen sie sich nur an. Nach und nach beruhigte sich ihr Herzschlag. Er wollte sie nicht töten, zumindest nicht jetzt. Stattdessen betrachtete er sie ebenso interessiert wie sie ihn. Sabin konnte gar nicht anders, als fasziniert zu sein. Nicht viele Taucher kamen in ihrem Leben dazu, einem Naj unter Wasser so nahe zu kommen. Er wirkte majestätisch, die Hautschleier umgaben ihn wie ein prächtiger Mantel. Unter Wasser war sogar das fremdartige Gesicht mit den silbrigen Augen von eigentümlicher Schönheit. Sie entdeckte eine Zeichnung auf seiner Stirn, die wie ein Perlenband wirkte, und staunte. War ihr eine solche Zeichnung bei den Naj vor Dantar bisher nur noch nie aufgefallen? Oder unterschieden sich Naj in ihrem Aussehen vielleicht doch voneinander wie Menschen? Aber nein, sie hatte gelernt, dass sie wie Fische waren – identisch und ohne eigene Züge. Während sie ihn fasziniert musterte, geschah etwas Seltsames: Die Angst wich endgültig einem anderen Gefühl, dem kurzen Aufblitzen des Glücks, zu schweben. Und einen weiteren Moment lang wünschte sie sich so brennend wie nie zuvor, ein Naj zu sein, ein Geschöpf der Ewigkeit, das keinen Schmerz und keine Trauer empfand.

Zu ihrer Überraschung legte der Naj den Kopf schief, als hätte er ihre Gedanken gehört, und betrachtete sie aufmerksam. Er sagte einen Satz, den sie unter Wasser nicht verstand, und versetzte ihr einen überraschend sanften Stoß. Sabin trudelte um ihre eigene Achse. Und befand sich mit einem Mal mitten in einer Wolke aus blitzenden Körpern. Schuppen glitten an ihrem Bein entlang. Sie bewegte die Arme und der Fischschwarm – diese schnellen Fische mit den flügelartigen Flossen –, löste sich auf. Die Fische stoben in alle Richtungen davon, formierten sich wieder zu einem silberblitzendem Strom und verschwanden in der nachtdunklen Tiefe unter ihr. Ein Wasserwirbel ergriff sie wie eine gewaltige Wasserhand und drehte sie um ihre eigene Achse.

Was wollte der Naj ihr damit zeigen? Das Blut begann in ihren Schläfen zu pochen, sie musste auftauchen! Mit zwei kräftigen Beinschlägen hatte sie sich aus der Strömung befreit und blickte dem Schwarm nach. Unbewusst streckte sie nach alter Gewohnheit die Hand aus.

Und Satu ergriff sie.

Für einen Augenblick wollte sie es glauben – die flüchtige Berührung ihrer Hände, das Zeichen zum Auftauchen. Ihre Sehnsucht spielte ihr wieder einen Streich. Doch die Berührung verschwand nicht. Sabin fuhr herum und blickte in das Gesicht ihres Bruders. Einen Augenblick setzte ihr Herzschlag aus.

Satus langes, helles Haar, das dem ihren so ähnlich war, umschwebte sein Gesicht. Er lächelte. Sabins Augen brannten, ihre Brille beschlug von innen und hüllte Satus Bild in einen Nebel. Mit aller Kraft klammerte sie sich an seine Hand. Die Luft wurde knapp, aber sie dachte gar nicht daran aufzutauchen. Sie blinzelte und … sah den Naj, bedrohlich nahe. Mit einem Schrei, der sie in einen Mantel aus Luftbläschen hüllte, prallte sie zurück. Wie auf einen unsichtbaren Befehl schossen plötzlich die Fische aus der Tiefe empor und an ihr vorbei, wirbelten um sie herum und nahmen ihr die Sicht. Sabin stieß mit der Harpune in den Schwarm und die Fische gaben ihr wieder die Sicht frei. Ein Sog ergriff sie und ließ ihr keine Möglichkeit zu reagieren. Als sie wieder wusste, wo oben und unten war, war der Schwarm verschwunden. Und auch der Naj war nirgends zu sehen.

Sabin nahm ihre Kräfte zusammen und schwamm. Das Blut dröhnte in ihren Ohren, die Brust schmerzte. Der Sog wollte sie ins Meer zurückziehen, aber sie tauchte unter der Strömung hindurch, die Beine unbehaglich kribbelnd in der Erwartung, dass der Naj zurückkehrte und sie doch ertränkte. Mit einem gurgelnden Schrei tauchte sie auf und schnappte nach Luft.

Sie warf sich in die Fluten und schwamm.

Der Sog war verschwunden, stattdessen schien das Meer sie nun vor sich her zu tragen. Inu und die Bergländerin standen am Strand neben der Timadar und starrten ihr entgegen. Sie schlug sich ein Knie an einem Felsen blutig, stolperte weiter, rannte an Land und warf die Harpune in den Sand. Sie ließ sich auf den Knien nieder und atmete, atmete einfach, während ihre Zähne immer noch vor Entsetzen klapperten.

Dann war Inu bei ihr und legte ihr den Arm um die Schulter.

»Was ist passiert?«, fragte er sanft.

»Satu«, flüsterte sie. »Ich habe Satu gesehen. Satu ... er war da draußen!«

Inu runzelte besorgt die Stirn. »Satu ist tot«, sagte er leise.

»Ach wirklich?«, schrie sie. »Ich habe seinen Leichnam nie gesehen, du etwa?«

»Weil er in den Bergen begraben wurde, Sabin. Aber er ist tot. Du weißt es.«

Sabin presste die Lippen zusammen und riss sich die Maske von den Augen. Ein leichter Wind kühlte die Tränen auf ihren Wangen. Am liebsten hätte sie selbst geglaubt, was sie eben im Wasser gesehen hatte. Doch Inus mitleidige Miene holte sie endgültig in die Wirklichkeit zurück.

Das Landmädchen stand einige Schritte von ihnen entfernt und betrachtete die Szene mit blassem Gesicht. Heute konnte Sabin ihren Anblick weniger denn je ertragen. »Was starrst du mich so an, Landkröte?«

Amber schluckte, doch sie antwortete nicht. Verlegen blickte sie weg, als Sabin sich die Tränen vom Gesicht wischte.

Sabins Blick fiel auf die Harpune. An der Spitze zuckte einer der fremdartigen Fische, die sich gerne im Sog mitziehen ließen und die sie noch nie hatte erbeuten können. Schlaff hingen die Flossen nach unten. Sie griff nach der Harpune und riss den Fisch von der Spitze. Fischblut tropfte von ihrer Hand. An der Stichstelle standen die Schuppen in einem seltsamen Winkel vom Körper ab.

»Gib mir dein Muschelmesser, Inu!«

Der Seiler zuckte zusammen. »Welches Messer?«

»Na das unter deinem Tuch!«

»Hier!« Amber sprang herbei und reichte ihr ein Messer mit einem Griff aus Martiszahn und gerader Klinge. Sabin nahm es nach kurzem Zögern an sich, schnitt unter die Schuppen und hob sie mit der Messerspitze leicht an. Amber und Inu beugten sich vor.

»Das gibt es nicht!«, flüsterte Amber.

»Aale, die aus Bäumen schlüpfen, gibt es auch«, erwiderte Sabin heiser. »Und Vögel, die den Sturm rufen!« Plötzlich wusste sie, was der Naj gemeint hatte. Federn und Tropfen. Luft und Wasser – Wind und Strömung. Es war ein und dasselbe. Mit klopfendem Herzen strich sie über das, was Schuppen waren – doch darunter warteten wie bei einem jungen Vogel bereits die Federn darauf, hervorzubrechen und die Flossen in Flügel zu verwandeln.

*

Tanijen suchte verzweifelt. Er hatte sogar Matratzen zerstochen und Balken, die hohl klangen, mit der Axt zertrümmert. Aber nichts fand sich. In dem Zimmer, das er verschloss, bevor die anderen zurückkamen, lagen die Spiegelscherben säuberlich aufgereiht. Ein Mosaik aus der Vergangenheit und Tanijen hatte längst noch nicht alle Stücke gefunden. Die Magie flirrte über ihnen, und Tanijen wurde nicht müde, sich die Szenen anzusehen, die sich immer wieder darin wiederholten. Inzwischen konnte er die Magier unterscheiden: Lemar le Hay, ein junger, dünner Mann mit dunklen Augen, in denen der Ehrgeiz brannte. Er hatte das kupferblonde Haar der Menschen vom roten Kontinent. Und auch seine Tracht – enge Hosen aus einem seidenartigen Stoff und ein gelber, schmal geschnittener Überwurf – deutete darauf hin.

Eine junge, rothaarige Magierin – das musste Loin sein. Sie trug eine ähnliche Tracht wie Lemar, möglicherweise stammte sie von den Feuerinseln. Und zwei andere Männer, groß und breitschultrig, gezeichnet von einem vergangenen Schmerz, mit diesen dunkelblauen Augen, die nur die Inselbewohner aus dem Meerland hatten. Der Größere von ihnen hatte eine waagrechte Narbe am Hals, die sich unter seinem Ohr entlangzog. Sie trugen ganz gewöhnliches Tuch, doch die Abzeichen auf ihren Handrücken – gekreuzte Walfluken und ein Stern – wiesen sie als Magier aus Dantar aus. Solche Abzeichen hatte Tanijen nur auf Bildern gesehen, die letzten Insignien auf Buchrücken und Flaggen waren schon vor mehr als zwanzig Sommern auf dem großen Platz vor dem Haus des Fischerkönigs auf einem Scheiterhaufen verbrannt worden. Zwei Magier aus der Zeit vor den Stürmen also. Hatten sie zu den Verschwörern gehört? Waren sie vor der Hinrichtung geflohen? Stammte die Narbe am Hals von einem Strick? Und wie passten Loin und Lemar ins Bild?

Immerhin war es Tanijen gelungen, sich eine Reihenfolge der Spiegelszenen zu erschließen. Sie spielten sich alle innerhalb weniger Tage ab. Die vier Magier hatten alles so gut geplant – Lemars Skizzen zeugten davon.

Doch dann war etwas schiefgelaufen. Sie waren angegriffen worden. Das Echo – der Tote im Keller – wiederholte immer wieder die Streitworte.

Am Tag vor seinem Tod hatte Lemar in fahrigen Sätzen auf einen Zettel geschrieben, dass er den anderen nicht mehr trauen könne. Und wie recht er damit gehabt hatte!

Ein bewegtes Bild auf einer schmalen Scherbe zeigte Loin, die ein Schwert hochriss. Am Rand des Bildes der Schatten einer Klaue. Sie waren belagert worden. Und auch innerhalb der Wasserburg hatte es Kämpfe gegeben.

Was hatten die Magier mit Lemar gemacht? Und die wichtigste Frage: Wo war Lemars Dolch?

Ein Rumpeln von unten. Tanijen riss beim Aufspringen einen Stapel Bücher um. Sein Herz raste. Der Tote? Hatte er sich wieder befreit? Tanijen nahm seine Kraft zusammen und rieb seine Hände aneinander. So gut er es noch vermochte, rief er die Magie, doch je schwächer er selbst wurde, desto länger brauchte er, um sie herbeizuzwingen. Erst nach einer erschreckend langen Weile spürte er das Fließende, Weiche zwischen den Handflächen. Nun fühlte er den Toten als seltsam kühle Gegenwart, ein wirbelnder Kreis fremder Gedankenechos. Und Tanijen erkannte, dass er immer noch reglos dasaß, gefesselt, kraftlos, ohne Wut.

Erleichtert atmete Tanijen auf und sackte auf den Knien zusammen. Seine Augen brannten von den schlaflosen Nächten. Das Fieber zehrte ihn aus. Von Tag zu Tag erschöpfte ihn der Umgang mit der Magie mehr. Er fühlte sich wie jemand, der bisher ein großes Schiff nur aus der Ferne bewundert hatte und nun plötzlich im Sturm auf dem Deck stand und ganz allein dafür verantwortlich war, dass es nicht sank. Jede Stunde stieß er an seine Grenzen und fluchte, wenn er nicht weiterkam. Ihm war eine Last aufgebürdet, die er selbst ausgeruht nur unter größter Anstrengung in der Balance zu halten vermochte. Doch aufgeben konnte er nicht – jetzt nicht mehr. Wenn es stimmte, was Lemar in seinem Buch notiert hatte, dann würde Tanijen nie wieder eine solche Chance haben wie jetzt.

Er schloss die Augen und sah Bilder aufblitzen: Dantar würde wieder reich werden – ein sicherer Handelshafen, es würde Arbeit für alle geben und Häuser, die nicht unter Sturmfluten brachen. Und die Galgen – die Galgen würden endlich verschwinden. Er würde sich nicht zwischen seiner Vergangenheit und seiner Zukunft entscheiden müssen. Doch bis dahin musste er durchhalten und auf der Hut sein. Denn Inu beobachtete ihn. Er musste ...

Das Rumpeln verwandelte sich in das verabredete Klopfzeichen. Sabin! Tanijens Magie entfloh wieder und ließ ihn leer und müde zurück. Stattdessen sprang ihn die Angst wieder an. Was, wenn er versagte? Am liebsten wäre er die Treppe hinuntergestürzt, hätte Sabin umarmt, sein Gesicht in ihrem Haar vergraben und ihr alles erzählt. Die Last seiner Lügen wog mindestens ebenso schwer wie die Aufgabe, die er sich aufgeladen hatte.

Er sprang über die Spiegelscherben hinweg und

stolperte zur Tür hinaus. Die andere, fremde Magie erwartete ihn, ein gefühltes Schimmern in der Luft, tausendmal stärker als seine eigene, ungeordnete Kraft. Die Magie der Burg war feinmaschig gewoben und so fest und klar wie ein Netz aus Seidenfäden. Schmerzlich erinnerte es ihn daran, was er noch nicht war.

Kurz darauf löste Tanijen mit zitternden Händen den Sicherungsknoten an der Saaltür. Im nächsten Augenblick hielt er eine nasse Sabin in den Armen.

»Wir sind in Gefahr!«, rief sie. »Es sind die Fische!«

Tanijen hörte die Worte, aber er nahm sie kaum wahr. Die seltsame Kraftlosigkeit übermannte ihn endgültig, schwer stützte er sich auf Sabins Schulter. Er wünschte sich nichts so sehr, als einfach die Augen zu schließen und sich auszuruhen. Doch dann drängten auch schon Inu und Amber in die Halle. Das Mädchen aus den Bergen war blass und erschien ihm heute mehr denn je wie eine Kriegerin. Ihre Augen funkelten, als sie mit einem entschiedenen Schlag die Tür ins Schloss warf. In diesem Augenblick beneidete er sie unendlich um ihre Kraft.

»Ich habe einen Schwarm gesehen«, sprach Sabin weiter. »Er erzeugt Strömungen und Wasserwirbel wie die Vögel Wind. Deshalb stranden die Schiffe! Und die Fische verwandeln sich – sie bekommen Flügel! Der Naj sagt ...«

»Vorsicht, er fällt!«

Die Gesichter verschwammen vor Tanijens Augen, er spürte noch, wie Sabin und Inu ihn auffingen, dann war für einen Augenblick alles dunkel.

»Tanijen!« Inu klang so besorgt, dass es Tanijen die Kehle zuschnürte. Gerne hätte er sich entschuldigt, für den Streit, für jedes harte Wort, das er zu seinem Freund gesagt hatte. Aber es kostete ihn viel zu viel Kraft, die Magie nicht endgültig entkommen zu lassen. Wenn er sie jetzt losließ, würde er sie verlieren wie den Zipfel eines Tuchs, das der Wind davontragen wollte. Mühsam blinzelte er und blickte auf ein gespenstisches Doppelbild.

Lemar beugte sich über ihn. Durch seine halb durchsichtigen Züge schimmerte Inus besorgtes Gesicht. »Hörst du mich?«

Gleichzeitig mit Inus Worten hörte er auch jene von Lemar: »Ich muss es tun, Loin. Es ist unsere letzte Möglichkeit. Sie werden uns ohnehin töten. Lass uns wenigstens verhindern, dass Dantar untergeht.«

Sabins Gesicht verschmolz mit der Gestalt der rothaarigen Magierin zu einer beängstigenden Doppelgestalt.

»Wir haben nicht viel Zeit«, sagte Loin. »Nimm den Dolch und geh!«

»Tanijen!«, flüsterte Sabin gleichzeitig und strich ihm mit der Hand über die heiße Stirn. Und zu Lemar gewandt fügte sie hinzu: »Sein Fieber ist schlimmer geworden.«

Nur Amber war noch Amber. Sie beugte sich zu ihm, packte ihn an den Schultern und schüttelte ihn. »He, Tanijen! Bist du noch da? Sag was!«

Die Bewegung fegte die Traumgestalten weg, als hätte jemand sie weggepustet.

»Alles in Ordnung«, stammelte er.

»Das glaube ich nicht, mein Freund«, zischte ihm Inu zu und ergriff ihn kurzerhand um die Taille. Tanijen ließ sich von ihm hochziehen und kam schwankend auf die Beine, krampfhaft darum bemüht, die Magie festzuhalten wie ein bockendes Pferd. Inu schleppte ihn zum Tisch und den Stühlen. Tanijen warf einen Blick zur Seite und betrachtete Inus Profil. Lange waren sie sich nicht mehr so nahe gewesen. Ihre Blicke begegneten sich und für einen irrwitzigen Augenblick hoffte er auf ein Lächeln, ein Zeichen, dass er wie früher sein konnte, dass nichts zwischen ihnen stand. Die Sehnsucht wurde so schlimm, dass er die Worte kaum herausbrachte. »Es tut mir leid, Inu«, sagte er heiser. »Ich war eingebildet und habe Seile durchschlagen, die mich hielten. Du hattest recht.«

Das war die erste Wahrheit, die er seit Tagen gesagt hatte. Er hätte alles dafür gegeben, jetzt auch die andere Wahrheit aussprechen zu dürfen, die ganze Wahrheit über Dantar, über den Kodex, über Lemar und die anderen. Aber es war zu früh. Und es hieße, Inu und Sabin zu verlieren – für immer.

»Schön, dass du das erkannt hast«, sagte Inu trocken und lud ihn auf dem Stuhl ab.

»Unterhaltet euch später«, meinte Amber ungeduldig. Sie wickelte einen aufgeschlitzten Fisch aus einem Farnblatt und warf ihn auf den Tisch. »Sieh dir das an!«

Sie redete auf Tanijen ein, erklärte ihm alles, was er aus Lemars Skizzen schon längst herausgelesen hatte.

»Die Fische erzeugen also die Strömungen und den Sog. Und dann verlassen sie irgendwann das Meer und werden zu den Vögeln, die den Wind rufen können?«, sagte er müde. »Die doppelte Natur der Wesen. Das ist ... unglaublich.«

Jetzt sah auch Sabin aus, als würde sie ihm am liebsten eine Ohrfeige geben, um ihn aus seiner Apathie zu reißen. Inu und sie wechselten einen besorgten Blick, ein stummes Zwiegespräch, dessen Vertrautheit ihn ärgerte, dann richtete Sabin sich auf und atmete tief durch.

»Ich höre auf den Naj. Wir können keinen Tag länger warten. Wir verlassen die Insel. Noch heute. Solange die Vögel nicht aufgeschreckt werden, ist es windstill. Das Leck ist abgedichtet, der Mast muss nur noch besser befestigt werden. Und Werkzeug und Holz nehmen wir mit. Wir haben Fässer, die wir mit Wasser füllen können ...«

»Nein!«, rief Tanijen. Beinahe hätte er hinzugefügt: Nein, es ist noch zu früh! Langsam wich die Benommenheit und er konnte wieder klarer denken.

»Warum nicht?«

»Wir ... wir wissen immer noch nicht, wo wir sind.« Schon wieder eine Lüge. Er war nicht nur ein mittelmäßiger Taucher und ein stümperhafter Magier, sondern auch ein erbärmlicher Lügner. Umso schlimmer, dass sie ihm glaubten. Zumindest Amber und Sabin. Inu verschränkte dagegen die Arme und starrte ihn mit düsterer Miene an. Selten hatte Tanijen sich so unsicher gefühlt. Dieses stille, lauernde Misstrauen kannte er bei seinem Freund nicht.

»Du wirst es uns auch nicht sagen können und wenn du noch so viele Truhen durchwühlst«, fuhr Sabin ihn an. »Seit Tagen schläfst du kaum und findest doch nichts. Du spürst es vielleicht nicht, aber das hier ist eine Toteninsel. Ich werde vorausschwimmen und nach den Fischen Ausschau halten. Es gibt Stellen, an denen sie sich nicht aufhalten, wir könnten es schaffen, ohne in ihren Sog zu geraten. Und sobald wir auf dem offenen Meer sind, werden wir auch nach Dartar zurückfinden. Wir haben immer zurückgefunden, wo wir auch waren, weißt du nicht mehr?« Die letzten Worte klangen sanft und berührten Tanijen mehr, als er zugeben wollte.

»Zehn Fässer müssten als Trinkwasservorrat genügen«, stellte Amber sehr sachlich fest. »Das Süßwasserrinnsal ist nicht weit vom Strand, die vollen Fässer können wir zum Strand rollen.«

Sabin nickte. Erstaunlich: Noch nie waren sich Sabin und das Landmädchen in einer Sache einig gewesen.

Tanijen leckte sich über die Lippen und überlegte fieberhaft. Er brauchte einen Grund, einen guten Grund, um noch zu bleiben. Er durfte nicht ... er musste ...

Erst als es still wurde, fiel ihm auf, dass Inu noch nichts dazu gesagt hatte.

»Was meinst du, Inu?«

Der Seiler betrachtete das Mischwesen aus Vogel und Fisch lange, bevor er antwortete.

»Vielleicht sind sie uns gar nicht feindlich gesinnt«, murmelte er. »Möglicherweise wollten sie Sabin im Turmzimmer gar nicht angreifen.«

»Unsinn!«, fuhr Amber ihn an. »Sie hätten mich beinahe vom Dach geworfen, schon vergessen?«

»Warten wir bis morgen.«

»Warum?« Jetzt war es Amber, die schrie.

»Weil wir die Segel noch befestigen müssen und das Boot zu Wasser bringen. Und selbst wenn wir uns beeilen, das Wasser aus dem Rumpf zu schöpfen, kommen wir erst in der Nacht weg«, antwortete Inu ruhig. »Und wenn ihr euch vor den Wesen fürchtet, legt ihr sicher keinen Wert darauf, ihnen zu begegnen, während wir das Schiff beladen. Ganz zu schweigen von den Felsen, die wir bei Nacht nicht sehen.«

Sabin biss sich auf die Unterlippe. Selbst Amber fiel dazu keine Antwort ein. Tanijen atmete auf.

Inu warf ihm einen schnellen Blick zu und lächelte ihn flüchtig an. Welchen Grund auch immer sein Freund dafür haben mochte: Inu hatte ihm Zeit geschenkt.

*

Amber wachte von einer Irritation auf – einem flüchtigen Eindruck, vielleicht ein Duft, vielleicht ein Flüstern. Schauer liefen über ihren Rücken, als würde ihr jemand von hinten in den Kragen atmen. Sie machte die Augen auf. Omins und Sebes Gesichter schwebten vor ihr. Und noch ein drittes Gesicht: eine junge Frau mit rotem Haar.

*Lass uns fliehen,* sagte sie. *Sie werden dich umbringen!*

Omin hob einen roten, spitzen Gegenstand.

Ambers Schrei schreckte die Vögel auf, das Flattern drang durch die Fensterritzen. Gleich darauf erhob sich der Wind. Glasflaschen zersplitterten, als sie instinktiv zur Axt griff. Rufe wurden laut. Ein Stoß traf sie von der Seite. Dann wehten die Gespenster weg wie Staub im Wind. Sie fand sich in Inus Umklammerung wieder. Sabin, erschrocken und so blass wie ein Naj, kniete auf ihrem Unterarm und hielt ihre Axthand fest. Es tat höllisch weh.

»Du hast wieder geträumt«, sagte Inu. Ambers Herz schlug so heftig, dass ihre Wangen pochten. Omens Gegenwart war noch da – dicht und beängstigend und bedrohlich wie ein blitzendes Messer.

»Entschuldigt«, flüsterte sie. Durch die Ritzen der Fensterläden drang schwaches Licht.

»Ist es schon Morgen?«

»Allerdings.« Sabin musterte sie mit einer Mischung aus Furcht und Ärger. »Glaubst du, du schaffst es aufzustehen, ohne jemanden umzubringen?«

Amber entspannte ihre Hände und nickte benommen. Langsam fand sie sich wieder zurecht: Sie hatten gestern das Wasser aus dem Schiff geschöpft. Und heute würden sie zurückkehren. Nach Dantar!

»Es tut mir leid«, sagte sie und versuchte sich an einem Lächeln. »Ich ... habe schlecht geträumt.«

»Das haben wir alle«, gab Sabin müde zurück. »Du bist nicht die Einzige, die ihren Albträumen begegnet.«

Die Taucherin wandte den Blick ab und Amber hatte wieder einmal das unangenehme Gefühl, dass der Albtraum, den Sabin meinte, verdächtig nach Amber aussah

»Beladen wir das Schiff!«, sagte Sabin und sprang auf.

*

An diesem Morgen war der Himmel steingrau und lastete schwer über dem Meer. Wolken ballten sich am Horizont und Schlieren in der Ferne zeigten, dass es nicht weit von hier regnete. Amber band sich einen Beutel mit Vorräten auf den Rücken, klemmte sich zwei leere Fässer unter die Arme und ging los. Sabin folgte ihr durch das Tor und hielt mühelos Schritt, den Blick auf das Wasser gerichtet. Inu und Tanijen würden nachkommen, doch in diesem Augenblick war Amber froh darüber, mit der Taucherin allein zu sein. Verstohlen betrachtete sie die Gestalt an ihrer Seite. Die Tunika aus Fischhaut glänzte silbern und blau. Niemand passte weniger in diese Umgebung als Sabin. Auf dem steinigen Weg, vor den Felsen, wirkte sie wie ein Naj, der in die feindlichste Umgebung verbannt worden war. Aber offenbar hatte die Taucherin kein kaltes Najblut in den Adern, denn Amber hatte gestern am Strand den Schmerz in ihren Augen gesehen. Der Anblick einer Sabin, die nicht mehr stark und spöttisch war, hatte sie verunsichert. Wie konnte jemand um einen Bruder so sehr trauern? Auch wenn der Grund ihr befremdlich erschien, das Gefühl kannte sie nur zu gut und hätte Sabin gerne getröstet.

Amber nahm sich ein Herz und sagte die Worte, die sie sich gestern Abend in ihrem Kopf zurechtgelegt hatte:

»Es tut mir leid um deinen Bruder. Ich wusste nicht, dass er in den Bergen begraben wurde. Was ist … mit ihm passiert? Was hat ein Dantarianer in den Bergen zu tun?«

Sabin warf ihr einen Blick zu, der so traurig war, dass es Amber die Kehle zuschnürte. Die Taucherin räusperte sich und schwieg eine Weile, und als sie zu sprechen begann, machte Ambers Herz einen Satz. Sie hatte bereits mit der Ablehnung gerechnet, aber heute überraschte die Dantarianerin sie.

»Hat Inu es dir noch nicht erzählt?«

»Warum sollte er? Ich habe ihn nicht danach gefragt.«

Sabin warf ihr einen verwunderten Blick zu und fuhr dann fort.

»Satu wurde angeworben – im vergangenen Sommer kam eine Gruppe von Bergleuten und heuerte Taucher an. Es war ein gefährlicher Auftrag: in den Seen nach Grall-Kristallen tauchen.«

Amber riss die Augen auf.

»In den Schlundlöchern etwa? In der Gegend des Ziegenkopf-Berges?«

Sabin nickte.

Amber pfiff leise durch die Zähne. Kaum ein Bergbewohner wagte sich in diese Seen. Sie waren tief und tückisch, mit Kammern und Gängen, die noch nie jemand erforscht hatte.

»Er nahm den Auftrag an und ging, obwohl ich nicht damit einverstanden war«, erzählte Sabin leise weiter. »Wir hatten unser zweites Boot beim Sturm verloren und … Satu wollte Geld verdienen, nur einen Sommer lang. Nun, er schickte Geld, der Sommer ging vorüber. Doch Satu kam nicht nach Hause. Stattdessen bekam ich einen Brief, in dem er erzählte, dass er in den Bergen bleiben wolle. Für … immer!« Verständnislos schüttelte Sabin den Kopf, als könnte sie sich nicht vorstellen, dass irgendjemand Dantar freiwillig verließ. Amber bekam zum ersten Mal eine Ahnung, warum Sabin die Leute aus den Bergen nicht mochte. Sie ist immer noch verletzt, dachte sie. Sie hat Satu an die Berge verloren. Und deshalb kann sie mich nicht leiden. In diesem Augenblick hätte sie fast gelächelt. Ob Satu sich so sehr nach den Bergen gesehnt hatte wie sie, Amber, sich nach dem Meer?

»Er tauchte weiter für die Edelsteinsucher«, fuhr Sabin fort. »Und dann … im Winter … erhielt ich einen Brief und ein Bündel. Sie teilten mir mit, dass sie ihn begraben hatten, und schickten mir einige persönliche Dinge zurück. Das …« – sie fuhr mit der Hand über eine der Brillen an ihrem Gürtel – »… ist alles, was mir von meinem Bruder geblieben ist.«

»Er ist also ertrunken«, sagte Amber leise. »Es ist gefährlich genug, im Sommer in den Grall-Seen zu tauchen. Im Winter schwimmen dort nur diejenigen, die sehr kaltblütig oder sehr verzweifelt sind, weil sie Geld brauchen. Manche geraten in die Eiswirbel und erfrieren, bevor sie …«

Abrupt verstummte sie und schalt sich selbst. Verdammt, wie konnte sie so ungeschickt sein?

Sabin warf ihr einen unergründlichen Blick zu.

»Vermutlich brauchte er Geld«, sagte sie trocken und beschleunigte ihren Schritt. Ein feiner Regen hatte eingesetzt und bedeckte ihre Locken mit einem Netz aus winzigen Tropfen.

»Sabin, warte! Entschuldige, ich wollte dich nicht daran erinnern ... aber vielleicht war Satu in den Bergen einfach glücklich! Vielleicht wollte er dortbleiben, weil es ihm gefiel.«

»Warum sollte es ihm dort gefallen?«, fragte Sabin verächtlich. Amber schoss das Blut in die Wangen.

»Du kennst das Land nicht, Sabin. Wie kannst du darüber urteilen? Vielleicht träumte Satu von den Bergen, so wie ich von Dantar träumte. Manche Menschen werden in der falschen Stadt geboren oder im falschen Land. Meine Mutter sagte immer, ich hätte welliges Haar, weil ich mir schon vor meiner Geburt das Meer in den Kopf gesetzt habe. Und das stimmt! Ich habe mir immer schon gewünscht die Berge zu verlassen.«

»Herzlichen Glückwunsch. Dann bist du ja jetzt genau dort, wo du hinwolltest«, sagte Sabin ohne jede Ironie. »Mitten im Majumameer. Und? Bist du glücklich oder wünschst du dich zurück in die Berge? Ach nein, von dort bist du ja geflohen.«

»Wer sagt das?«, brauste Amber auf.

»Du selbst«, meinte Sabin trocken. »Dein Schweigen, deine Verletzungen, die Tatsache, dass du sogar deine Träume mit einer Axt in die Flucht schlagen willst – und der Beutel voller Geld an deinem Gürtel. Was hast du getan, Amber? Bist du eine Mörderin? Eine Diebin?«

Amber verlangsamte ihre Schritte. Auf einmal war es

als würde sie über rutschiges Geröll laufen, unsichere Stellen im Gebirge, an denen man jederzeit stolpern und in die Tiefe abgleiten konnte. Das war die erste wirkliche Frage an sie, Amber, die Sabin ihr stellte. Die Taucherin blieb stehen und wandte sich um. Nun standen sie sich gegenüber – Sabin vor dem Meer, Amber mit dem Rücken zur steinigen Insel. Amber sah dieses Bild für einen Augenblick mit den Augen eines Dritten – ein verdrehtes Spiegelbild. Aber wer von ihnen beiden war wirklich? Und wer nur ein verzerrtes, ins Gegenteil verkehrtes Bild?

»Nun?«, fragte Sabin ruhig. Amber begriff, dass sie an eine Weggabelung gekommen war. Ihr ganzer Weg seit der Nacht, in der sie geflohen war, führte zu diesem Punkt: Sie konnte nach rechts gehen und lügen. Oder sie ging nach links. Und stürzte vielleicht in die Tiefe. Und vielleicht auch nicht.

»Das Geld ist tatsächlich gestohlen«, begann sie zögernd. »Wenn du von den Gesetzen ausgehst. Doch mein Gesetz sagt mir, dass es mein Geld ist. Dafür habe ich gekämpft – und dabei fast mein Leben verloren.« Nun schlug ihr das Herz bis zum Hals. Sie drückte die beiden leeren Holzfässchen an sich und nahm ihren ganzen Mut zusammen. »Du trauerst um deinen Bruder«, sagte sie heiser, »weil ihr euch ... geliebt und weil ihr zusammengehalten habt. Bei mir ... war es nicht so. Ich komme aus dem Süden, du wirst die Gegend nicht kennen. Es sind die schwarzen Panar-Berge. Mein Vater starb durch den Angriff einer Martiskatze, aber meine Mutter hielt das Gehöft. Ich und meine zwei Brüder ...

Sebe und Omin ... teilten uns die Aufgaben. Sie konnten mich nicht leiden, weil ich anders war als sie. Ich träumte vom Meer, sie dagegen wollten mehr Rinder und Ziegen besitzen als die anderen. Wir gingen uns aus dem Weg. Das war einfach, weil ich oft ganze Tage lang mit den Ziegen unterwegs war und jagte, während sie sich um die Felder kümmerten und Felle gerbten. Dann kam das rote Fieber und meine Mutter starb. Mit ihrem Tod begann der Streit.«

»Um das Erbe?«

Amber nickte niedergeschlagen.

»Auch in den Bergen gibt es Regeln und Gesetze«, sagte sie bitter. »Es sind stets die Söhne, die das Haus und das Land erben. Die Töchter erhalten zwanzig Ziegen, etwas Geld und ein Pferd und müssen sehen, dass sie weiterwandern und irgendwo eigenes Land finden. Nun, das war nicht das Unglück. Ich hätte die Ziegen genommen und sie verkauft, denn ich wollte ja unbedingt nach Dantar! Doch Omin verweigerte mir meinen Anteil. Und da beschloss ich ...«

»... ihn dir selbst zu holen?«

Amber senkte den Kopf. »Ich nahm meinen Anteil aus der Kammer meiner Mutter. Es war mehr Geld, als mir zustand, aber dafür würde ich schließlich die Ziegen dalassen, die mir als Erbe gehörten. Doch als ich in der Scheune war, um das Pferd zu satteln ... da kamen meine Brüder. Sebe hatte einen Dreschflegel in der Hand, Omin einen Knüppel. Und mir wurde bewusst, was sie schon die ganze Zeit geplant hatten. Ich sah es in ihren Augen.«

Der heiße, schwere Druck in ihrem Magen war wieder da. Es fiel ihr nicht leicht, die folgenden Worte auszusprechen. »Sie hatten längst beschlossen, mich umzubringen. Vielleicht hätten sie meinen Leichnam in eine Schlucht geworfen und behauptet, es wäre beim Ziegenhüten passiert. Dann wäre der Streit um das Erbe vorbei. Sie griffen mich an. Aber ich hatte Glück. Sebe stolperte und ich konnte ihn niederschlagen und Omin überwältigen.«

*Ich war viel zu wütend, um kein Glück zu haben*, berichtigte sie sich in Gedanken.

Sabins Stimme riss sie aus der Erinnerung.

»Du konntest also fliehen?«

*Wenn ich nicht geflohen wäre, hätte ich sie umgebracht*, dachte Amber.

»Ich beschloss, dass meine Brüder ihr Erbe nicht wert waren«, sagte sie heiser. »Ich sperrte sie in der Scheune ein und dann … trieb ich alle Ziegen aus dem Stall in die Berge und nahm mir das restliche Geld aus der Kammer meiner Mutter – und auch ihren Schmuck und Omins Ringe. Ich zerstörte die Gerbrahmen und schüttete Asche in das Weinfass. Ich versenkte ihre Stiefel und Kleidertruhen im Weiher vor dem Haus. Und schließlich setzte ich den Ziegenstall in Brand und ging.«

Sabin schwieg, in der Ferne rauschte das Meer. Erst nach einer ganzen Weile wagte Amber, den Blick wieder zu heben.

Sabin sah sie lange an, in den blauen Augen spiegelte sich keine Verachtung, nur Überraschung. Sag was, flehte Amber in Gedanken.

»Den Stall in Brand gesetzt?«, fragte die Taucherin.

Amber räusperte sich und zuckte mit den Schultern. »Ich war … sehr wütend.«

Die Taucherin drehte sich auf dem Absatz um und lief wieder den Weg entlang. Aber Amber war sich fast sicher, dass sie für einen Augenblick ein Zucken um Sabins Mundwinkel gesehen hatte.

»Ich brauche einen Bürgen!«, rutschte es ihr heraus. Geröll sprang den Weg hinunter wie ein Rudel ungeduldiger Hunde, die dem Wasser entgegenstrebten.

Sabin blieb stehen und drehte sich um. »Ich soll dein Bürge sein? Ist das dein Ernst, Landmädchen? Und was, wenn dir einfällt, ein Lagerhaus niederzureißen, nur weil dich jemand ärgert? Was, wenn …«

»Ach, hör endlich auf damit, Sabin. Du kennst mich inzwischen doch gut genug! Ich will … ich muss in Dantar bleiben! Ich habe schon Inu gefragt, ob er mein Bürge sein will, aber er wollte nicht.«

»Du gibst wohl nie auf, Amber. Du bist schlimmer als ein …«

»Ich weiß, du kannst mich nicht leiden, das habe selbst ich inzwischen begriffen. Aber es ist nur dieser eine Gefallen, mehr will ich gar nicht von dir …«

Amber verstummte und zog die Brauen zusammen. Das, was sie schon seit dem Erwachen irritierte, war wieder da. Jetzt nahm sie es bewusst wahr. Der Geruch nach …

Sabin fuhr herum und erstarrte.

… Rauch! Eine helle Säule schraubte sich hinter den Klippen in den Himmel.

»Nein!«, schrie Sabin. Amber fühlte kaum, wie die Fässer aus ihren Händen glitten und sie zu laufen begann. Der Weg flog unter ihr dahin, Dornen zerkratzten ihre Fesseln. Gemeinsam mit Sabin schlitterte und rannte sie zum Strand.

Der Anblick war so vernichtend und endgültig wie ein Todesurteil in flammender Schrift.

Die Timadar brannte.

Das feuchte Holz zischte und fauchte in der Glut, der Rauch stieg in den Himmel. Flammen züngelten aus dem Schiffsrumpf, die bereitgelegten Segel brannten lichterloh. Ein greller Kontrast zum dunklen, bleischweren Meer. Als hätte das sterbende Schiff nur auf Sabin und Amber gewartet, um sich endgültig zu verabschieden, ächzte es noch einmal, bevor das Deck zusammenbrach. Der Mast kippte und verlosch zischend im Wasser.

# III
# Das Wasser

# *Tanijens Messer*

Ich wusste es die ganze Zeit.« Sabins Stimme bebte. »Diese Wesen vom Dach sind nicht nur Tiere. Sie wissen genau, was sie tun.«

»Warum haben sie uns dann nicht längst angegriffen?«, warf Amber ein.

Sabin lachte trocken. »Wie du siehst, haben sie bessere Methoden.«

Amber schauderte wieder. Noch nie hatte sie sich so hilflos gefühlt. Die Timadar war verloren, Tanijen wirkte kränker als je zuvor, und seit sie ihre Geschichte preisgegeben hatte, kam es ihr so vor, als hätte sie ihre Waffen aus den Händen gelegt. Sie spürte, dass Sabin sie von der Seite verstohlen beobachtete, aber jedes Mal, wenn sie die Taucherin ansah, blickte Sabin weg. Sie hatte gespielt und verloren, so viel wusste sie nun. Es traf sie mehr, als sie jemals zugegeben hätte. Der nagende Schmerz einer Niederlage. Und zu allem Überfluss fühlte sie sich mehr denn je wie eine Diebin.

Der Regen schlug gegen die Wände und prasselte auf das Dach. Draußen im Hof saßen die nassen Vögel und steckten die Köpfe in das Gefieder. Durch die halb geöffneten Läden des Fensters konnte Amber den Tümpel sehen – eine matte Fläche aus beweglichen

Wasserspitzen. Die Atmosphäre in der Halle war noch unangenehmer geworden, Schatten zuckten am Rand ihres Blickfelds, sie hatte ständig Gänsehaut und fröstelte. Zum ersten Mal, seit sie die Insel betreten hatte, wurde ihr bewusst, dass sie hier tatsächlich sterben konnte.

»Wir brauchen Holz für ein neues Boot«, sagte Sabin. »Diesmal bauen wir es hier – in der Burg. Erst wenn wir aufbrechen, bringen wir es zum Strand. Inu, hörst du mir zu?«

Der Seiler schrak hoch, als hätte er auf etwas anderes gelauscht.

»Was ist los mit dir?«, fuhr Sabin ihn an. »Bin ich die Einzige, die sich Sorgen macht, ob wir lebendig von dieser verfluchten Insel runterkommen? Hast du keine Angst?«

Amber schwieg, doch im Stillen gab sie Sabin recht. Seit gestern Abend wirkte Inu düster und verschlossen. Er horchte ständig auf etwas, das nur er hörte, und sah sich im Gehen um, als würde er erwarten, dass ihm jemand folgte. Würde das ihr Ende sein? Dass sie alle den Verstand verloren?

»Angst?«, sagte Inu und hob den Kopf. »Warum? Wir haben doch einen Beschützer.«

Seine Stimme wurde scharf und laut. So kannte Amber den sanften Seiler nicht. Langsam stand er auf. »Jemanden, der genug Magie beherrscht, um die Vergangenheit wachzurufen. Jemanden, der vorgibt, ein einfacher Navigator zu sein, und der keinen Wert darauf legt, die Insel zu verlassen, jemanden ...«

Tanijen, der bisher auf einer Truhe gesessen hatte, sprang auf. Fiebrige Flecken leuchteten in seinem blassen Gesicht.

»Es reicht, Inu!«

»Ist es nicht so?«, erwiderte Inu unbarmherzig. Mit einer nachlässigen Geste zog er einen flachen Gegenstand unter seinem Tuch hervor. Einen Herzschlag lang bildete Amber sich ein, einen Dolch zu sehen, dunkelrot und schimmernd, aber dann erkannte sie, dass es eine Spiegelscherbe war. Und darauf bewegte sich ein Bild. Ein Gesicht erschien ... die rothaarige junge Frau.

»Ich kenne sie!«, rief Amber. »Von ihr habe ich geträumt!«

»Wir alle sehen Gespenster«, erwiderte Inu düster. »Als Schatten, als Traum – aber wer hat sie gerufen? Du doch, Tanijen, nicht wahr? Du hast die Scherbe auf der Treppe verloren. Hast du noch mehr von diesem Spiegelzauber? Wolltest du die Scherben auf die Timadar schaffen, ohne dass wir es bemerken? Was verbirgst du noch vor uns?«

Tanijen war bleich wie ein Naj geworden. Er schüttelte nur den Kopf, doch selbst Amber, die ihn erst einige Tage kannte, war klar, dass er Inus Worten nichts entgegensetzen konnte.

»Die Schatten, die Geräusche, die Bedrohung – willst du wirklich behaupten, du hast nichts damit zu tun?«, fuhr Inu fort. »Du bist der schlechteste Navigator, den ich je gesehen habe. Aber andere Talente besitzt du offenbar. Das Talent, die Spiegel zum Sprechen zu bringen. Das ist nicht die Magie, die in der Natur liegt. Es ist

Menschenmagie, von einem Willen erzeugt! Was hast du noch getan? Die Geister der Insel aufgestört? Die Vögel gerufen? Was lernst du in dieser Navigatorengilde wirklich, Tanijen?«

Tanijen sprang vor und versetzte Inu einen Stoß. Der Seiler taumelte, aber er fiel nicht. Stattdessen verlor Tanijen das Gleichgewicht. Die Farbe wich endgültig aus seinem Gesicht. Sabin sprang zu ihm und verhinderte im letzten Augenblick, dass er zu Boden stürzte.

»Inu!«, zischte Amber und packte den Seiler, der die Hand zur Faust geballt hatte, grob am Handgelenk. »Hör auf! Tragt euren Streit aus, wenn wir wieder in Dantar sind. Hast du schon vergessen, was du mir erzählt hast? Wir gehören zusammen, wir verdächtigen uns nicht, wir ...«

Doch der Seiler schüttelte ihre Hand ab. »Sieh dich an, Tanijen!«, schrie er. »Du erlischst wie eine Kerze. Deine Hände zittern, als ob du versuchen würdest ein Netz zu halten, das zu schwer beladen ist! Du hast nicht einmal genug Kraft, um mich niederzuschlagen.« Seine Stimme wurde rau vor Verachtung. »Der Tanijen, den ich kannte, hätte mir die Wahrheit gesagt. Der Tanijen, dem ich vertraut habe, hätte niemals etwas getan, was dem Gesetz von Dantar widerspricht. Wofür das alles, Tanijen? Was zieht dich zu den Magiern? Die Gefahr?«

Amber wollte ihn zurückreißen, ihn irgendwie zum Schweigen bringen, aber in diesem Augenblick geschah etwas Seltsames. Sie sah, dass Tanijen schwankte, als müsste er viel Kraft aufbieten, um sich auf den Beinen zu halten. Und sie erkannte die Panik in seinem Blick.

Mit siedend heißem Schreck wurde ihr klar, dass Inu die Wahrheit sagte.

»Ist das wahr?«, fragte Sabin mit zitternder Stimme. »Tanijen, bist du … ein Magier?«

Ihre Stimme klang leise und so verloren im Raum, dass es Amber die Kehle zuschnürte. Tanijen schwieg und schloss die Augen. Amber wusste, wie sich Verrat anfühlte. Für einen bizarren Moment war sie wieder in den Bergen. Omin und Sebe kamen durch die Tür. Und in dem Moment, als Omin den Knüppel hob, erkannte sie, dass ihre Brüder sie tatsächlich töten würden. Der Augenblick dieser Erkenntnis brannte wie ein Schandmal. Plötzlich war alles wieder da: die Ungläubigkeit, der Schmerz und dann die Wut.

»Lügner«, sagte Sabin mit erstickter Stimme und ließ Tanijen los. Amber konnte beinahe fühlen, wie die Taucherin das Band, das zwischen ihnen bestand, durchtrennte. Und was sie im Gesicht der Taucherin las, war ihr schmerzlich vertraut. Sabin war kein Mensch, der schnell liebte, aber was sie liebte, das liebte sie ganz und gar. Nur eine Lüge konnte sie nicht verzeihen. Tanijen hatte das gewusst.

Und Inu ebenfalls.

Der Navigator stützte sich schwer auf einer Truhe ab. Er antwortete nicht, doch in seinem Gesicht spiegelte sich Entsetzen. Er lauschte auf etwas, und Amber glaubte seine Angst zu sehen – ein Schatten, der größer und größer wurde und auch sie einschloss. In diesem gläsernen Moment waren sie wie erstarrt, nur die Dunkelheit wirbelte, etwas Schweres krachte dumpf gegen eine Holztür, Flüstern überall und die Rufe der Vögel. Der Regen wurde lauter.

»Ohne mich wäre unser Boot untergegangen oder an den Klippen zerschellt«, sagte Tanijen heiser. »Wir wären im Sog ertrunken. Wie all die anderen. Es sind die Fische, ja. Aber sie sind nicht gefährlich, sie umschwimmen jedes neue Schiff, das auf die Insel zufährt und erzeugen so die Wirbel. Sie stammen von den Feuerinseln. Und die Magier ... es ist ihnen gelungen, Leben zusammenzufügen. Trotzdem sind die Vögel nur Vögel und die Fische nur Fische. Gefährlich sind die anderen ... und ohne mich ... werden die Stürme nicht aufhören und ihr ...«

Voller Schrecken begriff Amber, dass alles, was zwischen der Insel und ihren Geheimnissen und ihnen selbst stand, nur noch Tanijen war. Sie stolperte zurück, bis sie die Wand berührte – an der kahlen Stelle, an der der Spiegel gehangen hatte.

*Narren* ... flüsterte es.

*... bin hier ...*

*Sturmrufer ...*

*Ich traue ihm nicht ...*

Und zwischen all den Schatten stand Inu, blass, aufrecht, ein Richter mit kühlem Blick. Seine Hand lag auf dem Tuch, dort, wo er vermutlich ein Messer oder einen Haken verwahrte.

»Was ist hier geschehen?«, fragte er nun. »Tanijen, was ging in dieser Burg vor?«

Tanijen lächelte verzweifelt. Amber schnitt der Anblick ins Herz. Er war ein Fremder, ein Magier – und gleichzeitig war er immer noch Tanijen. Sein helles Haar hing ihm wirr in die Stirn, in seinem bleichen Gesicht glühten die braunen Augen wie dunkle Monde. Und Amber begriff in diesem Augenblick zum ersten Mal, was der Kodex der Seiler bedeutete. Alles war verbunden. Trotz ihrer Angst vor der Magie trat sie zu Tanijen und schloss ihre Finger fest um seine Hand.

»Seid ihr wahnsinnig geworden? Das ist Tanijen«, sagte sie mit großer Bestimmtheit. »Euer Freund. Und auch meiner! Ein Mensch, ob er nun ein Magier ist oder nicht! Wir gehören zusammen.«

Tanijen erwiderte ihren Händedruck, doch er sah sie nicht an.

»Du hattest immer recht, Inu«, sagte er. »Ich bin kein guter Navigator. Nicht einmal ein besonders guter Taucher. Aber ich bin ... immerhin ein Magier. Was weißt du schon darüber? Was weiß Dantar darüber? Ihr habt nichts Besseres zu tun, als uns selbstgerecht anzuklagen. Solange ihr einen Galgen findet, an dem ihr Menschen aufhängen könnt, müsst ihr nichts verändern. Solange Tausende von Menschen in Dantar ertrinken, ist alles in Ordnung, Hauptsache, ihr findet einen Schuldigen. Solange es Leute wie dich gibt, Inu, wird sich nichts ändern. Du knüpfst deine Seile auf die gleiche Weise, wie es schon deine Vorfahren taten. Du wirst nur mit einer Seilerin eine Familie gründen, weil es dir verboten ist, deine Liebe selbst zu wählen. Dich hinter Regeln verstecken: Das ist das Einzige, was du kannst, und nie wird sich etwas ändern. Du wirst nie ein anderes Leben leben als deine Vorfahren, denn alles ist vorherbestimmt,

Knoten für Knoten. Und du verachtest mich dafür, dass ich anders bin. Wer ist hier der Lügner, Seiler? Euer Kodex sagt, dass alles verbunden ist. Doch sobald jemand schuldig sein muss, knüpft ihr ihm einfach das Seil um den Hals. Ein schönes Geschäft, Inu.«

Er holte tief Luft. Seine Stimme wurde leiser, während etwas anderes im Raum anschwoll und spürbar stärker wurde, als würde es Tanijens Kraft rauben. »Aber ich habe die Möglichkeit, das alles zu beenden. Zwei der Magier suchten Rache und zwei von ihnen Macht. Ich aber werde es beenden: die Stürme, die Galgen ... ich werde all das beenden!«

Sein Blick flackerte, während er erst Inu musterte, der blass geworden war, dann Sabin und schließlich Amber.

Er sieht gar nicht uns, dachte Amber wie betäubt. Doch was sieht er dann?

»Ich ... bringe es in Ordnung, Loin«, keuchte er.

Draußen flatterten einige Vögel auf. Der Regen wurde noch stärker, Wasser rann über die Türschwelle ins Innere der Halle und suchte sich den Weg zwischen den quadratischen Bodenfliesen. Tanijen ließ Ambers Hand los und stolperte nach draußen.

*

Niemand hielt ihn zurück. Natürlich nicht. Am allerwenigsten Inu. Die Erkenntnis, dass sein Freund ihm niemals verziehen hatte, schmerzte. *Das Alte lässt sich nie mit dem Neuen vereinen* – dieser Satz hallte in seinem Kopf wie ein höhnisches Echo. Noch nie hatte eine Wahrheit so bitter geklungen. Manchmal, in Momenten des Zweifels, in denen er erkannte, dass er zu schwach und unerfahren für diese Magie war, hatte er geahnt, dass er Sabin verlieren würde, dennoch begriff er es erst in diesem Augenblick. Tanijen zog die Schultern hoch und blickte sich nicht um. Nichts wäre schlimmer, als Sabin anzusehen. Der Schmerz, ihre Enttäuschung zu spüren, genügte für zwei Leben.

Der kalte Regen brachte ihn wieder zur Besinnung, die Gesichter von Loin, Lemar und den anderen verschwammen vor ihm und lösten sich auf. Zurück blieben das ganze Elend und die Schwäche, die ihn lähmte wie der Frost eine Echse. Längst waren ihm die Bannkreise entglitten, er spürte den Toten nicht mehr und war nicht mehr fähig, die Schatten in ihre Winkel zu schicken.

Er konnte die Magie sehen: Dunkelheit, die sich vor ihm ballte, ausstrahlte und sich wieder pulsierend zusammenzog. Ein gewaltiges Pferd, das er nicht länger zähmen konnte. Er hatte keine Wahl mehr. Tanijen öffnete die Hände und ließ die Magie los. Zum ersten Mal seit dem Tag, an dem er Lemars Spuren aufgenommen hatte, konnte er wieder leichter atmen. Entschlossen schritt er weiter auf den Tümpel zu und tastete nach dem kurzen Messer an seinem Gürtel. Er hatte nicht versagt, nein. Nur einen Fehler gemacht: Dass er zu lange gesucht hatte. Zu viel Kraft verschwendet, zu viel Zeit.

*»Lemar! Der Dolch!«*

»Ich habe ihn nicht, Loin«, murmelte er. »Dieses Messer hier muss genügen.«

Hinter sich hörte er Ambers Stimme und dann auch Sabin, die ihn zurückrief, aber er drehte sich nicht um. Ein Donnergrollen umgab ihn, die Wolken am Himmel waren so dunkel wie gewaltige Schiffe, die sich in einem Meer aus Regen drängten. Wasser füllte die Ritzen zwischen den Steinen und verwischte die Grenze zwischen dem Tümpel und dem Hof. Die Vögel schlugen aufgeregt mit den Flügeln, bogen die Hälse nach hinten und rissen die Schnäbel auf. Tanijen atmete tief durch und konzentrierte sich nur noch auf den Tümpel. Das schwarze Wasser bebte leicht, als er mit dem Fuß die Wasseroberfläche berührte. Eine Bö fegte ihm einen Tropfenschauer entgegen. Das Wasser des Tümpels war erstaunlich kalt, viel kälter als das Meer. Tanijen schloss die Augen und rief sich Lemars Skizze ins Gedächtnis. Felswände aus Eisgranit, die das Wasser kühl hielten. Ein Vorsprung, die Kuhle, die Eisenhaken, die zusätzlich zu den vorhandenen in die Wände geschlagen worden waren. Und er erinnerte sich an alle Lektionen, die er als Taucher gelernt hatte – vor langer Zeit, in einem anderen Leben. In seinem Leben mit Sabin. Er würde tief tauchen müssen.

»Tanijen!«

Er holte Luft und zückte das Messer.

*

Hinter Vorhängen aus Regenschleiern erkannte Amber nur schemenhaft Tanijens Gestalt. Er schwankte auf den Tümpel zu. Dann brach der Wall endgültig. Das Flüstern stürzte über sie herein wie ein Wasserfall. Ambers Haare sträubten sich, ihr ganzer Nacken war eine kribbelnde Fläche. Tanijens Magie schützte sie nicht mehr! Die Vögel begannen mit den Flügeln zu schlagen. Hinter ihr fegte Wind durch den Saal, wirbelte Papier hoch, warf Stühle um und ließ Truhendeckel klappern. Amber stolperte, verlor das Gleichgewicht und prallte gegen Inu. Alles war entfesselt, Gestalten leuchteten auf wie Traumbilder: ein junger, hagerer Mann, der einen roten Dolch unter seinem Mantel hervorzog. Zwei weitere Männer, in deren Fäusten Messer blitzten. Und die rothaarige Frau – eine stumme Erscheinung, deren Verzweiflung dennoch spürbar war.

Tanijen stand am Rand des Tümpels, die Vögel umflatterten ihn aufgeregt. Von hier aus gesehen war der Hof eine einzige Fläche aus peitschendem Wasser.

Er wird in das Wasser gehen, schoss es Amber durch den Kopf. Grimmig presste sie die Lippen zusammen. Nicht, wenn sie es verhindern konnte! Tanijen mochte ein Lügner und Magier sein. Aber er war es gewesen, der ihr die Hand gereicht hatte. Und waren sie selbst denn einen Deut besser? Inu sprach von Seilen, die man nicht durchschlug, und ließ seinen Freund dann allein in die Gefahr gehen. Sabin konnte nicht verzeihen – und Amber war eine Diebin.

Sie stolperte zu einer Kiste und fand den langen Stock, den sie dort abgelegt hatte.

Inu wich zurück. Mit zitternder Hand zeigte er auf eine verwischte Gestalt aus wirbelndem Nebel.

»Amber«, flüsterte er. »Die Erhängten ...«

Sabin war totenblass. Inmitten der Gespenster stolperte sie rückwärts zur Wand und starrte auf dieselbe Stelle wie Inu. »Satu! Aber du ... du bist tot!«, stammelte sie.

Amber fluchte und kämpfte sich zur Tür vor.

Vögel flatterten in den Saal und brachten Wind und Regen mit sich. Für einen Augenblick lichtete sich der Schleier aus Regen und wirbelndem Wasser und Amber sah wieder Tanijen. Er stand bis zur Taille im Tümpel, die Arme erhoben, als wollte er sich ergeben.

»Hör auf zu heulen, Sabin!«, schrie sie. »Das ist nur Magie! Nur eine Täuschung! Wir müssen Tanijen holen!«

Sein Name riss die Taucherin aus ihrer Erstarrung. Blitzschnell griff sie nach ihrer Harpune. Amber liebte sie in diesem Augenblick dafür, dass sie über ihren Schatten sprang. Vor allem aber dafür, dass ihr Tanijens Leben trotz allem wichtiger war als seine Lüge. Gemeinsam stürzten sie auf die Tür zu.

Sie hörte Sabins warnenden Ruf und spürte bereits den Regen im Gesicht, als ihr Fuß sich in etwas Weichem verhedderte. Sie verlor das Gleichgewicht und konnte den Sturz im letzten Augenblick noch in einem ungelenken Sprung abfangen.

Auf der Schwelle lag etwas Dunkles, über das sie gestolpert war. Es fauchte sie an und sprang auf die Beine. Ein heißer Schreck fuhr ihr durch die Brust. Menschliche Münder klafften in den vertrockneten Gesichtern. Sie erkannte Waranzähne, weißliche Augen und zerstörte Wangen. Die Wesen kauerten auf der Mauer der Burg, auf dem Balkon der Galerie und standen mitten im Hof. Bedrohliches Zischen hüllte sie ein.

»Beim grässlichen Kerot«, hörte sie Sabin neben sich voller Entsetzen flüstern. Amber dachte nicht nach, sie holte aus und kämpfte, während ihr Verstand nicht glaubte, was sie da sah.

*

Der Tümpel war an dieser Stelle hüfttief, Tanijen konnte mit den Zehen den schartigen Felsvorsprung spüren, den Lemar in seinem Studienbuch so akribisch eingezeichnet hatte. Das Becken hatte keine glatten Wände. Mehrere kantige Vorsprünge, auf denen früher die Muschelkörbe befestigt gewesen waren, setzten sich in die Tiefe fort. Nur in der Mitte gähnte der Abgrund. Doch Tanijen musste zum großen, rechteckigen Vorsprung, der tief unter ihm in das kalte Wasser ragte. Dafür musste er über den Abgrund schwimmen, der bis ins blaue Herz der Insel führte – so tief, dass nicht einmal Sabin den Grund erreichen würde. Ganz unten am Grund war das Becken dieses Teichs mit dem Meer verbunden: über dünne Kanäle, von Stabmuscheln gebohrt. Was auch immer in dieses Becken geriet – es konnte Meerwasser atmen und dennoch nicht ins Meer entfliehen. Ein besseres Gefängnis hätten die Magier nicht finden können. Tanijens Herz hämmerte in seinen Ohren. Ein Vogel streifte ihn schmerzhaft an der Schläfe. Ein zischender Laut erklang, dann tauchte etwas nicht weit von ihm in das Wasser ein. Es war ein Speer.

Tanijen drehte sich benommen um. Vor Überraschung klappte ihm der Kiefer nach unten.

Wie dumm waren sie gewesen zu glauben, dass einige Seile und Schlösser die Wächter aufhalten konnten?

Es waren acht. Ebenso viele Speerspitzen waren direkt auf ihn gerichtet. In diesem schreckstarren ewigen Moment erschienen ihm die Wesen wie ein Spiegelzauber, der eine Szene aus längst vergangener Zeit wiederholte. Natürlich hatten die beiden Magier Lemar nicht selbst getötet, das hatten die Kreaturen für sie erledigt. Lemar hatte die Wesen beschrieben, anfangs voller Faszination, später dann voller Grauen und Angst. Tanijen hatte viel Zeit gebraucht, um die verwischten Buchstaben in Lemars Notizen zu entziffern und mit neuer Tinte wieder sichtbar zu machen. Das hier war das hässliche Gesicht der Magie. Die Fratze, von der Lemar sich abgewandt hatte. Kein Werk von fähigen Magiern, sondern das Spielzeug einer Magie, die alles Sterbliche verachtete. Lemar hatte das früher erkannt als die anderen. Und den letzten Teil von Lemars Geschichte konnte er sich denken: Der Magier mit der heiseren Stimme hatte ihm den Dolch aus der Hand geschlagen, bevor diese Wächter den Rest erledigten. Tanijen begriff, dass Lemar ebenfalls an dieser Stelle gestanden hatte, vor so langer Zeit, den Dolch in der Hand. Doch er, Tanijen, war zu blind gewesen, um zu erkennen, worum es Lemar le Hay wirklich gegangen war. Und nun war es zu spät. Er hatte versagt.

»Tanijen, raus aus dem Wasser! Lauf zur Halle!«, schrie ihm Sabin zu. Jetzt erst entdeckte er die beiden Frauen. Sie versuchten die Wesen zurückzutreiben, stachen und schlugen, um ihm den Weg zur Halle freizukämpfen. Für den Bruchteil eines Wimpernschlags – zwischen zwei Stößen mit der Harpune – sah Sabin ihm in die Augen. Tanijen schnürte es die Kehle zu. Noch nie hatte er sie so sehr geliebt wie in diesem Augenblick. Erinnerungslichter blitzten auf und verloschen wieder. Er sah Sabin in Dantar, an dem Tag, an dem er sie zum ersten Mal geküsst hatte. In seiner Erinnerung war jedes Detail wieder da: Sabin, wie sie mit ihm in dem Boot saß, während Satu noch nach Muscheln tauchte. Ihre Lippen schimmerten bläulich, weil sie wie immer viel zu lange im kühlen Grundwasser geblieben war, als fiele es ihr schwer, sich von ihrem wahren Element zu lösen. Das Muschelmesser in seiner Hand, mit dem er eine der grünen Sichelmuscheln öffnete. Damals hatte er eine Perle darin gefunden, länglich und krumm wie ein Katzenzahn. Er hatte sie ins Wasser geworfen, doch Sabin war zu seiner Überraschung ins Meer gesprungen und hatte das Stück Perlmutt wieder aus der Tiefe geholt.

»Was willst du mit einer wertlosen Perle?«, hatte Tanijen gefragt.

Und Sabin, die in solchen Augenblicken mehr einem Naj als einem Menschen glich, hatte erstaunt die Augenbrauen hochgezogen und geantwortet: »Wie kannst du das Vollkommene sehen, wenn du das Unvollkommene nicht liebst?«

Er sah sie vor sich: das nasse Haar glänzend von der Nachmittagssonne, die Perle fest in der Faust.

Und er musste die Augen schließen – nicht weil zwei Speere direkt auf ihn zuschwirrten, sondern weil er dieses letzte Bild festhalten wollte. Du hast den unvollkommensten Menschen geliebt, Sabin, dachte er.

Seltsamerweise war der Schmerz nicht so schlimm wie sein Bedauern. Der Schlag warf ihn rücklings in das eisige Nass. Verwundert blickte er auf das Bild eines Himmels, der hinter einer Wand aus Wasser waberte.

»Sabin«, flüsterte er in einem Wirbel von Luftblasen. Dann erlosch auch dieser Gedanke.

*

Sie waren menschlich – und doch wie Tiere. Amber sah Klauen und Hände, vertrocknete Haut und Schuppen, Federn und Flughäute, die wie Mäntel waren. Sie erkannte die Züge eines Menschen, der mit einem Waran verschmolzen schien, als hätte ein verrückter Gott zwei Wesen gewaltsam in einen Körper gezwängt. Immerhin konnte sie eine Schwäche ausmachen: Sie waren stark, aber alles andere als schnell.

»Tanijen!« Sabins Entsetzensschrei fuhr ihr durch Mark und Bein. Sie musste sich nicht umdrehen, um zu wissen, was passiert war. Auch sie hatte die Speere gesehen und den dumpfen Laut gehört. Und als sie jetzt einen schnellen Seitenblick zum Tümpel warf, wünschte sie, sie hätte es nicht getan. Tanijen war von zwei Speeren mitten in die Brust getroffen worden. Mit offenen Augen, aus denen das Leben wich, fiel er in das blutige Wasser. *Sie haben ihn getötet!*, gellte es in ihrem Kopf. Die Härchen an ihrem Nacken sträubten sich vor Entsetzen und dennoch funktionierte ihr Körper weiter, stach und schlug, wich aus und sprang wieder vor.

Vier der Kreaturen bedrängten sie, schnappten nach ihrem Stock, stachen mit den Speeren nach ihr, als wollten sie sie zurücktreiben.

*Wenn wir nicht fliehen, töten sie uns auch.*

Aus den Augenwinkeln sah sie, wie Sabin zögerte. Sie würde doch nicht etwa zum Tümpel rennen? Mit einem Satz wirbelte Amber herum und brachte zwei der Ungeheuer zu Fall. Schon hatte sie Sabin an der Schulter gepackt und zog sie grob zurück. Fischhaut riss unter ihren Fingern.

»In die Halle!«, brüllte sie.

»Nein, Tanijen ist im Wasser!«, keuchte Sabin.

»Tanijen ist tot!«

Ein scharfer Schmerz fuhr durch ihr Bein, sie trat nach dem verletzten Ungeheuer, das sich am Boden wand, und erwischte es mit der Ferse am Kiefer. Es gab einen schrillen Laut von sich. Sabin riss die Harpune hoch und trieb einen anderen Angreifer zurück. Tränen liefen ihr über die Wangen, während sie verbissen kämpfte.

»Vorsicht, Amber, duck dich!« Das war Inus Stimme. Im selben Augenblick flog ein Stuhl direkt an Amber vorbei und fällte zwei der Kreaturen. Amber packte Sabin und stieß sie auf die Tür zu. Und endlich, endlich gab Sabin nach. Dann waren sie bereits in der Halle und rannten zu dritt die Treppe zum Turm hinauf. Der Schmerz in Ambers Knöchel schien das einzig Wirkliche zu sein.

*Tanijen ist tot*, hallten ihre eigenen Worte in ihrem Kopf wider. Tränen schossen ihr in die Augen. Unten ertönte ein Krachen und das Trappeln von Füßen, die sie verfolgten. Ein Speer flog knapp an Ambers Kopf vorbei und schlug eine kleine Steinlawine aus der Wand.

Sie duckte sich. Die Tür zum Turmzimmer kam immer näher, ohne dass sie wirklich spürte, wie sie die Treppe hochrannte. Inu stieß die Tür auf.

*Was hat es für einen Sinn?*, fragte sich Amber.

Das Turmzimmer war dunkel, die Fensterläden verschlossen. Inu löste den Knoten am Riegel so schnell, dass Amber ihm mit den Augen nicht folgen konnte, und klappte die Läden auf. Es war beinahe zum Lachen: Selbst jetzt dachte er nicht daran, ein Seil zu beschädigen.

Das gleißende Licht blendete sie. Der Himmel war immer noch regengrau, die Vögel umrundeten aufgeregt den Turm, schossen wie helle Blitze durch die Luft und ließen den Wind wirbeln.

Sabins Augen glühten wie blaue Flammen, Entsetzen und Schmerz zeichneten sich darin ab.

Ein schwerer Körper warf sich gegen die Tür. Blitzartig ging Amber alle Möglichkeiten durch. Es war wie in den Bergen – die Martiskatze stand vor ihr, sie hatte nur einen Augenblick Zeit, um die richtige Strategie zu finden. Sie nahm ihren Stock und kletterte auf das Fensterbrett. Das war ihre einzige Möglichkeit: Die Wesen von oben anzuspringen und zu Fall zu bringen. Und zur Not konnte sie sie wieder auf das Dach locken. Kein besonders guter Plan, aber besser als nichts.

Die Tür erzitterte wieder. Sabin drehte sich um und blickte zu Amber hoch. Und Amber erkannte einen Moment zu spät, dass auch die Taucherin gerade ihre Strategie gefunden hatte.

»Wir schwimmen!«, bestimmte sie und versetzte Amber einen kräftigen Stoß.

*

Im Bruchteil eines Augenblicks sah Amber sich selbst am Ende einer Kette aus fatalen Entscheidungen. Und jede einzelne kam ihr falsch vor. Der Diebstahl – die Flucht – Sumal Bajis Auftrag – das Meer – das Turmzimmer.

Es war unwirklich zu fallen. Der Turm entfernte sich blitzschnell, als würde ihn jemand von Amber fortziehen. Über ihr sprang eine Gestalt aus dem Fenster. Das blonde Haar wehte vor dem grauen Himmel. Und noch eine Gestalt – Inu. Dann trudelte sie. Der Himmel umkreiste sie, das Meer stand Kopf. Der Sog riss ihr die Luft zum Atmen aus Mund und Nase. Sie konnte Schaumkronen erkennen, die immer näher kamen. Amber stieß einen erstickten Schrei aus, krümmte sich zusammen, als wollte sie ganz in sich verschwinden, kleiner und kleiner werden, und schloss die Augen ganz fest.

Der Aufprall verwandelte ihren ganzen Körper in eine einzige brennende Fläche. Für einen Augenblick entglitt ihr die Wirklichkeit. Als sie wieder zu sich kam, schloss das Wasser sie ein. Innerhalb eines Augenblicks verschwand die Welt, die Geräusche waren weg. Salz brannte höllisch in ihren Augen. Ein verschwommener Felsen sauste in einem Strudel von Luftbläschen direkt vor ihr nach oben. Stechender Schmerz pochte in ihren Ohren. Amber strampelte und paddelte verzweifelt und sank immer tiefer nach unten. Unter ihr streckten sich ihr rote Finger entgegen, bereit, sie endgültig auf den Grund zu ziehen. Über ihr schwankte eine glänzende Haut, die sich immer weiter entfernte. Der Druck in ihren Ohren wurde schlimmer, bis ihr Kopf sich anfühlte, als würde eine riesige Hand ihn umfassen und gnadenlos zusammendrücken. Die Panik nahm ihr die Sicht. Verzweiflung jagte ihr heiße Schauer über die Haut. Ganz von selbst reagierte ihr Körper, trat nach dem Wasser und sank doch immer weiter. Aus dem Augenwinkel sah sie das Blitzen von Münzen, die noch schneller sanken als sie. Der Beutel war aufgegangen! Bilder stiegen auf wie Luftblasen: ihre Mutter, kurz bevor sie gestorben war, das Haus am Berghang und die Ziegen. Der brennende Stall. Jeder Herzschlag schmerzte.

*Du gibst wohl nie auf!* Sabins Stimme hallte in ihrem Kopf wie ein höhnisches Echo.

Sie hatte verloren. Gleich würde sie ohnmächtig werden und ertrinken. Wie Satu. Bitte, flehte sie die Geister der Bergseen an. Lasst es wenigstens nicht wehtun.

Ein Aufprall drückte die Luft aus ihren Lungen – die wertvolle Luft! Jemand umklammerte sie. Amber wehrte sich und schlug um sich. Erst als sie die Augen aufriss und helles Haar über ihre Wange streichen fühlte, begriff sie. Sabin! Mit aller Kraft klammerte sie sich an die Taucherin, und Sabin wehrte sich nicht, im Gegenteil, sie schlang ihre Arme um Ambers Kopf und – küsste sie!

Amber war so verblüfft, dass sie instinktiv nach Luft schnappte. Luft strömte in ihre Lungen, dann wurde ihr schwindlig und die Wirklichkeit entglitt ihr wie ein Seil, das sie nun endgültig losließ.

*

Es war mühsam, die Augen zu öffnen. Und das Husten tat höllisch weh. Amber brauchte eine Weile, um die Welt um sich herum zu ordnen. Da war kein Wasser mehr. Nur Himmel und grelle Mittagssonne. Und – Wind! Amber blinzelte.

Der Strand war weit entfernt – das ausgebrannte Wrack der Timadar lag dort wie ein verendetes Tier. Schwebten sie mitten im Meer?

*Aber ich bin doch nicht tot,* war ihr erster Gedanke. Und ihr zweiter, wider alle Vernunft: *Das Geld ist versunken.* Spitze Napfmuscheln drückten unangenehm in ihre Schulterblätter. Vorsichtig bewegte sie den Kopf. Ihr Hals fühlte sich an, als würden verrostete Scharniere sich unter ihrer Haut verschieben. Nicht weit entfernt von ihr kauerte Inu am Rand des flachen Felsens. Seine Augen waren rot vom Weinen, er sah so erschrocken aus, dass er viel jünger wirkte. »Das wollte ich nicht«, flüsterte er. »Ich wusste doch nicht ... ich wollte nicht, dass Tanijen ...« Dann brach er in Tränen aus.

Jetzt erst kam der Schock, Amber fror plötzlich, ihre Zähne klapperten. Sabins nasskalte Locken streiften ihr Gesicht.

»Amber!«, flüsterte sie. »Um Skiggas willen! Du kannst nicht schwimmen!«

Amber wollte zu Inu stürzen und ihn umarmen, zumindest aber wollte sie etwas antworten, doch sie entschied, dass sie erst den restlichen Sand aus ihrer Kehle husten sollte.

»Warum hast du nichts gesagt?«, fragte Sabin. »Du hättest tot sein können, Amber. Tot!«

»Ihr hättet mich ... niemals mitgenommen, wenn ich ... es gesagt hätte«, krächzte Amber. Sabin schniefte und strich Amber behutsam die Strähnen aus der Stirn. »Tanijen ... ist tot«, sagte sie mit erstickter Stimme. Amber nickte nur wie betäubt. Wellen schlugen gegen den Stein, ganz in der Nähe strich ein Hai vorbei.

»Du hast eine Risswunde an deinem Knöchel, aber es ist nicht schlimm«, sagte Sabin kaum hörbar. »Es kommt alles wieder in Ordnung. Deine Wunde wird verheilen, du wirst sehen.«

Plötzlich umarmte sie Amber und hielt sie so fest, als wäre sie Satu oder Tanijen. Ihre unregelmäßigen Perlen strichen über Ambers Schulter. Amber konnte spüren, wie die Taucherin schluchzte. Obwohl es ihr selbst die Kehle zuschnürte, richtete sie sich auf und erwiderte Sabins Umarmung.

# *Entscheidungen*

Diese Sommernacht war erstaunlich kühl. Sie waren auf dem Felsen eng zusammengerückt. In stummem Einverständnis hatten Inu und Amber Sabin in ihre Mitte genommen. Die Taucherin weinte lautlos, nur am Beben ihrer Schultern spürte Amber, dass sie sich überhaupt regte. Niedergeschlagen betrachtete sie das Glitzern der dunklen Wellen. Die Ebbe hatte das Wasser noch tiefer absinken lassen, es gluckste und sprudelte und Amber hätte jeden Eid geschworen, dass das Meer sie auslachte. Sie fragte sich, ob es für Sabin ein Trost war, dass Tanijen im Wasser gestorben war. Es tat weh, an ihn zu denken.

Als hätte Sabin ihren Gedanken gespürt, machte sie sich behutsam aus der Umarmung los und stand auf. Gegen den Nachthimmel konnte Amber ihre Silhouette sehen. Dort, wo Amber sie im Burghof gepackt hatte, hing das Gewand aus Fischhaut in Fetzen von ihrem Rücken. Irgendwo in der Nähe ertönte ein Platschen, das Amber sofort an dornige Schwanzflossen und dolchbewehrte Mäuler denken ließ. Doch Sabin lauschte dem Meer, stieß sich vom Felsen ab, schnellte durch die Luft und tauchte ein.

»Lass sie«, sagte Inu mit heiserer Stimme und legte

Amber die Hand auf den Unterarm. »Das Meer ist ihr Zufluchtsort.«

Amber fröstelte. Ein Zufluchtsort voller Haie!

In der Dunkelheit konnte sie Inus Profil erkennen und das Glänzen eines Auges erahnen. Er sah sie an, und Amber rückte näher und ließ es zu, dass er den Arm um sie legte und sie zu sich heranzog. Es fühlte sich richtig und selbstverständlich an und Amber wollte sich nicht vorstellen, was sie empfunden hätte, wäre Inu in dem Tümpel versunken. Gleichzeitig schämte sie sich unendlich für diesen Gedanken. Eine Weile hielten sie sich umschlungen auf der winzigen steinernen Insel, die ihr letzter Zufluchtsort geworden war. Dann schließlich löste sich Amber aus seinen Armen. Ihre Stimme kratzte in ihrer Kehle, als sie ihm endlich die Frage stellte, die sie schon die ganze Zeit beschäftigte:

»Seit wann wusstest du, dass Tanijen ein Magier ist?«

Inu zuckte zusammen. »Es hat keinen Sinn, dir etwas vormachen zu wollen, nicht wahr?«, antwortete er kaum hörbar. »Geahnt hatte ich es schon lange, bevor er zu den Navigatoren ging. Er bemerkte es selbst nicht, aber wenn er einen Knoten entwirrte, dann kam ihm etwas zu Hilfe. Er setzte die Dinge in Bewegung. Deshalb fiel ihm vieles scheinbar so leicht. Es hieß, er sei geschickt, dabei war er nur jemand, der etwas anderes besaß als wir. Ich wusste, er würde nie sein ganzes Leben nur Seile flechten so ... wie ich.«

»Warum hat er dich nicht ins Vertrauen gezogen? Warum hast du ihn vor Sabin bloßgestellt? Du wusstest, dass sie ihm nicht verzeihen würde. So handelt kein

Freund! Und was ist mit dem Gerede über Zusammengehörigkeit? Ihr wolltet mir beibringen, was es heißt, nicht allein zu sein und für den anderen einzustehen. Aber dafür müsstest du selbst erst lernen, was das bedeutet. Warum hast du ihn so gehasst, Inu?«

Ein Schniefen antwortete ihr. Lange sagte der Seiler nichts und nach und nach verebbte ihre Wut und wurde zu Erschöpfung. Wer bin ich, jemandem Vorwürfe zu machen?, dachte sie.

»Ich habe ihn nicht gehasst«, sagte er plötzlich. »Niemals. Aber ich war wütend, weil er ... recht hatte. Hätte er mir gesagt, dass er zu den Magiern gegangen ist hätte ich wirklich zu ihm gehalten? Hätte ich ihm eine Möglichkeit gegeben, sich zu rechtfertigen? Oder hätte ich weiter brav meine Seile geflochten, sogar für die Schlingen am Galgen, aus Angst, einen Fehler zu machen und selbst schuldig zu werden? So konnte ich wenigstens so tun, als ahnte ich nichts.« Er schluckte schwer. »Bei unserem Streit hat er mich einen Feigling, Heuchler und Lügner genannt. Und damit hatte er recht. Ich habe ihn immer beneidet. Dafür dass er ... einfach handelte. Er tat, was er für richtig hielt. Er scherte sich nicht um Grenzen und starre Regeln.«

»Im Gegensatz zu dir.«

»Im Gegensatz zu mir«, sagte Inu niedergeschlagen.

Amber starrte grimmig das Wasser an. »Was hat er herausgefunden?«, fragte sie nach einer Weile. »Und was wollte er im schwarzen Wasser? Und warum haben die Kreaturen ihn getötet?«

»Es sind Wächter. Sie bewachen den Tümpel.«

»Und du? Du warst doch auch in dem Tümpel, schon vergessen? Warum haben sie dich nicht …«

Sie schluckte und verstummte.

»Weil ich nicht Tanijen bin?«, murmelte er so leise, als würde er mit sich selbst sprechen. »Hast du die Gespenster gesehen? Sie trugen die Abzeichen von Magiern aus Dantar. Tanijen sprach eine Gestalt an. Er nannte sie ›Loin‹ und für einen Augenblick sah ich sie auch!«

»Die rothaarige Frau«, sagte Amber leise. »Ja.«

»Tanijen hat sie gerufen. Er sprach mit ihnen. Vielleicht haben die Wesen nichts gegen uns. Vielleicht sind wir für sie nicht viel mehr als Warane oder Vögel. Sie betrachten uns, sie verteidigen sich, wenn wir sie angreifen, aber erschaffen wurden sie vielleicht nur zu einem Zweck: die Magier vom Tümpel fernzuhalten. Und Tanijen hat das nicht begriffen.«

»Sabin haben sie sehr wohl bedroht und sie ist ganz sicher keine Magierin!«

»Denk genau nach! Hat das Ding sie wirklich angegriffen? Oder hat es sich selbst bedroht gefühlt?«

Amber dachte nach – und musste sich eingestehen, dass Inu recht hatte. Das Wesen hatte in den Raum gestarrt, und Amber hatte sich darauf gestürzt wie eine Martiskatze auf eine Ziege.

»Möglicherweise hat es sich eher bedroht gefühlt«, murmelte sie. »Und die anderen Schiffe? Haben die Wesen die Gestrandeten etwa nicht umgebracht?«

Inu schüttelte heftig den Kopf. »Außer uns hat niemand die Insel betreten. Der Sog, den die Fische erzeugen können, reißt die Schiffe in die Tiefe. Wer weiß, wohin die Strömung die Toten zieht. Seit die Magier in ihrer Burg zu Tode kamen, hat also kein lebender Mensch außer uns mehr den Strand betreten.«

»Wenn diese Wächter niemanden töten, der kein Magier ist, wenn wir nur Tiere für sie sind, warum brennen sie dann unser Schiff nieder?«

Inu zog scharf die Luft ein, Amber konnte seine Anspannung fühlen. »Ich habe nur einzelne Teile des Bildes«, sagte er leise. »Ich weiß es nicht. Diese Schatten – die Gestalten der Magier. Und diese Vögel – sie kommen aus dem Meer, sie verwandeln sich und warten. Worauf warten sie?«

Amber zog die Beine an den Körper. Es nützte nichts, sie fror trotzdem. Und der Gedanke, der ihr schon die ganze Zeit durch den Kopf ging, machte es nicht besser.

»Wir müssen seine Notizen holen und es herausfinden«, sagte sie. »Wir müssen zurück in die Burg.«

»Das hat Tanijen das Leben gekostet.«

Amber fluchte. Es war einfacher, wütend als traurig zu sein. Und im Augenblick hatte sie gute Lust, den Wächtern noch einmal gegenüberzutreten und sie spüren zu lassen, dass sie diesmal vorbereitet war.

»Wir haben kein Schiff mehr, wir sitzen auf der Insel fest. Inmitten von Sturmvögeln und Wesen, die das Werk von verrückten Magiern sind. Was haben wir noch zu verlieren? Vielleicht ist es so, wie Tanijen sagte – und wenn wir es nicht herausfinden, dann ist er umsonst gestorben! Was, wenn es wirklich so wäre, dass die Magier in Dantar die Stürme nicht verschuldet haben?

Was, wenn der Schlüssel zu den Stürmen wirklich hier in der Burg liegt?«

»Wie willst du in den Burghof kommen? Wir haben das Tor von innen verschlossen.«

»Wozu kann ich klettern? Und die Seile, die am Strand liegen, sind nicht mit der Timadar verbrannt.«

»Du willst über die Mauer? Glaubst du nicht, dass uns die Wächter schon im Hof erwarten werden?«

»Nein, ich will durch das Turmfenster. Wenn sie tatsächlich den Tümpel bewachen, werden sie vor allem den Burghof im Auge behalten. Durch das Turmfenster komme ich direkt zu den Galerieräumen und zum großen Saal. Die Wächter werden sich dort nicht aufhalten.«

»Woher willst du das wissen?«

»Wie viele Sommer hat der Staub Zeit gehabt, sich anzusammeln?«

»Verlieren wir jetzt alle den Verstand?«

»Ich war noch nie so sehr bei Verstand wie jetzt«, erwiderte Amber grimmig. »Das ist das eiserne Gesetz der Leute aus den Bergen: Niemand, absolut niemand auf der Welt tut meinen Freunden ungestraft etwas an.«

*

Zum ersten Mal war Sabin ganz allein im Meer. Ohne Satu – und ohne Tanijens Gegenwart. Der Schmerz war leichter zu ertragen, wenn ihre Schläfen pochten und die Lunge brannte, weil sie viel zu selten Luft holte. Sie tauchte und schwamm von Felsen zu Felsen und hielt

Ausschau nach dem Naj. Es war unvorsichtig, bei Nacht zu tauchen. Dennoch fühlte Sabin eine trotzige Wut. Das Wasser war ihre Heimat, mehr noch als Dantar. Es gehörte ihr, so wie das Land Amber gehörte.

Die Naj vor Dantar hielten sich in Mondnächten gerne über Wasser auf, aber dieser hier hatte wohl andere Angewohnheiten. Nach einer Weile gab Sabin auf und ließ sich einfach nach unten sinken. Die Dunkelheit hüllte sie ein; nur das Klicken der Steine am Grund, die vom Wasser bewegt wurden, störte die Stille. Sabin wagte es nicht, die Augen zu schließen. Nicht aus Angst vor den Raubtieren des Meeres. Sondern aus Angst davor, wieder Tanijens Gesicht zu sehen – in dem Augenblick, bevor die Speere ihn trafen, hatten sie sich angesehen. Sobald sie die Augen schloss, erschien er vor ihr und das unfassbare, schmerzende Gefühl des Verlusts brannte in ihrer Brust wie eine Wunde. Also blickte sie in die dunkle Unendlichkeit, nur unterbrochen von der lästigen Suche nach Luft. Doch die Bilder ließen sich kaum vertreiben – Satus Gesicht kam hinzu und dann noch ein weiteres Gesicht, eines, das sie nicht kannte und das sie dennoch mit aller Gewalt zu vergessen versuchte.

Ein Glänzen nicht weit von ihr schreckte sie aus ihrer Benommenheit auf. Ein Hai schimmerte nicht, also vielleicht ein Mondfisch? Eine Mähnenschlange? Ein Dornrachen? Sabin hielt still und schwebte, ihr Herzschlag ruhig und regelmäßig, die Erinnerung an Tanijen in der Brust eine große Wunde.

Das Schimmern wurde stärker. Im schwachen Licht

des Mondes, das auf das Wasser fiel, erkannte sie das Fließen von Schleiern. Der Naj. Endlich! An jedem Tag ihres Lebens hätte sie Angst gehabt. Wie all die anderen Taucher hätte sie sich zurückgezogen, nun aber stieß sie sich ab und schwamm näher heran. Es gab nichts mehr, auf das sie vertrauen konnte, und nichts mehr, was sie fürchtete. Selbst der Gedanke an den Tod war nur ein weiterer Gedanke in dieser Unendlichkeit.

Überrascht verharrte der Naj. Sabin schwamm zu ihm, umkreiste ihn, streckte die Hand aus und ließ einen erstaunlich weichen und doch festen Hautschleier durch ihre Finger gleiten. Das Meerwesen regte sich nicht, es stieß sie nicht fort, es riss sie nicht mit sich in die Tiefe. Sie musste es wirklich verblüfft haben. Und für die Dauer eines Wimpernschlags triumphierte Sabin und ertrug den unwillkürlichen Gedanken »Das muss ich Tanijen erzählen« wie einen Stich.

Dann musste sie auftauchen. Ihr war bereits schwindlig. Nur widerwillig ließ sie sich nach oben treiben und schwamm zu einem Felsen – weit weg von dem Felsplateau, auf dem Amber und Inu saßen. Ihre Stimmen trieben über das Wasser, doch Sabin hörte nicht hin, sie lauschte nur dem Lied des Meeres. Schwarze Zacken ragten vor ihr auf. Es roch nach Tang und nassem Stein. Und ein wenig auch nach Federstaub. Sabin glitt durch das Wasser und legte die Hand auf den Stein.

Ein Tropfenschauer traf sie, als sich der Naj blitzschnell vor ihr auf den Fels schlängelte. Hier, in seinem falschen Element, wirkte er faltig und zerbrechlich – und kaum größer als Sabin. Seine Hände mit den langen Fingern lagen auf dem Fels. Mondglanz ließ seine Schuppen schimmern.

»Du hast keine Angst«, stellte er mit der den Naj eigenen Sachlichkeit fest. Sein rauschender Singsang vermischte sich mit den Wellen.

Sabin verzog den Mund zu einem schiefen Lächeln.

»Angst«, sagte sie verächtlich und schluckte, um nicht wieder zu weinen.

»Du hast allen Grund, dich zu fürchten«, beharrte der Naj. »Ich könnte dich mitnehmen unter die Strömung, zu den Fischen. Du würdest sterben.«

Sabin konnte nicht einmal wütend sein. »Weiß denn ein Wesen wie du überhaupt, was sterben bedeutet?«, fragte sie ruhig. »Warum ist eure letzte Drohung an uns Menschen immer nur der Tod? Soll ich dir etwas sagen? Es gibt Schlimmeres! Wenigstens wäre ich im Wasser begraben.«

Der Kloß saß in ihrer Kehle, ihr Magen fühlte sich an wie ein heißer pulsierender Knoten. Wenn sie jetzt anfing zu weinen, würde sie sich von einem Naj verspotten lassen müssen. Doch das Meerwesen betrachtete sie immer noch mit einer Faszination, die ihr an den Naj fremd war. Wenn sie jemals etwas erfahren wollte, musste sie diese Spanne der Aufmerksamkeit nutzen.

»Du bist allein«, sagte sie zu dem Wasserwesen. »Warum? Die Flussnaj leben jeder für sich, aber die Meernaj treten nur in Schwärmen auf. Du bist eine Art Wächter, habe ich recht?«

Der Naj gab ein leises, tadelndes Schnalzen von sich, doch er widersprach ihr nicht.

»Du bist einsam«, fuhr sie fort. »Sonst würdest du dich kaum dazu herablassen, mit einem Menschen zu sprechen. Du wünschst dir zu deinem Schwarm zurückzukehren. Aber du musst hierbleiben und darauf achten, dass ... die geflügelten Fische nicht ins offene Meer schwimmen?«

Das Wasserwesen ordnete in einer seltsam menschlichen Geste seine Schwimmhäute und betrachtete sie lange. »Die Fische von den Feuerinseln hält dasselbe, was auch die Vögel hält«, entgegnete er mit seiner raunenden Stimme.

»Was?«

»Schwester Himmel und Bruder Meer – vereint von Menschen.« Der Naj lachte sein glucksendes Lachen und Sabin sehnte sich schmerzlicher denn je danach, so wie er zu sein: unberührt und gleichgültig, mehr Fisch denn bewusstes Wesen.

»Das heißt, die Magier hatten tatsächlich die Macht, all das hier zu erschaffen«, sagte sie.

Der Naj erstaunte sie. Noch nie hatte sie bemerkt, dass ein solches Wesen wütend werden konnte, doch dieser hier richtete sich auf und funkelte sie an. Seine Kiemenhäute bauschten sich in einem verächtlichen Zischen.

»Menschenmagie?«, fuhr er sie an. »Glaubst du das wirklich, Trockengesicht? Ihr seid unendlich eingebildet. Eure erbärmliche Menschenmagie kann also Leben erwecken? Wäre es einer Handvoll Menschen gelungen, eine solche Burg zu errichten?«

»Was war es dann?«, erwiderte Sabin. »Euer Werk etwa? Najmagie?«

»Wir sind alle ›Najadur‹«, raunte er. »Kinder der wahren Magie. Früher waren wir ein einziges Wesen. Wir flogen und schwammen, wir spielten mit Wolken und Wellen. Doch dann entstand das Land und mit ihm die Menschen. Sie stahlen einen Teil der Magie und versklavten sie. Eurer Dummheit können wir nirgendwo entkommen.«

Sabin spürte den kühlen Nachtwind längst nicht mehr. »Das heißt, die Menschen – diese Magier haben euch etwas genommen und es existiert noch in dieser Burg. Die Wächter – das sind Wesen, die ihr geschaffen habt?«

»Du bist wirklich dumm«, sagte der Naj und diesmal hörte sie den Ärger ganz deutlich aus seiner Stimme heraus. »Sie riefen die Wächter mit der gestohlenen Magie, um sich gegenseitig zu töten. So ist es bei euch. Ihr seid ein sterbendes Volk, ohne Geschichte, ohne Ehre, denn ihr begreift nicht, dass ihr niemals wissen könnt, wie die wahre Magie wirkt. Sie lässt sich nicht zum Werkzeug machen. Sie ist wie eine Strömung, deren Lauf ihr nicht vorherbestimmen könnt.«

Der Druck in ihrer Kehle wurde stärker. Tanijens Gesicht tauchte vor ihr auf und die Verzweiflung drohte sie zu übermannen.

»Die Magier haben also etwas herbeigerufen, was sie nicht einschätzen konnten, es nahm eine andere Richtung und verwandelte sich in etwas anderes …«

»Für einen Menschen ist das ein bemerkenswert logischer Gedanke«, sagte der Naj. »Aber wenn du klug bist, verschwindest du jetzt von meinem Felsen, Fingerflosser, und gehst dorthin, wo du hingehörst – zum Schlamm und zum Sand.«

Seltsamerweise fühlte Sabin sich nicht beleidigt. Sie sah dem Naj in die silbrigen Augen und er erwiderte ihren Blick. Und mit einem Mal hatte sie das Gefühl, dass sie ihr ganzes Leben lang nur das gesehen hatte, was sie sehen wollte. Sie hatte Tanijen geliebt, ohne ihn zu kennen. Sie hatte Satus Liebe zu den Bergen nicht verstanden. Erst musste sie nichts mehr zu verlieren haben, ehe sie wagte mit einem Naj zu sprechen. Und sie war so feige, dass sie vor dem Schiffsfriedhof floh. Mit einem Mal wurde ihr bewusst, dass dieses Leben nicht mehr das ihre war und sein durfte.

»Vertreib mich doch«, zischte sie in der Najsprache. »Du denkst, du machst mir Angst? Ich werde keinen Fingerbreit weichen. Es ist mir gleichgültig, ob ich sterbe oder nicht. Tanijen ist getötet worden. Und ich habe ihn einen Lügner genannt.«

»Du weinst!«, sagte der Naj erstaunt.

»Ja«, erwiderte sie heftig. »Auch wenn ihr die Trauer nicht kennt und nicht wisst, was es heißt, jemanden zu lieben. Ich weine. Und jetzt ertränke mich oder verschwinde hier und lass mich allein in meinem Meer. Ich bin nicht dein Spielzeug und ich will nicht mit dir sprechen. Ich will nur aufhören zu atmen und einfach im Meer bleiben – so wie du.«

Sie dachte, sie hätte ihn verärgert. Doch als er sich mit einem flinken Schwung vom Felsen abstieß und in den Wellen versank, erkannte sie erstaunt, dass er ihrem Wunsch gefolgt war.

Sie ließ sich wieder in die Unendlichkeit sinken und lauschte ihrem rasenden Herzschlag. Sie wusste nicht, warum der Naj noch hier war – es mochte Neugier sein –, aber er blieb in ihrer Nähe, unauffällig, am Rande ihres Blickfelds, im Wasser schwebend wie ein Geist. Und als sie das Glänzen der Hautschleier in der Nähe sah, fühlte sie sich seltsamerweise sogar ein wenig getröstet.

*

Ein gespenstischer Friede lag über dem Strand. Die Flut umspülte die Reste der Timadar. Die Sonne hatte den Sand getrocknet, sodass Inu bei jedem Schritt durch eine Kruste brach und eine Spur aus sandigen Kratern hinterließ. Amber schüttelte ihr nasses Haar und ließ sich auf dem Sand nieder. Erst jetzt ließ sie das Stück Treibholz, mit dessen Hilfe Inu sie schwimmend vom Felsen zum Strand gezogen hatte, los. Ihre Knie waren immer noch weich und beim Gedanken, dass sie eben wieder im Wasser gewesen war – zusammen mit Haien und giftigen Schnecken –, wurde ihr flau im Magen. Ob der Naj noch in der Nähe war und sie beobachtete? Beunruhigt ließ Amber den Blick über den Horizont wandern. Die Flut verbarg die schartigen Felsen und ließ die Zacken, die aus dem Wasser ragten, viel kleiner aussehen. Der Regen hatte aufgehört und die Morgensonne tauchte das Meer in rötliches Licht. Amber hätte schwören können, dass sie unter der Oberfläche einen Naj sah, der sich der Felskante näherte; aber als die

Gestalt auftauchte, erkannte sie zu ihrer Erleichterung Sabin.

Die Taucherin war blass, ihre Lippen waren blau und sie klapperte mit den Zähnen. Amber sprang herbei und heute ließ Sabin es zu, dass sie sie berührte.

»Ich habe mir Sorgen gemacht«, rief Amber. »Du warst die ganze Nacht im Wasser!«

»Sabin!« Inu ließ die Seile fallen und rannte zu ihnen.

Amber hatte erwartet, dass die Taucherin vor Trauer gebrochen sein würde, mutlos und niedergeschlagen, doch wieder einmal überraschte jemand aus Dantar sie.

»Jetzt bin ich hier«, sagte Sabin. »Und ich bitte euch, mit mir in die Burg zurückzukehren.« Als Amber sie nur völlig verblüfft anstarrte, verzog sich ihr Mund zu einem grimmigen Lächeln. »Ich habe es satt, ewig wegzulaufen. Ich will wissen, was mit Tanijen passiert ist. Und nicht einmal Najmagie wird mich davon abbringen!«

## *Seile und Messer*

Die Insel war verlassener denn je. Als wäre alles lediglich ein böser Traum gewesen, thronte die Wasserburg im Sonnenschein hoch über Ambers Kopf auf der Klippe. Nur einige weiße Vögel auf dem Dach des Turms deuteten darauf hin, dass es Leben gab. Amber hatte sich ihr Tuch eng um den Körper geschlungen. Nun prüfte sie ein letztes Mal das Seil, das Inu um ihre Taille gebunden hatte, setzte den Fuß auf einen Felsvorsprung und griff mit den Händen an den Stein. Vorsichtig schielte sie über den Klippenrand. Sie war auf halber Höhe zwischen Burg und Meer. Unten rauschte die Brandung, brach sich an den Klippen und zerfiel zu Schaum. Amber wandte rasch den Blick ab. Die andere Angst kehrte zurück – die gute Angst, die sie beim Klettern immer hatte. Sie trieb ihren Herzschlag in die Höhe und sorgte dafür, dass Amber wachsam blieb. Mit einem tiefen Aufatmen verlagerte sie das Gewicht und verließ die Sicherheit des Vorsprungs. Nun hing alles von ihr selbst ab. Die Tiefe zerrte an ihr, ihr Atem ging schneller und jeder Gedanke wurde scharf und klar. Sie vergaß das Seil um ihre Taille und kletterte, als wäre sie in den Bergen – mit ihrem Verstand und ihren Kräften als einzige Sicherheit. Der Felsen unter ihren Fingern war schartig und schürfte ihr die Haut auf. Aber er gab genug Halt, dass sie ein ganzes Stück waagrecht klettern konnte, ohne zu hangeln oder die Balance mit zu viel Kraft ausgleichen zu müssen. Dann begann sie damit, sich Hand über Hand an dem Felsen hochzuziehen. Das Gewicht der scharfkantigen Stöcke, die sie als Waffen auf ihren Rücken gebunden hatte, zog an ihren Schultern, doch sie biss die Zähne zusammen und konzentrierte sich nur auf den Fuß des Turms, der immer näher kam. Zum ersten Mal bemerkte sie, dass ein Stück Klippe abgebrochen sein musste und direkt unter dem Turm ins Meer gerutscht war. Früher mochte jemand mit guten Nerven direkt an der Felskante um den Turm herumspaziert sein. Ein letzter Rest einer steinernen Mauer zeugte davon. Amber zog sich ein Stück weiter hoch und tastete nach dem nächsten Vorsprung. Weit unten schäumte das Meer wie ein wütendes Tier. Gesteinsbrocken lösten sich unter ihrem Fuß und Amber gab nach und hing einige Augenblicke nur an den Fingern ihrer rechten Hand über dem Abgrund. Fels schabte über ihre Wange. Ihre Muskeln brannten, als sie sich hochzog und mit der zweiten Hand ein Stück tiefer in die Felswand griff. Am Rand ihres Blickfelds erahnte sie Inus blasses Gesicht und sie machte mit der freien Hand eine beruhigende Geste.

Wenig später erreichte sie die ersten Mauersteine des Turms und atmete auf. Ab hier war es einfacher. Die verwitterten Steine boten genug Ritzen, sodass sie sich Hand über Hand hocharbeiten konnte. Die Sonne brannte ihr auf Schultern und Arme.

Völlig außer Atem erreichte sie das Fenster und erinnerte sich mit einem Schaudern daran, dass die Kreatur vor einigen Tagen an derselben Stelle gehangen hatte, um einen Blick in das Innere des Turmzimmers zu werfen. An den Steinen entdeckte sie sogar noch die Spuren von Krallen und frische Bruchstellen. Jetzt konnte sie doch nicht verhindern, dass ihr das Herz bis zum Hals schlug. Vorsichtig zog sie sich neben das Fenster hoch, fand sicheren Halt und spähte in den Raum. Er war leer. Die Tür hing zerbrochen in den Angeln. Kein Geräusch deutete darauf hin, dass sich jemand in der Halle oder auf der Treppe befand. Amber spannte die Arme an und schwang sich mit einem sehr kontrollierten Schwung auf das Fensterbrett. Lautlos landete sie auf dem verwitterten Holz und verharrte in der Hocke, lauschend, bis sie ganz sicher sein konnte, dass sich nichts rührte. Dann kletterte sie in den Raum und atmete durch. Nach all der Anspannung floss nun Wärme durch die Muskeln. Ihre Hände zitterten noch von der Anstrengung, als sie das Seil um ihrer Hüfte aufknotete und um einen stabilen Balken festzurrte. Auf ihr Zeichen hin straffte sich das Seil bald darauf und ächzte unter einem schweren Gewicht. Amber beugte sich weit aus dem Fenster und spähte nach rechts. Inu kroch, vom Seil gehalten, über die Klippen. Noch konnte er sich waagrecht halten. Aber sobald er unterhalb des Turms sein würde, musste sie ihn hochziehen. Über sich hörte sie die Vögel auf dem Dach hin und her trippeln. Amber brach der Schweiß aus. »Bleibt, wo ihr seid«, murmelte sie zwischen zusammengebissenen Zähnen. Die Vögel scharrten ein wenig und hielten dann tatsächlich wieder still. Quälend langsam erreichte Inu die Stelle unterhalb des Turms und fand eine Position, in der das Seil nicht mehr so straff gespannt war. Amber sprang zum Balken und lockerte die Schlinge. So wie Inu es ihr gezeigt hatte, führte sie das Seil um einen eisernen Haken, an dem vor einigen Tagen noch der größte und schwerste Käfig gehangen hatte, und dann um ihre Hüfte. Jetzt brauchte sie sich nur fallen zu lassen, um ein Gegengewicht zu Inu zu bilden. Das Seil ruckte und Amber legte sich in das Seil.

Es dauerte lange – viel zu lange. Mehr als einmal schnappte Amber erschrocken nach Luft, als der Zug plötzlich nachließ.

Nach einer Ewigkeit, wie es ihr schien, hörte sie Inus schweren Atem, dann sah sie eine Hand auf dem Fensterbrett. Amber spannte das Seil noch einmal und half Inu damit über das Fensterbrett. Der Seiler war totenblass.

»Und das machst du jeden Tag in den Bergen?«, flüsterte er und ließ sich erschöpft auf den Boden sinken. Ambers Kehle war so trocken, dass sie kein Wort herausbrachte. Gemeinsam warfen sie das Führungsseil wieder aus dem Fenster und warteten auf Sabin. Die Taucherin hielt sich erstaunlich gut an der Felswand, und Amber und Inu zogen gemeinsam so stark an, dass die zierliche Gestalt ihnen beinahe entgegenflog.

»Die Waffen!«, flüsterte Amber und verteilte die Stöcke.

Es war schwierig, die Treppe hinunterzugehen, ohne ein Knarren zu verursachen. Amber umklammerte ihren Stock und spähte in die Halle. Die Kisten standen dort noch so, wie sie sie gestern vorbereitet hatten. Sabin zog scharf die Luft ein. Auch Amber gab es einen Stich, sie musste stehen bleiben und tief durchatmen. Im selben Augenblick spürte sie, wie Inu ihre Hand nahm. Gemeinsam blieben sie stehen und betrachteten die Verwüstung: Papier lag überall verstreut, zerbrochene Stühle, der umgekippte Tisch. Die Kellertür stand weit offen, doch die Eingangstür, die auf den Hof führte, musste mit dem Wind zugefallen sein. Amber dachte daran, dass hinter dieser Tür Tanijen am Grund des Tümpels lag, und biss sich so fest auf die Unterlippe, dass es schmerzte. Inus Hand umklammerte die ihre. Sie sahen sich an. Inu schluckte schwer.

»Das Werkzeug«, sagte er leise und deutete in den Raum. Amber nickte wie betäubt. Dort, neben dem Kamin, lagen ihre Äxte verstreut. Sie glitt die Treppenstufen hinunter und sprang erschrocken wieder zurück in den Schatten. Unsanft stieß sie gegen Inu. Etwas Buntes regte sich neben einer umgestürzten Truhe. Doch der Raum war nach wie vor ausgestorben wie ein geplündertes Grab.

»Nur die Spiegelscherbe«, flüsterte Inu. »Tanijen muss noch andere gefunden haben. Dort ist seine Truhe, los!«

Amber konnte das Bild erst erkennen, als sie sich über die spiegelnde Fläche beugte. Es war nur der Bruchteil eines Bildes, aber an das Gesicht der rothaarigen Magierin erinnerte sie sich sofort. Das Bild verlosch und ließ nur ihr eigenes Spiegelbild zurück: besorgte Augen und ausgebleichte, wellige Strähnen, die ihr wirr in die Stirn hingen. Inu trat neben sie und öffnete die Truhe.

Tanijen hatte seine Aufzeichnungen in Stoff und Leder gewickelt. Scherbe um Scherbe wickelte Inu aus und legte sie auf den Boden. Schließlich fand er ein kleines Notizbuch, mehrere Blätter mit neuen, noch sehr schwarzen Rußstift-Notizen und einen zusammengerollten Plan.

»Tanijens Aufzeichnungen«, sagte er leise.

Amber betrachtete die Schriftzeichen mit Scheu. Tanijen schien wieder im Raum zu sein, so greifbar, dass sie nicht wusste, ob sie seine Gegenwart fürchten oder herbeisehnen sollte. Sie kniete sich neben Inu, nahm die Karte mit zitternden Fingern entgegen und entrollte sie. Amber erkannte den fünffingrigen Umriss von Dantar und einige Inseln. Wellen deuteten das Meer an – unterbrochen wurden sie von Wirbeln und Strömungssymbolen. An manchen Stellen waren Fische eingezeichnet – vermutlich kennzeichneten sie fischreiche Gewässer.

»Sieh dir das an!«, sagte Inu ehrfürchtig. »Er wusste es die ganze Zeit.«

»Wo wir sind?«, fragte Amber.

In Inus blassem Gesicht glühten die blauen Augen wie zwei Tamaris-Kristalle. »Pallas und Uda«, sagte er. »Die gestrandeten Schiffe. Ich habe lange überlegt, woher ich diese Namen kenne, aber es fiel mir nicht ein. Hier, Tanijen hat eine Notiz dazu gemacht: Bei den

Navigatoren werden Listen der verschollenen Schiffe geführt. Beziehungsweise Listen über die Leute, die nicht wiedergekommen sind. Viele davon hatten auf der Pallas und der Uda angeheuert – zwei Handelsschiffe, die vor vierzehn Sommern zu den äußeren Inseln fahren sollten. Aber sie kamen niemals dort an. Sie wurden gesichtet, wie sie vom Kurs abkamen und im Mahlstrom verschwanden.« Er tippte auf einen kreisrunden Wirbel weit vor der Küste. »Ich hatte es vergessen, aber ich erinnere mich jetzt, dass darüber viel gesprochen wurde, als ich noch ein Kind war.«

Amber runzelte die Stirn. »Ein Mahlstrom? Der Sog, den die Vögel erzeugen, ist ein Mahlstrom vor der Insel?«

Inu schüttelte heftig den Kopf.

»Hier, schau dir die Zeichnung und Tanijens Notiz dazu an: Wenn die Karte stimmt und Tanijen recht hatte, dann ... *ist* die Insel der Mahlstrom.« Er kniff die Augen zusammen und las konzentriert Tanijens Notizen. Amber hätte ihm vor Ungeduld am liebsten die Papiere aus der Hand gerissen, doch nach einem Blick von Sabin zwang sie sich zur Ruhe. Inus Stimme wurde heiser vor Aufregung, als er endlich aufblickte und weitersprach. »Jetzt verstehe ich: Die Insel liegt tatsächlich genau dort, wo auf allen Seekarten der Taltad-Strom eingezeichnet ist. Die Navigatoren kennen die Geschichte, wie der Taltad-Strom entstanden ist. Tanijen hat sie hier aufgeschrieben: Früher existierte an dieser Stelle wohl tatsächlich eine Insel. Viel befand sich allerdings nicht darauf: ein Steingebäude und ein Zuchtbecken für die seltenen Mitramuscheln, die goldfarbene Perlen erzeugen.«

»Das Becken im Hof! Und der einzige Turm, der noch unversehrt ist!«, flüsterte Amber. Inu nickte.

»Deshalb steht das Wasser in dem Becken also so hoch. Es ist keine Magie, es ist Mischwassser.«

»Mitramuscheln wachsen nur dort, wo es Bergsalzwasser gibt, das sich mit Meerwasser mischt«, warf Sabin ein. »Meistens an felsigen Flussmündungen direkt am Meer. Vermutlich entspringt in dem Becken eine Bergsalzquelle und füllt es. Und irgendwo am Grund muss es auch eine Verbindung zum Meer geben, damit Meerwasser in das Zuchtbecken gelangt.«

»Und die Insel? Wohin ist sie verschwunden?«, fragte Amber.

»In einer Strömung, wenn man der Geschichte der Navigatoren glaubt«, erklärte Inu. »Sie versank, als sich nach einem Beben im Meeresboden eine Kluft auftat. Was blieb, war ein Wirbelloch, kaum eine Tagesreise von Dantar entfernt. Auf jeder Seekarte ist der Strom mit einem großen roten Kreis markiert. Aber eine Insel gibt es dort weit und breit nicht. Und das heißt ...«

»... die Insel soll nicht entdeckt werden und jemand hat dafür gesorgt, dass sie von außen nicht sichtbar ist«, ergänzte Amber.

Sabin nickte beklommen. »Und welche Tarnung könnte besser sein, als die Menschen glauben zu machen, dass sich an dieser Stelle ein Mahlstrom befindet?«

»Wenn die Schiffe durch den Sog der geflügelten Fische kentern«, führte Inu den Gedanken weiter, »sieht es aus, als wären sie dem Mahlstrom zum Opfer gefallen.«

»Die Magier haben sich also auf die Insel zurückgezogen«, murmelte Amber. »Und dafür gesorgt, dass die Schiffe den Taltad-Strom meiden. Und dieser seltsame Horizont, die graue Fläche, die man manchmal sieht …«

»… ist ebenfalls eine Tarnung. Von außen sieht man nur ein Wirbelloch.«

Amber nickte. Trotz der stickigen warmen Luft in der Halle fror sie wie nach einem Bad im Eiswasser.

*

Tanijen hatte ganze Arbeit geleistet. Inu überflog die kantige, hektische Schrift seines Freundes. Neben Lemar le Hays geschwungenen Buchstaben wirkten Tanijens Notizen wie die Zeichen einer Geheimschrift.

*Lemar und Loin brachten die Vögel von den Feuerinseln auf die Burg.*

*Loin war die Vogelfängerin, ihr gelang es, auch IHN anzulocken; Kolm Amadur und Genus Chilan bändigten ihn trotz des Sturms, den er über das Meer brachte, nahmen sich die Magie und schufen die Fische und den Wirbel.*

*Doch die Vögel verendeten in den magischen Käfigen, vier der Helfer wurden krank und verloren den Verstand. Lemar und die anderen aber machten weiter. Die Magie wurde zur doppelten Natur; die Experimente, den Wind und Sturm zu rufen und ihm zu befehlen, missglückten wieder. Neue Vögel kamen aus dem Nichts, doch sie ließen sich nicht von Loins Künsten täuschen, sondern flogen frei und verursachten Stürme, die sich über das Meer fortsetzten – bis nach Dantar reichte ihre Kraft, und das bis heute. Als schließlich die ersten Begrabenen wieder aus dem Meer kamen, halb Meerwesen, halb Mensch, und die Burg angriffen, begannen die Magier einander zu misstrauen. Kolm und Genus gelang es, die Wesen der doppelten Natur zum Gehorsam zu bewegen. Doch dann ging etwas schief.*

»Sie wollten tatsächlich die Stürme rufen und beherrschen«, murmelte Inu. »Wem das gelingt, der beherrscht die Meere und die Küstenstädte. All das war ihnen nur mit fremder Magie möglich – die jedoch außer Kontrolle geriet. Dinge verbanden sich und wandten sich gegen die Magier. Als würde ein anderer Wille sie lenken.«

»Die Magie hatte also einen eigenen Willen«, stellte Amber fest. »Sie lenkte diese Kreaturen und die Vögel. Und sie hat Tanijen getötet.«

Inu überflog die nächsten Zeilen und verstand. Sorgfältig hatte Tanijen die letzten Tage der Magier rekonstruiert – den ersten Streit und am Ende Lemar le Hays Tod. Nur eine Stelle in diesem Bild war unvollständig. Tanijen hatte ein Fragezeichen an diese Stelle gemalt.

»Sabin?« Er blickte hoch und sah, dass Amber aufgestanden war und die Taucherin beobachtete, die gerade durch die Tür zu den Galeriezimmern ging.

*Beende es*, sagte die Stimme des Dolchs, die er inzwischen so gut kannte.

Inu verstaute das Notizbuch hastig in der Tasche aus Leder, in die er schon die Karten und weitere Notizen eingeschnürt hatte, und sprang auf.

Amber sah ihn besorgt an. »Alles in Ordnung?«, fragte sie leise. »Du siehst aus, als hätte dich etwas erschreckt!«

Inu rang sich ein beruhigendes Lächeln ab. Doch für einen Augenblick schnürte ihm das Gefühl der Schuld die Kehle zu.

*Geh allein*, befahl der Dolch. Doch diesmal widerstand Inu und schüttelte den Kopf.

»Folgen wir Sabin«, sagte er und streckte Amber die Hand hin, die sie sofort ergriff.

*

Sabin stand an der Brüstung. Sie drehte sich nicht um, als sie Amber und Inu eintreten hörte. Reglos starrte sie auf das schwarze Becken. Der Hof war leer. Inu trat neben sie. Er blickte nicht in ihr Gesicht, dazu hatte er zu viel Respekt vor ihrem Schmerz. Stattdessen betrachtete er ihre Hände, die um die steinerne Brüstung gekrampft waren und ebenso weiß wie der Marmor wirkten. Dieser Anblick machte ihn unendlich traurig. Unter ihm gähnte der schwarze See wie ein Auge, das ihn beobachtete. Ein leichtes Beben ließ den Wasserspiegel erzittern. Der Dolch flüsterte nun aufgeregt und so schnell, dass er nur einzelne Satzfetzen verstehen konnte.

*Die Sturmrufer schlafen nicht ... warten ... bin hier ...*

Kies knirschte ganz in der Nähe des Tors, eine Tür klappte.

Amber erstarrte. »Da ... unten ist jemand«, flüsterte sie. »Er hat die Tür geöffnet!«

Bevor Inu antworten konnte, gruben sich Sabins Finger in seinen Arm. »Tanijen!«

Für einen irrwitzigen Augenblick glaubte auch Inu seinen Freund zu sehen. Die Gestalt betrat den Hof und blieb stehen, als wäre sie unschlüssig, ob sie auf das Tor zugehen sollte oder nicht. Ein Mantel bedeckte Kopf und Rücken. Tanijen hatte diesen Mantel in einer Truhe gefunden und ihn einige Male getragen, allerdings war er nicht zerfetzt gewesen – so wie jetzt. Ein zerfasertes Seil schleifte über den Boden.

Die Gestalt drehte sich langsam zum Tümpel um.

»Er kann es nicht sein«, flüsterte Inu, doch die Worte kratzten in seinem Hals wie Dornenranken. Tränen stiegen ihm in die Augen. »Es ist nur Tanijens Magie ... ein Spiegelzauber ...«

»Sabin, nein!« Ambers Ruf hallte durch die Galeriezimmer. Doch die Taucherin war bereits davongerannt – zur Halle, zur Tür, die zum Hof führte. Amber fluchte, nahm ihren Stock – warf ihn einfach über die Brüstung und sprang selbst hinterher. Starr vor Schreck verfolgte Inu, wie der Stock federnd auf dem Boden aufschlug, gleich darauf landete Amber selbst am Rand des Tümpels und hob die Waffe auf.

*

Heute waren es nur vier. Sie sprangen von der Mauer in den Hof, krochen aus den Winkeln hervor wie Eidechsen. Amber erahnte ihre Bewegungen mehr, als sie sie sah. Noch griffen sie nicht an, sie zischten und duckten sich, jedes Fauchen schickte ihr einen Angstschauer über den Rücken. Sabin erschien an der Tür, die weit offen stand. »Tanijen!«, rief sie mit erstickter Stimme. Ambers Vernunft sagte ihr, dass die Gestalt nicht Tanijen sein konnte. Sie reagierte nicht auf die Bedrohung, sondern wankte auf das Wasser zu. Eine der Kreaturen hob warnend den Speer. Amber kniff die Augen zusammen und spürte mit Genugtuung, wie die Wut in ihr hochkochte. »Diesmal sterbt ihr!«, knurrte sie und schnellte los.

*

Inu sah das Geschehen unendlich langsam vor sich ablaufen. Für die Dauer eines Wimpernschlags nahm er wahr, wie die zerlumpte Gestalt sich um sich selbst drehte wie ein verwirrter Tanzbär. Sabin rannte auf sie zu. Amber hob ihren Stock und warf sich den Wächtern entgegen wie ein Krieger. Ihre Schläge waren gezielt und gnadenlos, winselnd und getroffen wich die erste Gestalt zurück, dann die zweite.

*Sieh genau hin*, befahl ihm der Dolch.

Inu war wie gelähmt. Er sah einen jungen Magier – Lemar le Hay? Er schritt auf den Tümpel zu, den roten Dolch in der Hand.

*Ich werde es beenden*, wisperte der Dolch. *Ich werde*

*alles zerstören, was wir geschaffen haben, bevor es zu spät ist.*

Doch da waren andere Magier. Zwei große Männer – Kolm und Genus? Entsetzt verfolgte Inu, wie einer der Magier sein Kurzmesser warf und Lemar damit in den Unterarm traf. Lemars roter Dolch flog über das Wasser und tauchte ein. Dann gaben die beiden Magier den Kreaturen den Befehl. Lemar starb schnell, doch der Dolch hatte Zeit genug gehabt zu sinken. Das Wasser begann zu kochen. Die Kreaturen, die eben noch den Magiern gehorcht hatten, wandten sich um – und griffen ihre Herren an.

Und während in Inu alles danach drängte, zu Amber zu laufen und ihr endlich zu helfen, flüsterte der Dolch ihm zu, dass die Wächter nicht länger auf ihn und den Tümpel achteten.

*Zeit, den Kodex aufzugeben,* raunte die Stimme. *Du willst doch Amber nicht verlieren?*

Und plötzlich wusste er, was Tanijen vorgehabt hatte.

*

»Loin!«

Amber erschrak so sehr über die fremde Stimme, dass sie unvorsichtig wurde. Eine Speerspitze bohrte sich in ihre Schulter. Ein scharfer Schmerz ließ sie aufschreien. Und während sie zur Seite sprang, erhaschte sie einen Blick auf das Gesicht unter der Kapuze. Das Entsetzen löschte den Schmerz aus.

Auch Sabin schrie auf und stolperte zurück.

Der Tote aus dem Keller! Seine Augen glommen vor Wut, als er erst Ambers Wunde betrachtete und sich dann den Kreaturen zuwandte.

»Zurück«, grollte er mit einer Stimme, die so fremd und tief war, dass sie aus dem Keller selbst zu kommen schien. »Loin bekommt ihr nicht.«

Der erste Speer, der ihn traf, warf ihn um einen Schritt zurück, doch er richtete sich wieder auf und griff an. Amber konnte sich gerade noch zur Seite werfen, bevor er sie blindlings niederrennen konnte. Die Kreaturen sprangen mit einem schrillen Laut zurück. »Kolm wird euch töten«, grollte der Tote.

Kolm!, schoss es Amber durch den Kopf. Einer der Magier, die den Wind rufen wollten? Aus dem Augenwinkel erhaschte sie einen Blick auf die Galerie. Sie war leer.

*

Das Wasser war eiskalt, doch Inu hatte das Gefühl, durch Lava zu tauchen. Bitte, haltet durch!, flehte er in Gedanken Amber und Sabin an. Langsam ließ der Schwung des Eintauchens nach und Inu begann zu schwimmen. Mit weit aufgerissenen Augen tauchte er tiefer und tiefer. Fünf Längen, sechs Längen, zählte er in Gedanken mit und rief sich Lemars Zeichnung des Beckens ins Gedächtnis: zwei Vorsprünge, an denen früher die Muschelkörbe befestigt worden waren. Einer dicht unterhalb der Wasseroberfläche, einer viele

Längen weiter unten, an der gegenüberligenenden Wand des Beckens. Und zwischen den Vorsprüngen der Schlund, in den Tanijens Körper gesunken war – noch tiefer, als Inu es sich vorstellen konnte. Er musste zum zweiten Vorsprung! Vor seinen Augen war nur Schwärze, doch er glaubte ein leises Beben zu spüren. Je weiter er nach unten kam, desto kälter wurde es. Zweiundzwanzig Längen ... dreiundzwanzig. Eine Bewegung unmittelbar vor ihm erschreckte ihn so sehr, dass er Luft ausatmete. Sein Herz raste, als er den Dolch hervorzog. Ein Dolch, der stach und schnitt – Dolchspitze und Messerschneide. Auch Le Hays Waffe hatte eine doppelte Natur.

Er dachte an Amber, die um ihr Leben kämpfte, und streckte suchend die Hand aus. Und etwas zuckte zurück.

Inu umklammerte den Dolch. Seine Fingerspitzen kribbelten, als er ein Seil ertastete. Es war mit Fadenalgen bewachsen, als hätte es viele Sommer unter Wasser gelegen. Neben dem Seil war ein Knoten, von dem fächerförmig weitere Seile abzweigten. Ein Künstler hatte es geknüpft. Es hielt, ohne einzuschneiden. Magie knisterte an seinen Fingern. Inu tastete weiter und stieß auf Schuppen und Federn. Und da – unter seiner Hand, pulsierte ein Herz, ein gewaltiges, wütendes Herz!

Noch nie hatte er sich so gefürchtet wie in diesem Augenblick, die Luft ging ihm aus, schon tanzten Lichtblitze vor seinen Augen. Das Wesen ruckte ungeduldig in den Seilen.

*Lass den Wind frei,* wisperte der Dolch.

Inu warf den letzten Rest des Seilers ab, als würde er sich eines zu engen Mantels entledigen, und setzte den Dolch an. Seine ganze Natur lehnte sich dagegen auf, doch der Dolch schnitt fast von allein, Seil für Seil zersprang. Ein kalter Wasserschwall stieß Inu hart gegen eine Steinwand und drückte die letzte Luft aus seinen Lungen. Das Wesen schien Atem zu holen, es breitete sich aus, entfaltete etwas, was gewaltige Schwingen sein mochten, und spannte die Muskeln an. Verzweifelt griff Inu nach dem Seil, das an ihm vorbeiglitt wie eine Seeschlange, die der Oberfläche entgegenstrebt.

*

Amber spürte den Wind, bevor sie das Flattern wahrnahm. Die Vögel spielten verrückt. Ihre Schulter schmerzte höllisch, während sie eines der Wesen in die Ecke trieb. Aber es war ihr zumindest gelungen, die Ledertasche mit Tanijens Aufzeichnungen, die sie sich auf den Rücken gebunden hatte, wie einen Schild vor die Brust zu schieben. Der Gedanke daran, dass diese Kreaturen Menschen gewesen waren, bevor eine fremde Magie Ungeheuer aus ihnen machte, ließ ihr die Haare zu Berge stehen. Waranzähne schnappten knapp an ihrem Hals vorbei, modriger Gestank ließ sie würgen. Mit einem gezielten Schwung stach sie zu und hörte voller Genugtuung morsche Knochen brechen. Ihr Angreifer fauchte und strauchelte, aber er starb nicht.

»Wer die Magie verhöhnt, wird durch sie umkommen«, murmelte der Tote. Er drängte sich zwischen Sabin und eine der Kreaturen, die seinem Schlag auswich. Ein jäher Wind bauschte die Flughaut des Wesens und ließ es aussehen, als trüge es einen flatternden Mantel. Dort, wo Amber aus der Stichwunde blutete, wurde es kühl. Wellen schwappten bis zu Ambers Füßen, dann durchnässte sie ein eiskalter Regen. Die Wächter erstarrten und wandten sich dem Tümpel zu.

Amber blinzelte.

Ein Kreischen schwoll an und vermischte sich mit dem Donnern des Sturmwinds. Die Vögel ballten sich wie eine Wolke aus Flügeln über dem Wasser.

»Runter!«, rief Sabin. Gemeinsam drückten sie sich flach an den Boden. Gerade noch rechtzeitig, bevor eine Sturmbö sie gegen die Wand schleudern konnte. Dann brachen gewaltige Flügel aus dem Wasser.

*

Sabin sah schimmernde, nasse Federn und abgerissene Schuppen, die sich als schillernder Regen in der Luft drehten. Das Wesen trug alle Farben eines Sturms in seinen Schwingen: dunkle Schlieren und helle Wirbel, das Blaugrau von Sturmwolken und die Schwärze eines Orkans. Die Farben flossen und vermischten sich bei jedem Flügelschlag, ordneten sich neu, als wäre das Wesen flüssige Magie, die eine Form angenommen hatte. Sabin sah ein Netz aus Seilen, das beim nächsten Flügelschlag zerriss und ein weiteres Stück der Gestalt freigab. Ein Auge blitzte auf, schräg und grau und funkelnd, in einem Gesicht, das so menschlich war, dass

Sabin die Luft wegblieb. Sie krümmte sich unter dem wütenden Blick. Die strenge, grausame Schönheit des Gesichts erinnerte sie an einen Adler und einen Naj. Am auffälligsten war die regelmäßige Fleckenzeichnung auf der Stirn – es wirkte, als würde eine Perlenkette die Stirn des geflügelten Dämons zieren. Und plötzlich verstand sie. »Najadur!«, flüsterte sie. Beinahe hätte sie gelacht, obwohl ihr zum Heulen zumute war. Der Naj hatte die Wahrheit gesagt. Nur hatte sie nicht genau zugehört.

Ein langer, schmaler Körper folgte, Rippenbögen unter glatten Federn, Kiemenspalten am Hals.

Noch ein letzter Flügelschlag und die dämonische Gestalt erhob sich ganz aus dem Wasser und schlüpfte endgültig aus seinen Fesseln wie aus einem Kokon. Sabin bekam keine Luft mehr, ein Sog zerrte an ihr. Ihre Kopfhaut kribbelte, als würde die Magie über sie hinwegkriechen. Sie legte ihren Arm über Ambers Rücken und drückte sie zu Boden.

Staub folgte dem Pfad des Wirbelwindes, funkelnder Staub, der jedem Stein zu entweichen schien. Die Wächter lösten sich aus ihrer Erstarrung und ließen ihre Speere los, die der Wind gegen die Mauern schmetterte. Der Tote schwankte nur, dann nahm der Wind auch ihm das Gleichgewicht und er stürzte zu Boden.

*

Amber blinzelte gegen den Wind an und erkannte, dass der Haufen Seile am Rand des Tümpels sich regte. Eine

Hand erschien, dann ein blasses Gesicht. Vor Erleichterung hätte sie am liebsten geheult. Sie machte sich von Sabin los und kroch zu Inu, während der Wind an ihrem Haar zerrte, als wollte er es ihr in großen Büscheln ausreißen. Wenn sie jetzt auf die Beine kam, würde eine Bö sie gegen die Mauer schmettern. Holz ächzte und knarrte, Dachziegel prasselten neben ihr herab, aber sie erreichte den Seiler unversehrt. Sie klammerten sich aneinander und duckten sich hinter einen der größeren Steine.

Das Wesen erhob sich in den Himmel. Amber spürte die Gänsehaut an ihren Armen und ihrem Körper, als würde etwas Kühles darüberstreichen wie unsichtbarer Nebel. Es war wie ein gewaltiges Atemholen und Verharren, ein Flirren und Schimmern löste sich aus dem Holz, den Steinen und der Mauer und wurde nach oben gesogen. Die Wesen sanken in sich zusammen. Das Leben wich als schimmernder Atem aus ihren klaffenden Mündern, der Tote lag reglos, eine Hülle ohne Stimme.

»Die Magie verlässt die Burg!«, schrie Inu ihr ins Ohr und hustete. »Wir müssen in den Steinturm – der einzige Raum, der nicht mit dieser Magie geschaffen wurde! Schnell!«

Sie kamen auf die Beine, stolperten zu Sabin und rannten über den Hof. Das Letzte, was Amber von dem Wesen sah, bevor sie die Tür hinter sich schlossen und in den Gewölbekeller stolperten, war das Bild einer Wolke aus Flügeln und das grausame Gesicht des dämonischen Vogelwesens. Es leuchtete vor einem wirbelnden schwarzen Himmel wie die Lichtfunken, die man sieht, wenn man die Augen vor Schmerzen schließt.

# *Najadur*

Der Sturm hatte lange getobt. Selbst durch die dicken Steinwände hatten sie das Splittern von Holz gehört. Und als es endlich still war, warteten sie noch die ganze Nacht, bevor sie sich hinauswagten und vorsichtig die hölzerne Kellertür aufdrückten. Es kostete Inu und Sabin einige Mühe, denn sie mussten einen Haufen Sand wegschieben. Sonnenlicht fiel ihnen in die Gesichter. Geblendet nach der Nacht in der Dunkelheit trat Sabin staunend auf ein sandverwehtes Felsplateau. Dort, wo die Halle gewesen war, lagen nur noch einige Fetzen und ein Schädel, halb Wasserwaran, halb Mensch, in dessen zerbrochener Augenhöhle Ambers Stock stak. Das Wasserbecken glich einem dunklen Spiegel, die hölzerne Galionsfigur aus der Mauer lag zerbrochen neben einem Felsen. Die Mauern, die drei Türme, die Galerie – alles war zerfallen und vom Sturm über die Klippe getragen worden, als die Magie es nicht mehr hielt. Nur der Turm der Muschelzüchter stand noch – wenn auch ohne Dach. Der letzte Überrest einer Zeit, in der die Insel von Magie unberührt gewesen war. Unter ihnen leuchtete das Meer wie eine Fläche aus geschliffenem Lapislazuli. Und weit am Horizont, der nicht länger von einer Nebelwand verhüllt war, erkannte man wie die Rücken von ruhenden Meerestieren weitere winzige Inseln.

»Kein einziger Vogel mehr«, flüsterte Amber. »Die Stürme haben aufgehört, nicht wahr?« Sie war blass, ihr Mund war vor Schmerz verkniffen und ihr ehemals orangegelbes Tuch war dunkel verfärbt von getrocknetem Blut. Inu, der sie stützte, nickte und strich ihr behutsam das Haar aus der Stirn. Sie wird Fieber bekommen, war Sabins erster Gedanke. Und ihr zweiter: Wir brauchen ein Floß.

*

Sabin war den ganzen Weg gerannt. Sie fühlte sich, als würde sie im Traum laufen, ohne von der Stelle zu kommen – über eine Insel, die sie nie zuvor gesehen hatte. Der Wind hatte keinen Stein auf dem anderen gelassen. Kein Baum stand mehr, Büsche und Farne waren verschwunden, als hätte eine gewaltige Hand sie von der Insel gefegt und die Felsen poliert. Sabins Lungen schmerzten bereits, als sie endlich am Strand ankam. Erleichtert spürte sie den Sand zwischen den Zehen. Entwurzelte Marjulabäume lagen halb im Sand begraben, die Wracks hatte der Sturm ins Meer zurückgetrieben. Sabin suchte mit der Hand nach ihrer Kristallbrille und wandte sich dem Meer zu. Die Sonne blendete sie und ließ die Wellen gleißen. Beinahe hätte sie sich eingebildet, die Timadar zu sehen, die vor den Felsen trieb. Die Segel waren zusammengebunden, nur ein Mast war an der Spitze geborsten. Sabins Herz machte einen Satz. Es war nicht die Timadar, aber es war ein anderes Schiff! Sie nahm Anlauf und stürzte sich in die Fluten.

Das Schiff war bauchig und klein, zusammengeflickt und schäbig trotz der sorgfältig aufgetragenen Schicht Teer, die den Rumpf vor Schnecken und Muscheln schützen sollte. Sabins Blut rauschte in den Ohren, während sie unter Wasser heranschwamm und das lose, abgerissene Ankerseil ergriff, das im Wasser trieb. Prustend tauchte sie auf und sah den Namen auf dem Schiffsrumpf: *Jontar.*

Sumal Bajis Schiff!

»Du lebst«, sagte eine wohlbekannte, rauschende Stimme hinter ihr. Sie fuhr herum und sah den Naj. Seine Schleier trieben auf dem Wasser, die Perlenzeichnung auf der Stirn ließ ihn trotz aller Fremdheit beinahe vertraut wirken.

»Hast du das Schiff hierhergebracht?«, fragte sie.

Der Naj schnalzte. »Sehe ich so aus, als würde ich Sterbliche retten? Es muss wohl von Dantar hierhergetrieben worden sein. Die Strömungen sind tückisch.«

Sabin zog die Brauen hoch, doch sie widersprach ihm nicht. »Du bist nun frei«, sagte sie stattdessen.

»Ich war nie gefangen«, gab der Naj zurück.

»Nein, aber ein Wächter warst du dennoch. Du hast über den gefangenen Jadur gewacht.«

Wäre der Naj ein Mensch gewesen, hätte er wohl anerkennend die Augenbraue hochgezogen.

»Ihr seid die Kinder der wahren Magie«, fuhr Sabin fort. »Das wolltest du mir mit deinen Worten sagen. Die Naj und die Jadur – waren sie früher …«

»... ein Wesen«, raunte der Naj. »Erst als das Land entstand und die Menschen uns bedrängten, trennte uns die wahre Magie in die Wesen am Himmel und die Wesen im Wasser. Die Naj blieben im Majumameer, wie ihr es nennt, die Jadur dagegen tragen die Winde in die großen Höhen. Doch jeder von uns bleibt mit seinem Jadur am Himmel verbunden.«

»Und der Jadur, den die Magier gefangen hatten, gehört zu dir. Seine Magie kann die Winde rufen. Lemar und die anderen wollten sich diese Magie leihen, um die Vögel zu lenken. Doch der Jadur war stärker, als sie glaubten. Die Bäume, aus denen Aale schlüpften, die Wesen der doppelten Natur ... das war er.«

»Nimm ein Wesen aus der Luft und zwinge es ins Wasser und du vermischst Dinge, die nicht sein dürfen«, sagte der Naj ärgerlich.

»Wohin ist er geflogen?«

»In den Himmel zu den Bergen der Feuerinseln.«

»Du stammst also aus dem Meer vor den Feuerinseln?«

»Wie auch immer du sie nennst«, erwiderte der Naj hochmütig. »Und jetzt geh zurück in deine erbärmliche Menschenstadt.« Sabin musste lächeln. Es wäre zu viel, von einem Naj Dankbarkeit zu erwarten.

»Geichgültig, was du sagst, ich weiß es zu schätzen, dass du dich dankbar zeigst, weil wir deinem Jadur die Freiheit gegeben haben«, sagte sie.

Der Naj zischte verächtlich. »Ganz sicher nicht«, sagte er. »Kein Naj auf dieser Welt hilft einem Menschen oder schuldet ihm Dankbarkeit.«

»Aber wir leben! Und vor mir schwimmt die Jontar.«

»Zufall«, sagte der Naj. »Bilde dir nur nichts ein, Trockengesicht. Ein Menschenschicksal ist für uns ohne Bedeutung. Ihr folgt keinem Schwarm, und deshalb werdet ihr aussterben und wir werden uns nur noch in Geschichten an euch erinnern, die mit Gischt in den Wind geschrieben sind.«

»Keine Bedeutung?« Sabin lachte. »Wirklich? Und warum hast du mich dann verschont, statt mich zu ertränken?«

»Vielleicht bin ich nur neugierig, was du als Nächstes tun wirst«, sagte der Naj und tauchte ab.

# IV

# Die Stadt

## *Der Fischerkönig*

Der Ratssaal im Haus des Fischerkönigs schüchterte Amber ein. Es war nicht nur die Tatsache, dass sie von ihrem Sitzplatz aus in furchterregende aufgerissene Haimäuler blickte, die an der Wand neben dem Fenster aufgehängt waren, nein, jemand hatte auch viel zu farbige Gemälde von jedem Schiffsunglück der vergangenen zehn Sommer an die Wände genagelt. Amber, Inu und Sabin saßen im Zentrum unzähliger Katastrophen.

Unter den Haimäulern hatten Morus, der Fischerkönig, seine vier Ratgeber und die Gesandten von den Feuerinseln Platz genommen und starrten Amber nicht sehr viel freundlicher an als die Haiköpfe. Nur Sumal Baji, die ganz am Rand der Tafel saß, schenkte ihr ein verhaltenes Lächeln, das Ambers Herz schneller schlagen ließ.

Nervös blickte Amber nach rechts – neben Sabin, auf Tanijens Platz, lag eine weiße Wasserrose als Zeichen der Trauer. Außerdem hatte Sabin Tanijens Lebenstuch auf den Stuhl gelegt. Früher war es rot gewesen, doch nun war es über und über mit weißen Fäden bestickt. Jeder Dantarianer besaß ein solches Tuch. Sabin, Inu und auch Amber trugen weiße Trauergewänder, die noch neu waren und auf der Haut kratzten. Amber fühlte sich unbehaglich. Ihre Wunde pochte unter dem Verband und sie fürchtete sich davor, dass sie ausgerechnet jetzt wieder zu bluten beginnen würde. Noch nie war sie so schwach gewesen wie nach den Tagen auf dem offenen Meer, die sie nur im Fieberschlaf verbracht hatte. Selbst jetzt glaubte sie immer noch die schwankenden Bewegungen der Jontar wahrzunehmen. Inu griff unter dem Tisch nach ihrer Hand und drückte sie. Amber atmete durch und ließ sich ganz auf dieses neue Gefühl ein: aufgehoben und am richtigen Ort zu sein.

Morus schnaubte und beugte sich wieder tief über Lemars Notizbuch. Amber beneidete ihn nicht um seine Aufgabe, für ein ganzes Jahr alle Entscheidungen für eine von Stürmen gebeutelte Stadt zu tragen. Gleichzeitig machte sie sich bewusst, dass Morus es war, der die Todesurteile unterschrieb. Sein schwarzes Haar war zerwühlt, tiefe Schatten lagen unter seinen Augen. Seit dem Sturm vor drei Tagen hatte er offenbar nicht geschlafen. Und das, was er vor sich auf dem Tisch sah, verbesserte seine Laune nicht gerade.

»Kolm Amadur und Genus Chilan«, murmelte er nun. »Das waren zwei der Magier aus Dantar, ja. Sie gehörten vor fast zwanzig Sommern dem Kreis der Magier an, die sich unrechtmäßig daran versuchten, die Stürme zu rufen und zu beherrschen – und all das mit der Billigung der damaligen Navigatorengilde.« Seine Augenbrauen zogen sich zusammen, bis sie einen einzigen dunklen Balken über seinen Augen bildeten. »Wer die Stürme beherrscht, beherrscht Dantar.« Zustimmendes

Murmeln antwortete ihm. »Sie sollten hingerichtet werden, aber es gelang ihnen zu fliehen.«

Eine Beraterin räusperte sich hörbar, die anderen versteiften sich sichtlich.

»Es ist nicht bewiesen«, mahnte eine Fischerin. »Die Dokumente sagen, sie sind gehängt worden.«

»Und die Gerüchte sagen, dass sie den Henker bestochen haben und den Strick überlebten. Wie hätten sie sonst zu den Feuerinseln gelangen können? Und dort trafen sie ... Wie hieß er? Lemar?«

Die beiden Gesandten von den Inseln – eine zierliche rothaarige Frau und ein Mann, aus dessen gelber Tracht man ein Zelt für vier Personen hätte machen können – nickten.

»Lemar le Hay und Loin Palamar«, sagte die Frau. »Die Sturmrufervögel vor den Inseln waren damals sehr zahlreich und eine Gefahr für einzelne Schiffe. Lemar hatte ebenfalls den Wunsch, den Wind zu beherrschen. Er war talentiert, zweifellos, doch kein Lehrmeister wollte ihn ausbilden.«

»Warum nicht?«, rutschte es Amber heraus. Sofort erinnerte sie sich an Sabins Ermahnung, als Stadtfremde nur zu sprechen, wenn sie gefragt wurde, und biss sich auf die Zunge. Der Rat starrte sie an, als hätte sie etwas Unerhörtes getan.

Die rothaarige Gesandte zog pikiert eine Augenbraue hoch. »Weil sein Vater ein Dieb war und gehängt wurde«, antwortete sie knapp. »Nun, die beiden Magier aus Dantar scheinen dagegen gerne Lemars und Loins Lehrmeister geworden zu sein. Doch im Gegensatz zu ihren

Schülern, die nur die Vögel bändigen wollten, um die Schifffahrt sicherer zu machen, hatten Kolm Amadur und Genus Chilan ganz andere Pläne.«

»Rache zu nehmen und Dantar zu zerstören«, setzte der beleibte Mann hinzu. »Erst Dantar und dann die Feuerinseln?«

»Das ist Unterstellung«, entgegenete Morus. »Wir wissen es nicht.«

Spannung war spürbar, Blicke kreuzten sich, Unausgesprochenes gefror in der Luft.

Amber versteifte sich unwillkürlich.

»So mag es gewesen sein«, sagte Morus nach einer Weile langsam. Der Fischerkönig wirkte sehr müde. »Wir werden es nicht entscheiden und die Schrift im Notizbuch ist verwischt. Doch wenn die Stürme nun tatsächlich ein Ende gefunden haben, dann ist das Tanijen Calminar Denas, Sabin Satinamal und Inu Taramo zu verdanken.«

»Und dem Landmädchen«, setzte Kapitänin Sumal hinzu und lehnte sich mit verschränkten Armen zurück. Ein Sonnenstrahl ließ ihren goldenen Ohrring aufblitzen und brachte ihr Haar zum Leuchten.

Morus schnaubte. »Wir werden die genauen Umstände noch klären.«

Amber atmete noch einmal tief durch. Darauf hatte Sabin sie vorbereitet. Sie war selbst überrascht, dass eine solche Missachtung sie immer noch traf. Doch dann sah sie, wie Sabin ihr flüchtig zulächelte, und beschloss, dass die Wut sich nicht lohnte. Zumindest jetzt noch nicht.

»Was ist mit den Menschen, die der Sturmruferei und Magie angeklagt sind?«, meldete sich Inu leise zu Wort. »Sie können die Stürme nicht verursacht haben, denn diese gingen von der Insel aus. Werden die Urteile aufgehoben? Und wird ... die Verordnung über das Verbot der Magie geändert?«

Morus runzelte die Stirn.

»Der Beschluss des Rates ist eindeutig. Die Hinrichtungen finden nicht statt, die Urteile werden vorerst ausgesetzt, alles Weitere aber wird neu verhandelt, sobald wir die Vorgänge auf der Insel geklärt haben. Heute Nachmittag legt das Schiff ab, das die Insel anfahren wird, auf der sich die Sturmrufervögel versammelt hatten. Dann werden wir auch ...«

»Eine Frage noch«, unterbrach ihn die rothaarige Gesandte und wandte sich an Sabin. »Tanijen Calminar Denas hat einen fliegenden Dämon befreit, der in dem Becken gefangen gehalten wurde? Von magischen Fesseln? Ist das richtig?«

Sabin zögerte kaum merklich, dann nickte sie.

»Wie konnte er die Fesseln durchschneiden? Hatte er eine besondere Waffe ... ein magisches Messer vielleicht?«

Amber hörte, wie Inu neben ihr Luft holte, und wurde ebenfalls nervös. Auf dem Meer hatten sie sich das Versprechen gegeben, Tanijens Andenken nicht den Henkern zu überlassen.

»Ihr meint vermutlich den roten Dolch, den Lemar le Hay in seinen Aufzeichnungen erwähnt?«, sagte Sabin. »Nein. Tanijen besaß nur ein gewöhnliches Messer.«

»War er ein Magier?« Die Stimme der Gesandten wurde schärfer.

»Er war Taucher und Navigator«, erwiderte Sabin mit so fester Stimme, dass Amber sie unwillkürlich dafür bewunderte. »Warum wollt ihr das wissen? Was hat es mit dem Dolch auf sich?«

Die Gesandten tauschten einen raschen Blick.

»Es ist Diebesgut«, sagte die junge Gesandte. »Der Dolch gehörte zu König Berens Thronschatz – doch er wurde gestohlen, vor langer Zeit.«

»Und er war wertvoll, weil man damit magische Fesseln durchschneiden konnte?«, fragte Inu leise.

Die Gesandte kniff die Augen zusammen. »Es ranken sich viele Legenden um König Beren«, lenkte sie dann betont gleichgültig ein. »Nicht alle sind wahr, doch der Dolch gehört zum Erbe der Feuerinseln. Wie auch immer, sollte er auf der Insel sein, werden wir ihn finden.«

Mit diesen Worten stand sie auf und strich sich das gelbe Gewand glatt. Stühlerücken setzte ein, als die anderen es ihr nachtaten, um sich mit einer Verbeugung von den Feuerländern zu verabschieden. Inus Griff lockerte sich um Ambers Hand und sie lächelten sich zu.

»Jetzt bist du an der Reihe«, flüsterte er.

Es dauerte eine ganze Weile, bis die Räte und Morus wieder Platz genommen hatten, bis die Bücher und Notizen von den Tischen geräumt worden waren und Stille eingekehrt war.

Morus sah sie lange an. Das Gewicht der ganzen Stadt lastete auf seinen Schultern.

»Steh auf, Landmädchen.«

Amber gehorchte. Ihre Wunde pochte, ihr war schwindlig vor Aufregung.

»Du heißt?«

»Amber.«

»Und wie weiter?«

»Ich komme aus den Bergen und habe keinen zweiten Namen.«

»Warum willst du in Dantar leben?«

»Weil ich der Stadt einen Dienst erwiesen habe und denke, ich habe mir das Bürgerrecht verdient. Ich möchte hier arbeiten.«

»Wenn wir uns dafür entscheiden würden, dir ein Aufenthaltsrecht zu geben, wer bürgt für dich?«

»Ich«, sagten Inu und Sabin wie aus einem Mund und standen auf.

Amber musste ein Lächeln unterdrücken. Die Räte raunten sich etwas zu.

»Zwei Bürgen also«, knurrte Morus schließlich. »Eine Taucherin und ein Seiler, angesehene Leute, Dantarianer seit frühester Generation. Umso deutlicher muss ich darauf hinweisen, was ihr auf euch nehmt. Ihr wisst, was es heißt, Bürgen zu sein? Wenn Amber in Dantar ein Verbrechen begeht, verurteilt wird und flieht, werdet ihr an ihrer Stelle bestraft.«

»Darüber sind wir uns im Klaren«, sagte Sabin.

»Was wisst ihr über sie? Wie hat sie vorher gelebt? Warum verlässt sie das Land? Wurde sie verbannt oder ist sie eine entflohene Sklavin? Was, wenn sie eine Mörderin ist und sich in Dantar vor ihren Häschern verbergen will? Wenn morgen jemand an eure Tür klopft und ihr Leben fordert, dann kann Dantar euch nicht mehr schützen und liefert euch aus.«

Amber schluckte. Langsam verstand sie, warum es so schwer war, einen Bürgen zu finden. Gleichzeitig fühlte sie sich mehr denn je als Teil dieser Stadt. Sie war nicht mehr allein, sondern Teil des Netzes. Sie würde gehalten werden – aber auch die Lasten tragen müssen.

»Wir wissen alles über ihr Leben in den Bergen, was wir wissen müssen«, sagte Sabin. »Sie ist ehrlich. Und sie klettert gut.«

»Wenn jemals ein Häscher an die Tür klopft, wird er sich Ambers Leben von uns holen müssen«, sagte Inu freundlich. »Und wir werden es ihm sehr teuer verkaufen.«

»Hat sie denn Geld?«, warf eine Fischerin aus dem Rat streng ein. »Wovon wird sie leben? Wir haben schon genug Gesindel auf dem Schiffsfriedhof!«

»Sie wird ausreichend Geld für eine eigene Bleibe haben«, meldete sich plötzlich Sumal Baji zu Wort. »Sabins Gruppe wird ihre Belohnung für das Auffinden der Jontar bekommen.«

Morus stand auf. »Also schön«, meinte er. »Du wirst vorerst bis zum nächsten Sommer eine Genehmigung erhalten, als Gast in unserer Stadt zu sein. Wenn du dich bis dahin bewährst und Arbeit findest, wirst du deinen zweiten Namen bekommen und Bürger unserer Stadt sein.«

Inu stieß Amber verstohlen in die Seite und sie begriff, dass sie an der Reihe war zu antworten.

»Danke«, war alles, was sie herausbrachte, während die Räte und Morus sich schon von ihr abwandten und dem Ausgang zustrebten. Es gab offenbar Wichtigeres zu tun in der Stadt.

Sabin zog sie an sich und umarmte sie, ohne darauf Rücksicht zu nehmen, dass ihre Schulter noch schmerzte. Inu nahm ihr Gesicht in seine Hände und küsste sie. Dann blickten sie alle zu Tanijens Platz. Amber sah, wie Sabin schluckte. Nichts war vorbei, die Wunden bluteten noch. Sie dachte an Tanijens Augen, sein Lachen und seine Stimme und wurde traurig. Sie gehörte zu Dantar, ja, doch war das der Preis? Inus Hand glitt zu der Ledertasche mit Tanijens Aufzeichnungen, die er dem Rat und Morus nicht vorgelegt hatte.

»Es ist Zeit«, sagte er heiser. »Ich bringe die Notizen zu den Navigatoren. Ich bin gespannt, was sie mir über seine Ausbildung zum Navigator erzählen werden.«

»Ich komme mit«, sagte Amber. Doch Sabin schüttelte den Kopf und überraschte sie wieder einmal.

»Du begleitest mich, Amber. Ich brauche deine Hilfe.«

## *Der Schiffsfriedhof*

Dantar strahlte in der Sonne. Wie nach jedem Sturm machten sich die Bewohner sofort daran, der Schäden Herr zu werden. Amber sah Fischer und Händler, die die Wände ihrer Häuser säuberten und neu kalkten. Netzflicker waren bei ihrer Arbeit. Tote Fische und angespülter Tang wurden in Eimern von den Straßen getragen.

Es war ungewohnt, ein Teil von Dantar zu sein. Für einen Augenblick ertappte Amber sich noch dabei, wie sie mit einem mulmigen Gefühl einem Mann nachblickte, der so groß wie Omin war und ebenso dunkles Haar hatte, doch dann zwang sie sich, einfach nur ihren Weg zu gehen.

Sabin lief so schnell, dass selbst Amber Mühe hatte, sie nicht aus den Augen zu verlieren. Schon kamen die äußeren Stadtviertel in Sicht – und dahinter, am Fuß eines Hügels, erkannte man bereits den ersten Mast eines alten Schiffes. Lumpen wehten wie ein trotziges Banner im Sommerwind. Hallgespenster klammerten sich an Segelreste und murmelten ihre Klagen. Sabin verlangsamte ihren Schritt und Amber holte zu ihr auf.

»Wir sind fast da«, sagte Sabin leise.

Amber sah sich um. Die letzte Gasse der Stadt war so

gut wie unbewohnt. Lagerkeller und Schuppen waren hier. Amber wollte gerade fragen, wohin sie gehen würden, als sie endlich verstand.

»Zum Schiffsfriedhof?«, fragte sie ungläubig. »Was willst du dort? Ich dachte, ihr verachtet das Gesindel und die Gestrandeten.«

Sabin biss sich auf die Unterlippe und senkte den Blick. »Satus Familie lebt dort«, sagte sie kaum hörbar.

Amber brauchte eine ganze Weile, um den Sinn der Worte richtig zu verstehen. »Satu hatte ein Mädchen in den Bergen? Und sie ist jetzt hier?«

Sabin rang sich zu einem Nicken durch.

»Sie hat mir Briefe geschickt. Aber ich habe sie verbrannt.«

»Warum ist sie nach Dantar gekommen?«

»Bist du so schwer von Begriff, Amber? Es sind die Gesetze eurer Berge, nicht meiner! Sie hat keine Familie mehr, sie hatte nur Satu.«

»Natürlich hat sie Familie – jeder in den Bergen hat Verwandte. Sie sind wie Distelkletten! Manchmal kommen Wildfremde aus irgendwelchen Bergen, klopfen an deine Tür und geben sich als Verwandte sechzehnten Grades zu erkennen ...«

»Ihre Verwandten haben sich von ihr losgesagt. Sie hat ihren Bräutigam für Satu verlassen. Und sie hat ein Kind.«

Amber wäre beinahe gestolpert. »Von Satu?«

Sabin blieb ruckartig stehen und funkelte sie wütend an. »Natürlich von ihm, was glaubst du denn?«

»Dann verstehe ich es noch viel weniger«, sagte Amber. »Satus Familie sucht deine Hilfe und du lässt sie auf dem Schiffsfriedhof wohnen? Und ich dachte, nur meine Brüder wären Bestien.«

»Ich habe nie behauptet, ein guter Mensch zu sein«, erwiderte Sabin trotzig. »Ja, ich wollte nichts von der Frau wissen. Ich habe sie sogar gehasst! Nicht einmal Tanijen habe ich etwas von ihr erzählt. Aber ich wollte ihr helfen – um Satus willen. Wozu, glaubst du, habe ich Sumals Auftrag so dringend gebraucht? Ich wollte ihr Geld geben, damit sie sich eine Bleibe suchen kann. Sie hätte zum Rat gehen können und ...«

»Aber jetzt hast du doch noch beschlossen, ihre Familie zu sein?«

»Nun, ich bürge ja auch für ein Bergmädchen, schon vergessen?«

Amber lachte. »Deshalb hast du mich also hierher mitgenommen! Ich soll mit ihr reden?«

»Du kennst die Bergleute.«

»Wie heißt sie?«

»Tadsch«, sagte Sabin ärgerlich. »Wie hört sich das nur an? Wie kann man jemanden lieben, der Tadsch heißt?«

»Ein Name aus den steinigsten Regionen der Nordberge«, antwortete Amber. »Dein Bruder muss die Berge sehr geliebt haben.« Sie lächelte Sabin verschmitzt zu und lief dann auf den mit Lumpenflaggen behangenen Mast zu. Sie sah sich nicht um, aber an den leichten, raschen Schritten hörte sie, dass die Taucherin ihr folgte.

# *Der Dolch*

*König Beren.* Immer wieder sprach Inu diesen Namen aus, während er durch die Straßen seiner Stadt ging. Es war seine Stadt, doch er fühlte sich, als wäre er bisher stets blind durch die Gassen gestolpert. Wie ein Mensch ohne Augen war er tastend den Schnüren immer gleicher Wege gefolgt, nun aber lagen die Welt und die Zukunft endlich klar vor ihm. Ein warmer Schauer durchrieselte seine Brust, als er an Amber dachte. Er lächelte. Kein Seilerkodex konnte ihm befehlen, wen er lieben durfte!

Durch das Tuch hindurch hatte der Dolch sich in seiner Hand erwärmt. Die Gesandten von den Feuerinseln wussten sehr wohl, was es mit dem Dolch auf sich hatte. Wahre Magie, dem Jadur ebenbürtig. Er durchschnitt jede magische Fessel – Lemar hatte das erkannt. Der Dolch hatte eine Stimme und wusste, was zu tun war. Und er hatte Inu jederzeit vor den Wächtern geschützt – auch in der Nacht, in der Inu seiner Bitte gefolgt war und die Timadar in Brand gesteckt hatte, weil es erst galt, die Aufgabe zu erfüllen. Inu holte Luft. Die Brust wurde ihm eng, als er an die Lüge dachte. *Das Alte lässt sich nie mit dem Neuen vereinen. Hier beginnst du etwas Neues. Und als Pfand lässt du das Alte zurück.*

Das hatte Tanijen auf einem verblassten Blatt Papier notiert.

Inu beschleunigte seine Schritte.

Es war Zeit, einige Seile neu zu knüpfen. Und Zeit, andere durchzuschneiden.

*Hab Geduld*, sagte der Dolch.

Nina Blazon

# Im Bann des Fluchtträgers

## Die Woran-Saga, Band 1

Jolon aus dem Tjärgwald hat einen Fluchträger berührt und liegt im Sterben. Auf dem Rücken der Regenbogenpferde machen sich sein Bruder Ravin und der tölpelhafte Zauberschüler Darian auf nach Skaris, um die Heilerin Skaardja zu finden. Nur sie kann Jolon retten. Doch schon bald kommen die Freunde einer unheimlichen Verschwörung gegen Tjärg auf die Spur und ein gnadenloser Wettlauf mit der Zeit beginnt: Denn das Heer der Erloschenen ist schon auf dem Weg in ihre Heimat ...

Ausgezeichnet mit dem Wolfgang-Hohlbein-Preis!

442 Seiten

ISBN 978-3-8000-5061-1

UEBERREUTER

Nina Blazon

# Im Labyrinth der alten Könige

Die Woran-Saga, Band 2

Während der großen Magierversammlung in Lom stirbt der Zauberer Darian Danalonn unter rätselhaften Umständen. Sein Schüler Julin, die Halbworan Haliz und Fenja die Jägerin glauben an einen Mord und beschließen auf eigene Faust zu ermitteln. Die Spur führt sie in die Lomer Silberminen, die letzte Ruhestätte der Worankönige von einst. Tief unter der Erde stoßen sie schließlich auf ein schreckliches Geheimnis.

360 Seiten

ISBN 978-3-8000-5107-6

UEBERREUTER

Nina Blazon

# Im Reich des Glasvolks

## Die Woran-Saga, Band 3

Jonnvinn hat immer wieder den gleichen bösen Traum: Ihre Schwester, die Glasmacherin Nive, ist in Todesgefahr! Von einer dunklen Ahnung getrieben reitet Jonnvinn in die Glasmacherstadt Ganarr, wo sie feststellen muss, dass Nive einem dubiosen Priester in die Wüste gefolgt ist. Die beiden wollen das legendäre Volk im Glas befreien, von dem niemand weiß, warum es einst verbannt wurde. Doch der Preis dafür ist hoch. Verzweifelt versucht Jonnvinn ihre Schwester zu retten, bevor es zu spät ist.

348 Seiten

ISBN 978-3-8000-5215-8